归 山

左存文 著

四川大学出版社
SICHUAN UNIVERSITY PRESS

图书在版编目（CIP）数据

归山 / 左存文著. — 2版. — 成都：四川大学出版社，2024.5
ISBN 978-7-5690-6637-1

Ⅰ. ①归… Ⅱ. ①左… Ⅲ. ①长篇小说－中国－当代 Ⅳ. ① I247.5

中国国家版本馆 CIP 数据核字（2024）第 030022 号

书　　名：	归山
	Guishan
著　　者：	左存文

选题策划：	欧风偃　王　冰　王　军
责任编辑：	陈　蓉
责任校对：	吴近宇
装帧设计：	墨创文化
责任印制：	王　炜

出版发行：	四川大学出版社有限责任公司
地址：	成都市一环路南一段 24 号（610065）
电话：	（028）85408311（发行部）、85400276（总编室）
电子邮箱：	scupress@vip.163.com
网址：	https://press.scu.edu.cn

印前制作：四川胜翔数码印务设计有限公司
印刷装订：四川省平轩印务有限公司

成品尺寸：	148mm×210mm
印　　张：	10.25
字　　数：	236 千字

版　　次：	2022 年 1 月 第 1 版
	2024 年 5 月 第 2 版
印　　次：	2024 年 5 月 第 1 次印刷
定　　价：	58.00 元

本社图书如有印装质量问题，请联系发行部调换

版权所有　◆　侵权必究

扫码获取数字资源

四川大学出版社
微信公众号

夏嫄的话

　　该说些什么呢？如果我是主人公，那此刻我应该是沉默的；如果我是读者，我更应该沉默。每个人都渴望自己在生活中有主角光环，但很多时候我们连配角都不是；也有很多人面对这个世界时，想安安静静地做一个读者，但他们总是在扉页停留，并以此消磨掉整个人生。该说些什么呢？让我暂时做一个读者吧。

　　关于生命可以有很多关键词，其中绕不开的一定有"青春"和"爱情"。如果你已经遗忘了那份纯真、那份惘然，可以读一读这部作品。我们终其一生能找到灵魂的归处吗？

　　人一来到这世上，就开始承担起自己的剧作，有的淡然而过，在有限的时空将人生交由命运，计较着柴米油盐，经历着喜怒哀乐，浮浮沉沉一辈子；有的任性洒脱，嬉笑怒骂，管他三七二十一，痛痛快快地过一生。种种生命轨迹，各得其所，并再次走向永恒未知的虚无，留给后世短暂的记忆，最终也消散无影踪。但是作家不一样，他们细尝人生百态千味，不论得失、虚实，借文字抒发内心深处最纯真的渴望，并由此呈现出另一番人生的可能，达成自我心灵的升华，留给读者别样的情思体验。第五德、第五屺两位主人公所执着的爱情终因对象的决绝而无处安放，他们选择孤独、放逐，主动告别，终结相思，其间的悲壮与悲凉读来令人震撼。他们的命运抉择未尝不是作者深层渴望的再现。

  小说共八十一章，在一场葬礼中开始，又在一场葬礼中结束。每章开头有一首短诗，这些短诗和小说叙述互为佐证，同时也有着形式的隐喻意味。这种"章前附诗"的形式传承了古典章回体小说的形制，但所使用的现代诗和现代语境又不乏创新。叙述与对白相间的主要风格，展现出人物的性情风骨。小说在冷寂的色调中，以第五屺、第五岗兄弟二人的视角交叉讲述，似乎是作者对于故事本身的两种观照，一个是感性审美的，一个是理性认知的。总体而言，两位女性形象并非似男主人公所钟情的那般可爱，她们不近人情，乏善可陈。但恰恰因为男主人公阴差阳错的执念，酿成了他们的命运悲剧，也令作品冷寂的色调蔓延始终，形成挥之不去的悲剧力量。

  可以说，这并非一部靠情节跌宕引人入胜的作品，但就是在命运莫测的处境下，不同人物形象做出的抉择和由此带来的故事转折，让读者愿与主人公共情，也更能理解作者所强调的，他们穷其一生追寻家园但终究无家可归的宿命。故事在黄土纵横的西部乡村和河湖交织的江南都市交替上演，一方水土养一方人，两地两线，所呈现的自然风土、故事情节和人物形象迥然不同，北方粗犷、本色、热忱，南方精致、修饰、内敛，让人惊叹自然造化的同时，察见人物的地域特性，也更见作者对两片土地的敬意和爱意。

  青春会褪色，爱情会被冲淡，生活会陷入琐碎，人生终归于平凡，但人们向往诗和远方的灵魂不会改变，对生命的期许不会终止。如果你喜欢诗，可以拿起作品中的 81 首小诗，品一品美丽之下的苦味；如果你向往远方，或已行走在路上，可以比对作品的路线寻找新的可能；而关于爱情，不论此刻你是一个人，还是两个人，故事中的那些人和那些事或许会给你一些人生的触动。你应该能看到更多。

2019.02.22

一

这说不清的世事啊

当我终于回到故乡

就在这高岗上放声痛哭

泪要流干,涕要滴尽

血管收缩成草根

记忆开成腊月菊

把骨头随意整理

看它们变白

看它们挣扎着

在土里长成象形符号

　　三天后的此刻,悲伤似乎已经过去,我并不能够清楚地感觉到或者说已经麻木了,我再一次骑着摩托车向他家飞奔而去,因为今天是他的葬礼。一路上看到满目苍凉的秋天景象,心底还是泛起阵阵说不出的悲痛,我是多么不希望去参加一场葬礼,或者说如果必须要参加一场葬礼,怎么说都不希望是他的啊。可事实是,我正在去他家的路上,在赶赴他葬礼的路上。颠簸的摩托车冲过阵阵凉风，身体不由得哆嗦。在这哆嗦中夏收后荒凉的土地飞速地向后移动，只有已经发黄的玉米秆和干枯的洋芋叶子似乎在孕育着新的死亡。

"孝家磕头请乐鼓着呢！"随着站在祭礼台前的总理韵味十足但又十分粗犷的喊声，唢呐呜呜咽咽地响了起来，整个村庄的沟沟坎坎瞬时被这呜咽的声音塞满了。这地方把主持葬礼或是婚礼的人称为"总理"，把写祭文或是婚帖的人称为"先生"，不管是婚丧嫁娶的场景，还是日常生活之中，他们都是备受乡人尊重的文化人。虽然第五德没有子女，但堂兄弟们的子女都在为他披麻戴孝，在死者面前，这是弟兄们最后一次的慷慨。除了被吓哭的那几个小孩，有几个大一点的孩子已经知道规规矩矩地在灵堂前跪着，还有几个小一点的孩子将头埋得很低很低，偶尔用无辜而又好奇的目光打量着周边跪着的同伴或是站着的庄间人。他们只知道这个叫"大大"（第二个"大"读 dá，陇西方言中对父亲的称呼）的是一个怪人，和村子里其他人不一样，但是他们每年都会找这个大大给自家写对联，而如今他在这场火灾中连遗体都没有留下。

火烧之后的院子看起来令人瘆得慌，全部房屋都已倒塌，房顶的椽和木条已化为灰烬，与破散的家具一起杂乱地散布在土堆上。那土墙也像是经历过战火洗礼或岁月侵蚀的遗骸，再加上火烧过的乌黑乌黑的痕迹，即使在大白天，也飘散出恐怖的气息。木质的大门全被烧毁，院墙上只剩下空荡荡的窟窿，像一个巨大的骷髅上缺失的眼睛。众人在院子外面的空地上搭建了灵堂和用来做饭、待客的临时棚子。棺材是匆忙中从县城买回来的，劣质木头上胶水和墨线的痕迹依稀可见。因为是意外身故，棺材上没有任何花纹，甚至连浅色的油漆都没有，就是一个原木色的简易盒子，这是不知道延续了多少辈的传统。据说几位堂兄弟随意地在废墟上捡了一些像骨灰的东西，塞在骨灰盒里然后又装进棺材，这是村子里第一个被"火葬"的人，也是第一个走了还要带走自己财产的"吝啬鬼"。

唢呐声一声声地大了，打在地上又溅起来，直钻耳朵，渐渐地，连五脏六腑内都震荡着呜咽声。虽然只有两杆唢呐，但一个脖子部位青筋暴露的六十多岁的老者和一位同样精瘦的五十多岁的老者，两人一高一低一应一和配合得天衣无缝，连他们摇头晃脑以及换气的动作也浑然天成。两位老者间夹坐着一名十五六岁的孩子，一眼就可以看出来他双目失明，左手拿着巴掌大小的像钹一样的方形乐器，右手拿着一支筷子粗细长短并在头部绑有拇指大小的东西用来敲击的棒槌，有板有眼地和着唢呐声敲击着，发出节奏鲜明的清脆响声。这是举行祭礼的一天，附近十里八乡的乡党亲朋都会赶在这一天来祭奠，来人中凡是男性的都会在灵堂前烧香叩头，即使辈分很高也会如此。死者为大的观念深入人心，每有人上香，总理总会高呼一声"孝家磕头请乐鼓着呢！"如此循环往复，乐鼓（特指吹唢呐和敲打乐器的艺人）几乎整天都没有休息的时间。而出殡会在第二天黎明之前完成，尤其是意外亡故的，更是必须在太阳升起之前安葬完毕；这一类死者也有在祭礼当天中午过后就安葬的，据说是为了灵魂能够安息并避免给活人留下晦气。

沟壑纵横的黄土高原被一条条盘山路缠绕，在各种奇形怪状的山旮旯里，有大大小小的村庄，它们的名字也有着与地形对应的特点，沟、坡、坪、岔、山、梁、岔等，还有我所在的这个较大的村庄——第五湾。第五湾在这重重叠叠的山里极为特殊，"第五"是姓而非顺序，全庄六十二户人家全部姓第五，并且属于同一宗族，因此各家各户辈分清楚，大小事务互帮互助。在城乡发展日新月异的时代，这片土地上的生活状态几乎还是二十年前的样子，仿佛被现代世界遗忘的角落，除了我从小辈变成了长辈。

第五湾三面环山，一面是沟壑，另有一座山从东侧嵌入村庄，人家散布在这些山脚，南北走势形成八卦图形的一半。中间被围起来的是一大块平地，因为下暴雨时洪流必经这里，所以并没有人家，全部是田地。村庄北侧地势最高的位置有两户人家，最西边是第五屺家，最东边是我家，中间隔着一座打麦场，正对面是嵌入村庄的那座山的山头，山脚下只有一户人家，那就是第五德家，今天正好是他的葬礼，他是我们这一辈中最年长的一位，也是在全村人看来最没有出息的一位，因为作为整个家族的长子，他被寄予厚望，可他直到41岁还是单身，最近还在一场大火中，连同自家的院子一起灰飞烟灭。刚听到这个消息时，我正在12公里以外的一所村学上课，当时就在教室里哭出了声，讲台下那两个小家伙莫名其妙地看着我，并在我持续的哭声中吓得不知所措。他们不会知道逝去的是跟我以及第五屺关系最好的堂哥，是的，他是我们的大哥。等我稍稍平静，安顿好这两个孩子，便骑着摩托车向家里飞奔。

此刻，漫天的尘土在通往村子的路上形成一条黄色的巨龙，一辆绿色的车破尘而出，冲在前头的出租车被称为"绿苍蝇"，很少在这个村子里看到。车子停在了堂哥家院子附近的小路上，车门打开，第五屺像疯子一样冲了过来，正好总理准备让先生开始念祭文。第五屺比我只大一个月，按理我应该叫他哥哥，但因为从小一起长大，互相叫彼此的小名已经习惯了。屺娃扑在灵堂前就哭了起来，声嘶力竭，他连背上的包都没来得及卸下来。我和另一个堂哥扶着他。众人有点意外地盯着他，除了少数几个同龄人脸上更加悲戚，大多数人满脸的不可思议，旁边几个跪着的小孩不知是被吓到了还是受他哭声的影响，也一声盖过一声地与屺娃的哭声交相唱和。

他双臂伏地，将头深深埋在臂弯里，全身颤抖，一个劲地抽搐着，我拍了拍他的背。也只有我知道他的悲痛——他的兄长，他唯一的知己，就这么意外地走了。整个家族中最照顾他的就是这个单身的大哥，甚至他读研的生活费有部分也是堂兄资助的。他的哭声渐渐平息了下去，整个身体继续抽搐着，我努力要将他从地上搀扶起来，但他像瘫在地上的稀泥般，怎么也拉不起来。泪水与鼻涕混在一起，让整张变形的脸布满皱纹。许久，总理走过来拍了拍他的肩膀："屺娃，要念祭文呢！"他才缓缓地从地上站起来，踉跄到桌子旁边，点燃了一炷香并插到香炉之中，然后又重新跪下，用很标准的动作磕了三次头。

"维：公元二〇〇八年十月十三日，第五义和、第五义贵等侄子侄女，虔具清酌庶馐之奠，致祭于先伯父德大人之灵前而哀曰：……呜呼哀哉！伏惟尚飨！"先生抑扬顿挫地开始念起了祭文，因为辈分，能扯上关系的侄子、侄女、侄媳、侄女婿都分别有祭文，加上庄间人及其他亲朋的，先生用同样的腔调念了七八篇之多。听得最为清晰的是一遍遍的开头和结尾："维：公元二〇〇八年十月十三日……呜呼哀哉！伏惟尚飨！"除了祭文的身份和称呼不同，其他内容几乎一模一样。当然所有祭文都由先生代写并代为诵读，乡亲们能听懂的并不多。但这个时刻是最为虔诚的时候，所有人都静默着，不管是耄耋老人还是学步儿童，仿佛怕打扰那一世的堂哥听到这些内容。只有纸火在秋风里瑟瑟地摆动着，那些纸人纸马、金斗银斗、摇钱树花圈、别墅绸帐，五彩缤纷地排列在灵堂的两侧。

祭文念完之后，总理高亢的声音再次响起："孝家磕头谢先生着呢！"先生点头致意；"孝家磕头谢乐鼓着呢！"乐鼓们开始吹吹打打；"孝家磕头谢乡党庄朋着呢！"邻村几个代表上香、磕头，孝家还礼……这一系列仪式结束后又恢复到吹吹打打的声音里去了。屺娃绕过灵堂，穿过墙上的那个大窟窿，他的背影像挺立在坡地里的玉米秆，瑟瑟地摆动着。我并没有去打扰他，或许一个人躲在那废墟之中，才是他此刻最好的选择。

二

当我遇见你
微雨呢喃的黄昏
花园小径上吹过钟声

当我遇见你

遇见了我的童年

那被成长夺去的一切

在你眼睛里如此明亮

当我遇见你

命运般降临的缪斯

遇见了所有美丽

也遇见所有忧愁

"屺!"一声中气十足但又温软无比的音调传来,我猛地抬头,夏嫄微笑地看着我,她和班里几个女孩子一起朝我走来。那眼神一下子攫住了我,仿佛在刹那之间就沐浴在儿时高原上的月色,秋风安静,桂花树和路边的小溪安静,万物都安静地各就其位,只有月光朦胧而深邃,覆盖了一切。沉浸于悲伤的我突然内心无比地澄澈,当我回过神来时,这几个女孩子即将擦肩而过了,夏嫄的余光照映着我仓皇的脸,这脸上因为着急而笑得变形了的眼睛和嘴角,竟有一丝羞赧。她"嗡嗡嗡"的笑声不断从我身后传来,当意识到僵在自己脸上的笑容还没有恢复过来时,我赶紧跑到小溪边看自己窘迫的样子,那溪水在几丛睡莲的摇曳中泛出层层涟漪,不断地推向岸边,将我的倒影也撞碎,又随着波纹悠然而去。

"你为什么叫我屺?不过听起来很亲切,也很熟悉,仿佛曾经有个人一直这么叫我,但是我敢肯定从来没有人这么叫过啊。"打开聊天窗口，我开门见山就问夏嫄，她回复得很快："不知道啊，你不觉得你这名字好奇怪吗？我很顺口就叫出来了。""好嘛，第五确实是很少见到的姓，我小时候以为全天下人都姓第五，后来出了我们村子，发现全天下人都不姓第五。""哈哈，这个有意思，你们是少数民族吗？""并不是！第五是正儿八经的汉族复姓啊，有三千年历史了呢。""我真是第一次听到。你怎么来这个学校了呢？""喜欢江南一带啊，西北人的诗意想象全在于水。""哦，好吧，我还没去过西北那边呢。""这好说，以后去了我请客！""呵呵，这么好！"……我很快迷恋上了和她聊天的感觉。每当夜幕降临，我便迫不及待地坐在宿舍的电脑桌前，直到屏幕上她的头像亮起。

"夏嫄？你这是要去哪里？"有一天正下楼梯时猛然看到这个我朝思暮想的女孩，很惊讶地叫出了声。她脸上稍稍掠过一丝不自然，"来统计一下你们男生的户籍和身份证号"。"哦，正好碰到了。"我赶紧侧身让行，心里极度慌乱也极度惊喜，她居然要出现在我的宿舍了！"那我们一起上去吧。"我掩饰着自己的失态，微笑，并跟了上去。"不用了，你忙自己的事吧，刚给李建国打电话了，他在宿舍，一起统计你们的就行。"夏嫄很平静地边说边走。我怎么能错过这么好的机会呢！"他不知道我的户籍所在地，我还是陪你上楼吧。"我有点不管她同不同意都要上楼的架势，她也不再推辞，轻声地说了个"嗯"。

从三楼的楼梯口出发，很快就到了六楼，我们宿舍是第一间。糟了，我突然惊出了一身冷汗：好几天没收拾房间，该有多么脏、多么乱！我们这是典型的男生宿舍，最近又热，都该是很难闻的味道了吧，怎么正好赶上这个点！"夏嫄，我们宿舍很乱，你别笑话啊。"其实我都想将她关在门外先收拾一下了。"哦，没事，能乱到什么程度啊。"她话刚说完，室友孙立已经打开了门，两张床上的被子胡乱地摊开着，书桌上根本没有空闲的地方。我像犯了错的孩子，对着她傻笑着。她皱着眉头，抿着嘴，复杂的表情定格在脸上，很无辜地盯着我。

我将书草草地堆到旁边，收拾出一小块桌面，擦了擦板凳推到她身边，"坐吧，实在不好意思，乱得离谱"。她似乎也意识到自己表现得过于直露，没有理会我递过去的凳子，而是将目光移向了书桌。"啊？屺，你居然有这么多的书？"此刻我多想对她说，其实自己还是读过一些书，还算有才呢。唉，要真这么说，就是厚颜无耻地乞讨她的赞美了。"都好几年了，积攒的，没舍得丢，全是没用的书啊，嘿嘿。"看得出来她有些意外，但她很快将目光停顿在桌子的一角。我顺着她的视线望去，原来是那张照片，一个女孩子的笑脸。我分明觉得她眼神里有一些无法言说的情感，虽然转瞬即逝。知道此刻说什么都是多余的，我没做任何解释，再次微笑着将板凳放到她面前。"你坐下来写吧，我叫李建国过来，就登记户籍所在地和身份证号码吗？"她点点头。

李建国就住在隔壁，我朝楼道喊了一声。夏嫄刚坐下，又忽然起身，从我的书架上抽出一本书来。我一看，是《嵇康集》。她翻阅着，里面是密密麻麻的注释。许久，她又将书架扫了一遍，除了小说，全是些诗集、哲学和神话。"你古代文学就有这一本书？"她满脸是不可思议的表情。"嗯。闲了翻翻。"其实一眼就可以看出，我根本就对古代文学不感兴趣，有这本诗集，完全是因

| 归山 |

为她在之前聊天的时候说起过特别喜欢嵇康。她皱了皱眉头，缓缓地将书放在桌子上，又抿了抿嘴，仿佛要说些什么，但终于只是埋头打开包，取出那张登记要用的表。

李建国不知道我暗恋夏嫄，一进门就大大咧咧地开玩笑："哎呀，这猪窝今天迎来大美女了啊。"我窘迫地瞪着他，这次真是丢人，要知道夏嫄会来，我怎么也要来个大扫除吧！其实宿舍平时除了书多，还真不会乱到这个程度，昨天晚上喝过酒的摊子都没来得及收拾，地板脏得不忍直视。她笑笑，匆忙地记着我们的信息。我可以清晰地看到，她不时就嘟一下嘴。我突然很想冲动地凑上去，吻住她的唇，但我又厌恶自己的想法，罪恶感袭遍了全身，这是我心中的女神啊。

可是，我内心又充满着甜蜜的喜悦，仿佛这一吻可以既虔诚又圣洁。那一刻我脸上的表情是真诚还是猥琐呢？她很快就写完了，起身，望向我，我赶紧定了定神。"真不知道你有这么多书！我走了哈。"她说着话一只脚已经跨出了门，我受宠若惊地跟了出去："夏嫄，想看什么书可以来我这里找啊，还有，我们宿舍平时没这么乱的。"这次她被我的话逗笑了。"走了！"她急急地下了楼梯。回头时那眼神里的清澈，又让我想起第一次相遇的情形，那透射出的宁静和神秘，让人一下子对这个世界毫无防备，仿佛周围的一切都是善意的。

那天夏嫄走后，我彻彻底底地将宿舍收拾了一遍，连平时桌子上的乱书堆也摆放得有条不紊，而且，之后每天我都会把房间打扫得干干净净，甚至整个楼道也会定期清理一下，那个清洁阿姨有时候也会偷懒的。我清楚地知道，自己在心里期待着，有一天她又会突然到来。事实上,她从此再没有来过。一个心怀幻想的人总是充满着天真,我经常想,或许在某天,她会突然出现在老家村庄的某个路口,很亲切地喊一声"屺",而我会被狂喜和幸福笼罩着,会带着她到处走走。就像在学校时盼望她突然来敲门一样,我整理着我的床铺和书桌,自然也要打扫黄土地上那座简陋的庭院。无论何时何地,她的出现,将是我生活里的一道亮光!

三

八月初一,阴、小雨、中雨
就像绝望的孩子突然哭泣
我是迷路的孩子
徘徊在雨水淋漓的夜晚
夜晚的家又流离在哪一处海岸?

潮湿的路灯照着发霉的窗户
路远远地通向大海深处
你不在那里,青春不在那里
只有瘦长的身影举杯独酌

我一直在等那个女人的出现,可是没有,从一场大火到葬礼

| 归山 |

结束，都没有出现，果然如传说中那般绝情！我第一次见到她，还是二十年前的事了。1988年夏天，我所有的期待是上学，母亲用父亲穿过的深绿色粗布外套和裤子为我改制了一套"军装"，用她穿过的一件白色粗布衬衣为我改制了衬衣，这些大衣服都是因为袖口和裤脚磨破了才有机会被改制成更小的衣服。虽然是旧布改制，但那是我一生中正儿八经地有了一套新衣服，之所以说新，是因为没有任何补丁。之前穿的都是亲戚间大孩子们所穿过的，因为长高而无法再穿，于是孩子们这样一个个地轮流来穿。家族中为数不多的剩下的衣服还需要我和屺娃平均分配。

那年夏天，农人们都热火朝天地收割庄稼。太阳的曝晒使农作物总是成熟在刹那之间，甚至有老人坐在地头看着还有一点泛青的麦芒，就吧唧吧唧地抽起了旱烟，不过一袋烟的工夫，他们便以花儿（民歌）的腔调高呼一声"黄了！割麦了！"声音抑扬顿挫，铿锵有力。男女老少便使出浑身解数挥起了镰刀。像我这么大的小孩，是不会使用镰刀的，便三五成群地像老鼠打洞一样，在大块大块的田地里拔掉一绺一绺的麦子，形成一个个"地道"，互通后又开始转向别的区域，在大人的嬉笑和怒骂声中乐此不疲。

在一个同样场景的下午，有一件事震动了整座村庄，二十岁的第五德带对象回家了！那个年龄段的我，对男女朋友还没有任何概念，只记得屺娃拉着我向他们跑去的时候，远远就看见站在田垄边的大女孩。她身上裹着的一块布吸引了我，所以倒忽略了她的长相，直到几年后我才知道那块布叫作连衣裙。快跑到他们身边的时候，那个女孩爽朗的笑声吓住了我，第五德远远地向我们招着手，屺娃先停住了脚步，我们竟有些羞涩了，不敢再向他们走去。这个女孩可是正儿八经的城里人，也是在那个时候听说过但没见过的女大学生，而她读书的地方是在村民们看来比北京更神秘的上海。这些消息在她第一脚踏入这个村庄时就传开了，他们都在夸第五德的出息，这个即将成为村子里第一个大学生的男孩，谈了一个城里女大学生！

因为年龄差距，那时候的我们和第五德并没有很亲近，只是很羡慕他的学习和村里人对他的夸赞。所有人都知道这个女孩子是他的同学，而且比他更厉害的是第一年就考上了大学。当然他们也相信第五德没考上的原因只是发挥失常，并不是他学习不好。令我和屺娃没有想到的是，那个女孩在那年来了第五湾并引起了所有人的惊羡之后，突然就销声匿迹了！而补习的第五德还没来得及参加高考，就因为我们二大，也就是他爸爸突发重病离开了学校。有人说二大中风了，有人说中了邪，不管怎么样，医院去了，迷信的方法也用遍了，他还是卧床不起，并且一躺就是两年半。本来身子就弱的二妈因为二大的病更加虚弱了，养家的重任自然就落到了第五德身上，短短两年时间，他从一个白净的学生变成了黝黑的农民，身子板倒是结实了很多，但脸上看起来已有了中年人的沧桑。

二大在两年半的折磨后终于去世了，那个女孩一直没有出现，而全村人看好的第一个大学生不但没有踏入大学的门，还成了全村第一个大龄未婚青年。令所有人没想到的是，他这一状态竟然持续了二十多年。我和屺娃也莫名地嫌弃他，并有一点小小的恐惧，直到我俩后来考上了师范，直到我俩开始和他一起喝酒，直到他在酒后开始一点一点地讲起那个女人的故事。

| 归山 |

四

谁要把这黄昏的小径打扫干净
谁就是这晚霞中横飞的神灵
一如你把我的心房洗得一尘不染
你就是这空空小屋里的唯一主人

我要将天空打扫干净,将树木打扫干净
我要将我们相遇的路口打扫干净
拭去尘埃,拭去每一处过路人的足迹
野兽们也将自生自灭
它们不忍走过干净的花园

我爱,出场吧,用你的光照耀万物
我也要化为一束光,将自己反复纯洁
然后住在你神性的眸子里,照亮黄昏

参加完第五德的葬礼,不得不赶回无锡。下车的时间正好是中午,我拖着行李箱出了站,天阴沉沉的,汹涌的人群,却都是陌生的面孔。77路车一如往常地拥挤,将行李胡乱地塞到靠近车门的空隙处,就朝后挤去。这路公交的乘客,一般都是去江大的,最多也是过了蠡湖桥才会有座位。二十多个小时的火车,已经坐够了,现在站着也好。打量了一圈,还真是没有一个认识的人。在无锡不像在陇西那样,走过一条街道、坐一次公交就可以碰到好几个熟人。

窗外淅淅沥沥地下起了雨,我一点也不兴奋,至少不会像第一次来无锡时那样渴望一场江南的雨。好久没有夏嫄的消息了,我在犹豫着要不要给她发条信息,将手机拿出来准备写短信时,却发现无从说起。李建国老早到了学校,他是那种心里装不了话的人,我要是说出对夏嫄的仰慕,估计不出一周全班同学都知道了。所以,和他通过几次电话,还是忍住没有问他夏嫄的消息。对了,他和孙立知道我今天回来,也不联系一下?正想着,电话就过来了,说是六楼的几个兄弟在等我晚上聚餐呢。

虽然立了秋,天气还是很热,若不是今天下雨,没有空调的宿舍是待不住的。我整理了一下房间,没来得及洗澡就躺下了,太累,睡一觉再说吧,若不是孙立帮我晾了晾铺盖,估计都有霉味了。

"老屺,终于回来了啊!"阿坤老早就等在了餐馆,他们几个也开始这么称呼我。聚餐选在石塘街,文学院男生少,我们这一届中文专业三十多个研究生,只有六个男生,有两个还是独来独往的,所以经常是六个人的聚会也不容易凑齐。大家各自说着暑假的趣事,三句两句就扯到了班上的女生。"夏嫄的气质特别好,你们发现没有?"李建国评价女生,是我们几个中最专业的。"是啊,今晚还看到她了,打着伞,一个人在长广溪散步呢,确实既漂亮又有气质!"阿坤应和着。我心里一紧张,不自然地笑了笑。没想到刚来就听到了她的消息,似乎画面比我遇见她时更加诗意。我已经身在曹营心在汉了,想马上就去长广溪走走,说不定能遇到她。每次聚会都是我先提出喝酒,可这次,我极力要求吃完饭回去再喝,他们自然不会懂我的心思。

整个下午到现在,一直是稀稀疏疏的小雨,我谎称有事,晚点回去请他们喝酒,想了想,又将钱给了李建国,让他拿两箱酒大家先喝着,我马上就到。长广溪人很少,悠长的步行道上只有两排路灯整齐地欢迎着我,微雨中淡黄的灯光,将影子拉长又撕碎,交给下一站的灯。我从主路走到尽头,从一侧的小路绕回来,然后穿过石塘桥,将西岸的路用同样的方法走了一遍,哪有夏嫄的影子!公园门口的商店还开着门,我拿了瓶啤酒,在桥上独饮。雨下大了,灯影中可以看到雨珠越来越密地砸向湖面。

我突然笑自己傻,即使在这里找到夏嫄,又能怎样呢?就在我胡思乱想的时候,有两个身影远远地上了桥,并向我在的地方走来,居然是夏嫄和晓玉。我都忽略了自己的狂喜,连怎么说的话都记不清楚了。但是,她们实实在在地答应我一起去六楼的天台看看,就在我和阿坤他们平时喝酒的地方。夏嫄和晓玉一杯酒都不喝,几个男生在酒精的作用下越来越放肆。不知什么时候,我鬼使神差地拿起一大杯酒,执意要和夏嫄碰杯,直至央求她意思一下就好,兴许这粗鲁和醉酒的状态激怒了她,她愤愤地端起酒杯,一饮而尽后就扬长而去。我怎么醉的也忘记了,只隐隐记得李建国和阿坤抬我回宿舍时那夸张的笑声……

"夏嫄,你怎么了?"她不说话,只是靠在我的肩头哭。有风轻轻地吹过，我还是急得满头大汗，两只手不知所措地垂立着，不知道该去擦拭她脸上的泪，还是该抱着她。我努力使自己清醒，最近连续梦到她在哭，该不会又是梦境吧？我抬了抬手，碰到了她的指尖，那么清晰的感觉，不会，这次是真实的。我用手缓缓地托着她的面庞，她的脸是这么柔软，我很清楚地看到她的泪痕，但并没有感觉到泪水的湿润。错了，应该又是在梦中，不然夏媛怎么会这么温柔地靠在我的肩头，这之前连单独坐在一起说说话的机会也没有啊。可是我分明感到自己的手掌那么真实地贴在她的脸上，如此柔软，如此细腻。她是在看着我吗？不对，她好像在低着头，也不对，她的目光透过我的身体望向别处。难道真是梦境，我又一次努力着想看清她的眼神，可是怎么也看不清。

浑浑噩噩地醒来，风扇在聒噪地转动着，看着床头的吉他，看着书桌上的书，确定这只是一场梦。自那次醉酒之后的一段时间，我总是隔三岔五地梦到她，当相同的梦境太多的时候，人便会在做梦时都怀疑自己在做梦。我觉得这事真有点离谱了，我和夏媛也就见过那么几面，甚至多余的话也没有说过，可为什么就对她这么痴狂呢？日夜地想，日夜地渴望相遇。或许是命中注定，她就是上帝的特意安排，毫无征兆地出现在我生命里？又或者只是一次命运的玩笑？

在一次酒醉之后，我忍不住拨通了她的电话，心里在想着无论如何要表白了，但嘴里总是语无伦次，说出些莫名其妙的话。她有些怒气地说了句"你又喝醉了！"就挂了电话。我心有不甘地再次拨通："你不知道醉酒的男人总是会给自己最爱的人打电话吗？""你！"她似乎气得说不出话来，我能明显地感受到电话那头她怒不可遏的神态，于是赶紧说道："夏嫄，对不起！我喝醉了！"她咬牙切齿地扔出一句："神经病！"电话被挂掉了。我突然意识到，自己干了一件大傻事。但是，没有想到的是，之后每次相遇，我总会被她那刀子一样的眼神弄得狼狈不堪。整整两年，我们再没有说过一句话，除了我悄悄地写下的一些日记和诗行。

五

回到生我养我的村庄
炊烟稀薄，像悲伤一样轻柔
我倾慕的女子远嫁他乡
逍遥在一个灯火通明的城市

留下这座荒凉的村庄
留下黑漆漆的庄稼和羊群
还有年轻的牧羊人

那是屺娃去读研的第一年冬天，他刚回到第五湾的第二天，就下了厚厚的一层雪，漫山遍野的白映照着灰蒙蒙的天空，整个村庄宁静而又慵倦。再过几天就是大年夜了，看这天气，今年春节又是不便走亲戚的趋势，也好，不知道从哪年开始，我一点都不想出门了。堂哥第五德打来电话,叫我和屺娃去喝酒,本不计划去的,但他一再催促,加之屺娃和他大半年不见,我们便简单地吃了饭,出门向他家走去。这个小小的村庄,一块被我们称为"川"的平地将人家分在了两头,有四十多户分住在山脚,举目相望,并不是很远。但是下了雪的天气,路上很难走,一段短短的下坡路,得十分小心才能不滑倒,如果你认为我们走过时会发出吱吱呀呀的雪地音乐,那你肯定没有去过大西北。我和屺娃的脚被埋没在雪层中,一步一拐的行进艰难,只好又回家取了把铁锹,一点点地开出道来。平时十来分钟的路,竟走了半个小时。

西北风裹挟着积雪,田野上坑坑洼洼的地方被吹成不规则的图案,甚是好看,我们俩到堂哥家大门口的时候,"呼哧呼哧"地喘着热气。他老远就迎出门来:"屺娃,岗娃,赶紧进来,听说你们回来好几天了。我今天正好宰了羊,哥几个喝一场。"屺娃笑道:"喝酒喝陇花,吃肉吃手抓,哥,你还真整上了。"这是陇西盛传的一句俗语,陇花是本地生产的"陇花特曲"酒,手抓指"手抓羊肉"。房子里小火炉生得正旺,炕桌上已摆好了肉菜和酒盅,只是哥一个人,显得有点清苦。"二妈呢?"我问道。"去你姐家了。"哥边说边从炉子上取过早已温热的酒。

他已是不惑之年,也是堂兄弟中我最敬重的一位。这敬重来源于他的饱读诗书和令人惊叹的书法。在之前和他喝酒的时候,一次偶然的机会,知道小时候看到的那个姑娘叫依诺。第五德曾说起过二大去世后他去那姑娘上学的城市打工,后来她嫁给大学同学,堂哥就再也没有出过远门,在老家办起了养殖场。令我最奇怪的并不是这个,而是他一直再没有恋爱,更别说结婚了。村里有人对他指指点点的时候,他从来都不会生气,甚至二妈的泪水也没有使他有什么具体的行动,就这样单身到了现在。

  屺娃每次回家都会叫上我来他这里,虽然是旧房子,但布置得很温馨整洁,那些家具和室内的整个设计,在村子里也是数一数二的。他那个漂亮书柜尤其让我羡慕,但一年四季都上着锁,至少我没有赶上打开的时候。"岗娃,该你了!"堂哥的话把我从回忆里拉了出来,他和屺娃已经喝了开场酒,轮到我猜拳了。不知道是不是因为下了雪的缘故,每次喝酒都有很多的兄弟,今晚却只有我们三人。轮换猜拳,酒喝得很快。第二瓶喝完,我已经有些醉了。

  "哥,你为什么一直单身?"这是我从来不敢问的话,今晚人少,喝得也尽兴,我忍不住多年的好奇开了口。屺娃也凑过身子,疑惑地望着他。哥很坦然地笑道:"没人看上我,这么多年就娶不到媳妇。"我知道他是在故意躲避话题,因为我从那眼神中看到的全是落寞。"哥,你还想着她吧?""嘿嘿,喝酒吧!"他仍是坦然地笑。屺娃突然插过话头:"哥,我喜欢一个女孩子,疯狂地为她写诗,但她很冷漠,我很绝望。"说完他落寞地低下了头,哥一言不发地看着他,像是要看透他的心。"写诗?"过了一会儿,他问道,屺娃点点头。"我们再喝点吧。"第五德没再说什么,也没有说起他的事,而是继续开始猜拳,重复之前的流程。

  我已经很醉了,我们扯着各种事,包括村庄的,包括自己经历的和听到的,屺娃说得更多。到了深夜,三个人醉得似乎连话都说不清楚了,堂哥起身倒了杯水,看着屺娃:"你确定你是爱她吗?"屺娃立马点头:"是的,我坚信!""生命是一团欲望,欲望不能满足便痛苦，满足便空虚，人生就在痛苦和空虚之间摇摆。说不定你的也仅仅是欲望。"第五德说得很慢，很清晰。"怎么这么熟悉，我最近好像看到过这句话。"但我忘记在哪里看到过了。"叔本华？"屺娃问道。"是他说的，"第五德又是那种坦然的笑，并看向屺娃，"或许，你能追到她就不一定觉得是真爱了，大多数人都这样！"屺娃有些急迫地回答："不是这样，也不是欲望，否则不可能一首首地为她写诗。"堂哥不再说话，若有所思地坐着。

过了许久，他才说道："你们知道吗？那年高考，其实我可以上大学的，依诺的爸爸是一中的校长，所以我们想办法把我和依诺的试卷调换了！在答卷的时候我们就写对方的名字，因为我坚信第二年我还是会考上大学。""什么？"我第一次听到这样的事，不是仅用震惊就可以形容的了，"也就是说那个女人考上大学是你帮的忙？太不可思议了！"屺娃也一脸震惊地接着我的话茬："这个忘恩负义的女人！"第五德很平静地制止："不要这样说她！"然后又示意我们不要再说话了，他咬着嘴唇，盯着炕桌上的酒杯。"来吧！喝酒。"不知过了多久，他将一杯酒端向我和屺娃，我们慌忙接过，一饮而尽。时间又开始凝固。

"很多时候，我们最想见的那个人，却幸福地跟别人在一起；而最想见我们的那个人，终于也等不住时间的煎熬，投入了别人的怀抱；于是，我们逐渐习惯，逐渐懂得生活的力不从心，也逐渐明白最用心的往往是最不值得的。但是，你已经用心了，你就会心甘情愿地接受命运的安排。"第五德终于又开始说话了，他停顿了片刻，喝口水继续道："不是我再没有碰到合适的女人，也不是没有女人喜欢过我，只是我觉得，心里面已经装了一个人之后，跟其他任何人在一起，都是一种伤害，一种负担。咱们这里的人都认为不成家太不孝了，我也不想这样啊。现在我很明白，大已经去世，我要好好照顾妈，算是尽了孝道。至于传宗接代的事，咱这家族有你们呢。感情，我是死心了。"

我抢过话茬："可是——"屺娃赶紧制止了我的话。哥从抽屉里摸出一串钥匙，走向书柜，我一直怀疑这个全木的柜子是空的，他很熟练地开了锁，吓我一跳，里面整整齐齐地码满了书。"屺娃，你写诗的，过来看看。"我也跟着一起走了过去，他将三个木盒子抽了出来，里面全是散页的宣纸，每个盒子的第一张是用毛笔写的一句话，下面的字迹应该是钢笔。我拿出第一张，"我要抱着你，才不会害怕这个世界的空旷"，落款处是日期"1988.3—1991.2"。我好奇地问道："哥，你给她写的诗或是情书吗？""我不会写诗，是我们恋爱时候的日记。"屺娃不由得赞叹："啊？扉页上这句比我写过的所有诗都好。""你笑话——"哥好像说着什么话，我突然头晕得厉害，难道醉成了这样？又是一阵剧烈的晃动。

六

我不相信，我们日日相见却从不相遇
你能像无视每一个过路人而无视我的心意？

我能像理解每一次对望而理解你的眼神？

　　陌生人经过我的身旁，她们都在你之前
　　　嫉妒着我的烟火，我的前生和来世
　　还有那些随意生长的树，随性流走的风
　　　我只顾仰望繁星，留下空空的躯壳

　　偏偏是你走过，偏偏是我决定启程
　　偏偏是我们从小就与俗世沾亲带故
　　　我将走向哪里？你将走向哪里？
　　　相遇多少次之后才能有一次相爱？！

　　我宁愿你也是一个陌生人，不断走远
　　我宁愿我也是一个稻草人，内心空空

　　我总以为时间过于漫长，但四季变换，哪会在乎人间的悲欢离合。研三这年，我已经习惯了在校园里独自行走。宿舍、工作室、宿舍楼下的林荫道，乃至这一天的食堂……
　　"师兄！"一个很熟悉的声音，我手上掌着盘子，转过头来。晓玉排在我后面不远处，中间隔着四五个人，"你也来三食堂？"她接着问道。"对啊，只能来这里，二食堂太远了。"正好是国庆放假，食堂的人相对比较少，若不是正好赶上饭点，都不用排队的。最近一段时间班上同学都混迹在工作室，要开始写毕业论文了，甚至有像我一样隔三岔五地通宵写作的。晓玉在另一个工作室,最近经常碰到她。我先打了菜,转身向她走去,一抬头竟然撞到夏嫄的目光,她紧紧地跟在晓玉身后,微笑地注视着我。"你俩也是从工作室过来?"我盯着晓玉问。文学院在校园中间的位置,走三食堂相对近些。"嗯,赶论文呢!"晓玉应声答道,夏嫄也微笑着点点头,我很紧张地笑了笑,向空闲的桌子走去。

晓玉和我是同届同门,导师只收了我们两个学生,本来无所谓师兄妹的,但是我虚长几岁,她便叫我一声"师兄",慢慢地也就习惯了。除了岗娃和老木,没人知道我暗恋着夏嫄,晓玉更是毫不知情。我坐在角落里,准备一个人吃了饭赶紧回去。没想到晓玉端着盘子向我这里走来,夏嫄不紧不慢地跟在后面。桌子是和椅子固定在一起的那种,晓玉坐在我对面,夏嫄坐在她的旁边。我不敢跟夏嫄说话,只是应答着晓玉的提问,无非是关于论文及毕业的事。"夏嫄,你毕业后回老家吗?"我还是装作随意地问道。"说不定呢,在无锡找找工作,实在不行就回老家。现在写论文,都没心思想这个。"她很自然,像和晓玉说话一样,我心里暗暗佩服她的修养,一个人的外貌可以装出来,但心胸和气质是绝对装不出来的。我也不再心怀鬼胎,很平和地东拉西扯着。回去的路上,我走在中间,夏嫄走在我的左边,继续聊着论文和找工作的事。没想到我和夏嫄像普通同学一样聊天时,可以这么自如,这么开心。或许,当人们不去放纵心中的执念时,很多事便会豁然开朗。

回去的路要经过曲水桥,小蠡湖的风光尽收眼底,这是江大校园里我最喜欢的地方,没想到今天会和夏嫄一起走过,一直以来,连三三两两的同学坐在一起吃饭的机会,都是没有的。晓玉是个很单纯的女孩，我一直像照顾妹妹一样照顾她，而她连感情的挫折和烦恼都会告诉我，问问我的主意。她自然不知道今天无意中帮了我一个大忙，若不是她们在一起，夏嫄肯定不会主动过来坐在我对面吧。不管怎么样，能一起从曲水桥上走过，我就很开心。这个我朝思暮想的女孩，她心里面是不是也有些不同寻常的感觉呢？更开心的是，夏嫄也搬到工作室了！和晓玉在一起。

虽然我们不在同一间工作室，但我开始可以每天看到她。甚至，我们每天去工作室的时间也是那么接近，八点左右，不是我从她开着的门前走过，就是我远远地听到她的脚步声响起。在楼道，也会经常偶遇，大多时候我们微笑着致意，也会有一声很随意的问候，只是她再也没有叫过我"屺"，也没有任何的称呼。时间就这么悄悄地流逝着，当我的论文快要完稿的时候，夏嫄还在那里紧张地敲着键盘。有时候我会觉得我们彼此心照不宣，尤其她的眼神，偶尔也会躲避我的目光。但是，我也知道，在毕业之前，这么一段日子是我最大的幸福，如果再一次执意靠近，她的微笑或又会再一次变成冷漠。于是，每次看到夏嫄，我就像看到晓玉那样仅仅是一声亲切的招呼，一个自然的微笑。

有一天，下着大雨，从桔园到学院有十几分钟的路程，我还是冒雨去了工作室，如果不是为了遇见夏嫄，估计那天我宁可睡觉也不会出门。工作室没有一个人，夏嫄的那间也锁着门，我心里偷笑，看来她也会偷懒。打开电脑，准备再看看已经完稿的论文。窗外淋漓的雨，窗内孤寂的身影，等不到夏嫄出现，我心里竟感觉空落落的。望着墙上细小的裂纹，我努力让自己冷静下来，并理智地想着最近的生活。是该珍惜现在这相安无事并有一点点美好的状态，还是再一次试着靠近她呢？等这学期结束，下学期都会是忙忙碌碌地找工作，或许还没来得及珍惜身边的人，就已经各奔东西。只是，若尝试走进她的世界，若将那些从未间断的诗稿发给她，会不会又陷入尴尬，连微笑相对的机会都没有了呢？

  最近已经有好多次这样的纠结了，每次总是理智战胜感性，就这么自然而然地等待着离别，如果上苍真给我们缘分，会有适当的场合再次相遇。当然，像第一次那样的相遇，美好但也孤独，我渴望有一次两个人都可以倾心的相遇，若不能，这样日日相见地慢慢走向毕业，也不失为一种幸运！雨没有停歇的意思，夏嫄的脚步始终没有响起，我反复地想着刚来学校时惹她不开心的举动，还是决定不再有任何的奢望，而只是珍惜能够碰面的日子。从初来江大时的友好，到后来的不再碰面，不再联络，甚至不再说话，真是荒谬的世界啊。

七

除了静默的鸟巢

这夜晚还有什么温暖

倘你不在，倘世界不在

还有多少月色可以蹉跎

　　　　风在走远，岁月亦走远
　　　　青春的容颜怎能不随之老去
　　　　　唯独此夜年轻
　　　　此夜轻扬静如处子的面色

　　　　天空从地平面上降落
　　　　大地从海平面上升起
　　　　　那唯一的一线光亮
　　　　　　被你充盈

　　"地震了！"哥一声惊呼，左右手牵起我们兄弟俩就往门外奔去，喝醉酒的人力气大得出奇，他简直是顺提着我们。房子晃动得厉害，我一阵眩晕之后马上清醒了过来，门一拉一掀，三个人就跳将出去，我和屺娃连蹦带跳地到了院子里，而哥居然又跑向屋内。等他抱着两个盒子出来的时候，地震已经结束了。我又气又急，还真有这样的人，那几盒东西比命更重要吗?! 幸好，地震不是太严重，只有屋角的瓦片被抖落在了地上，发出沉闷的响声，房子整体安然无恙。我们惊魂未定地往院子中央挪了挪。"不知道这次又是什么地方，估计震中挺厉害的，咱们这酒喝的！"哥已经从刚才的紧张状态中回过神来，我酒也醒了大半，顿时觉得乏弱无力。

　　"应该不会再震了吧？"屺娃的问题让我们哭笑不得，整个村庄很安静，已是凌晨两点多，村民们睡得正香吧。不大会儿，对面的山脚传来稀稀拉拉的几阵响声，就又恢复了静寂。山头刚好露出了月牙儿,有淡淡的光照着皑皑白雪,屋子里的灯还亮着。哥率先出了声,"应该没事了,外面冷,咱们回屋去吧,你俩也别回去了,就睡在我家。"他抱着盒子向堂屋走去。我和屺娃应和了一声,跟着进了屋。

这里是山区,信号不好,手机上不了网,也不知道地震严不严重,震中会不会就在附近。我们几个连开电视看看新闻的办法都没想起,倒是那些迷迷糊糊中看到的宣纸,还吸引着我。"哥,你挺文艺范儿的嘛。没发现我身边藏了这么多情种,还是文学大师。"屺娃并不言语,堂哥居然有点羞涩,嗫嚅着说不出话来,有几本书刚才震落在了地上,他捡起来重新码好。那些盒子还在桌子旁,他盖好要装到书柜里去,我一个箭步就堵在柜子前,"哥,你还没说完呢!"

他不好意思地笑了笑:"被你们两个小鬼灌醉了,怎么胡言乱语地说这么多,都是些陈年往事了。你们年轻人,还是让屺娃说说他写诗的那个女孩吧。""不行,刚才我看的那句太好了,要不是突然地震,我该看另外两个盒子了。哥,你都说给我们听了,我就看看盒子上面的毛笔字?"我有点无赖地说道,屺娃直接上去要抢的样子。"只能再看一个,这个黑色的,绝对不给看。"我第一次看到哥这么严肃,有点怕。反正能看到一个,先不管了。

"我想做一个夜晚的行者,捡拾那些被人们遗忘的美好",依然是漂亮的毛笔字,日期为"1991.3—2005.2"。"哥,你们是1991年分手的吗?"我问道,他点点头。"那为什么写到2005年2月就不写了?之后的在这个黑色盒子里吗?"我越发好奇了,那简单的几个日期,是他一生中最美好的一段年华,无数日日夜夜,不管酸甜苦辣，最后就留下这么两盒不肯示人的记忆吗？哥没有说话，将我手上的纸小心地收了去，盖好，放回原处。他虔诚的动作简直就像在置放神龛，而那小小的木盒，必定也成为他心灵的庇护神了吧！我竟不知道说什么好，屺娃也沉默着，我们一起傻傻地看着他。"睡觉！难道你们还要整几盅？"哥边调侃边向炕走去。炉子里的火特别旺，剩下的小半瓶酒靠在烟筒上，冒着热气。他们俩倒头便睡，我也躺了下来。喝醉了睡不着，那种难受恰如在噩梦中无法醒来。我还在想着那几个盒子，"哥？"他许是睡着了，没有应声。

2005年，如果那个女人有了孩子，也该快上高中了吧？唉，爱情一点都不好玩，我听到的总是痛苦大于甜蜜，那种从青梅竹马到白头偕老的，估计小说中才有？就连经历过情感挫折，又碰到对的人，然后磕磕绊绊地长相厮守的，也要极好的运气。比起屺娃喜欢的女孩，哥幸运多了，至少他拥有过。如果非得分离不可的话，那相恋相思的三年，用大半生的孤寂去换取，有什么不值呢？悲惨的是，有人连那么幸福的一天都不曾得到过。可是话又说回来，不管能不能和她在一起，我能像哥那样坚守这么多年甚至是一生吗？

酒精在胸膛里烧得难受，我既无法入睡，便悄悄地溜出门，寒气逼人，深呼吸几次，舒服了点。抬头是模糊的山峦，淡淡的月色将夜衬托得更加清冷。我突然觉得屺娃身上有太多第五德的影子，在这个寒夜，我生起了莫名的恐惧。

| 归山 |

八

潮起潮落间幻变了几多蜃景？
云卷云舒间逝了多少过眼尘烟！
所有城市都镶满骷髅
所有村庄都款款流亡

身如浮萍奈若何？
千古岁月又怎样！
且躺在这蠡湖的烟波里
喝我的酒，写我的诗

"师兄，策划个活动？大家都开始写论文了，我没思路啊。想着疯玩一天就开始好好写。"我和李建国去吃饭，在楼下碰到晓玉和班里的几个女孩子。"是啊是啊，出去玩一趟，就专心写论文。"她们几个随声应和着，马上就能出发的意思。"是好久没有活动了，连个聚餐也没有。要去户外吗？露营？登山？"我问她们的意见。晓玉兴奋地回答："都可以啊，你组织嘛！上次阿坤说带我们划船去西施庄呢，一直没等到！"阿坤说这话时，我也在场，都是半年以前了吧，大家一起去KTV的时候。我笑着说道："哈哈，他太忙了，我得提醒提醒他。你们要是有空，我们可以去露营。太湖边，蛮好的。"她们立马回答："好，好，等你通知哈。"李建国一直要插话，都没来得及说什么。

走过去的时候，他很猥琐地笑着："带这么多妹子去露营，你不怕遇到坏人啊？"话虽这么说，他做事倒是想得蛮周到的。我想了想，回答道："从我们学校后面出去，走不远，南方泉那里拐进去就是太湖畔了，别墅区啊，露营很安全的。何况，有你这个流氓在，还怕坏人么！""那赶紧去啊，明天？""就你急！看看天气预报再说，我这里帐篷也不够，得租几顶，还要确认一下她们到底几个人去？你要带你那妹子去不？"李建国嘟哝了一句："哪有妹子，陈年往事了！"我不知道的是，李建国居然暗中追了晓玉好多次，这是后来一次喝醉的时候他告诉我的。

择日子不如撞日子，既然大家都有去玩的想法，何不趁热打铁呢，回去和李建国商量了一下，就将时间确定了下来，孙立因为有事去不了。"晓玉，查了天气预报，明天晴天，正好是周末，阿坤也在，如果你们有空，我们去太湖边露营。你确认一下，几个人可以去？"晓玉很快就回复了，确定八个人。根据人数，我和阿坤去租了三顶帐篷，加上我和阿坤各有一顶，我们三个男生挤一顶，十一个人正好合适。

班里第一次一帮人出去露营，一开始还准备野炊，但除了我和阿坤，大家都没玩过户外，加上时间仓促，只好约在下午四点集合，带上吃的骑自行车去湖边随便玩玩。分了几批人出去买东西，等汇合到一起，已是五点。有几个不会骑车，有的人拿了太多的衣服，将帐篷和睡袋分发了一下，每辆车都蛮重的，更喜感的是大多都是普通的自行车，有几辆还得载人。极菜鸟的一个户外团队，幸好路程不远，大家说说笑笑，倒走得快活，只是速度特别慢，天黑的时候才到南方泉。除了我的车有手电筒，其他车都没有。拐入小路后，大家走得特别谨慎，如果不是只有一千多米就到湖畔，真不知道那天怎么快乐起来。

我们迅速地搭建帐篷，几个女孩子也手忙脚乱地帮忙。有几个人铺开地席，将我们带来的食物摆得满满的，看起来很丰盛。虽然是居民区，但这条路晚上几乎没人，堤坝连着通向别墅区的小路，紧贴着太湖。我们的营地紧挨着堤坝，在几棵稀疏的树木之间，女生的四顶帐篷一字排开，男生的帐篷突出在正前方，像一个岗哨，担当着保镖的任务。李建国笑着向女生们邀功，夸耀他的创意，我和阿坤无奈地笑笑。

她们平时都宅在宿舍，不怎么运动，虽然只骑了一个半小时，搭帐篷也用了很短的时间，但可以看出来已经很累了。大家围着防潮垫，吃喝一阵，就开始玩起了游戏，什么"动物园果园""真心话大冒险"之类的，统统玩了一遍。李建国突然来了兴趣，要讲笑话，大家满怀期待地听着，结果是个鬼故事，女孩子吓得稀里哗啦的，他更是来了兴致，接着还要讲，终于在一顿臭骂中闭上了嘴。来时带的一箱啤酒和饮料，很快都喝完了，一起疯玩的时间过得真快，等我们意识到有些凉意的时候，已经是夜里十二点。湖边的芦苇被风吹得"唰唰"作响，月色皎洁得让人意外。虽然在长广溪和蠡湖旁边也看到过迷人的月色，但像今晚这么妩媚、这么明亮而又朦胧的景色，确实是第一次看到。

置身这样的环境，内心也一下子柔软了起来，似乎这才是无数次在梦里出现，也无数次向往过的江南，连水面上的波光都显得极为温情。有几个女孩子怕冷，又困，就钻到帐篷里去了，其他人和我一样，坐在堤坝上，呆呆地望着风中摇摆的芦苇，和湖面上荡漾着的水波，月色将这一切轻柔地笼罩着。我多么希望此刻夏嫄也坐在这里，其实早在晓玉说要露营的时候，我就想到了她，甚至幻想过那要出来玩的八个人中，就有一个是夏嫄，当然，我知道这是不可能的事！微凉的夜，在这月光中的太湖畔，从来不懂韵律的我，竟然凑成了一首古体，知道格律完全不对，还是很欣慰："露营太湖畔，静夜湿华年。流星北归去，涛声南来还。芦苇荡明月，何须中秋圆。一岁一杯酒，一世一缠绵。"

几个女孩老早就起来了，她们抱怨我没通知多拿衣服，黎明的时候都被冻醒了。不过太湖给了她们馈赠，我们被一片欢呼声吵醒，从帐篷中钻出来一看，目之所及，令人想起了上小学时学到的那篇《海上日出》。清晨的湖面和月色中的湖面完全是两种基调，暖暖的，映着霞光，太阳即将露脸。没想到，竟然在这里看到了日出！我向来对同一棵树、同一座庭院或是某个小地方在四季中不同的风韵很是敏感。看着一株草从春天发芽到秋天枯黄，看着一个城市从日出到日落，那种生命的神秘和奇迹让人敬畏又让人向往。

我第一次知道，无锡竟有这么一隅，也第一次知道，在太湖边也可以看到如此迷人的日出！太阳是从芦苇荡爬出来的，湖面从暗红到绯红再到刺眼，原来同样是波光粼粼，在不同的时间竟有着如此大的差异。不像昨晚在月色中的聒噪，大家在一阵惊叹之后，竟都默默地看着日出，不知道她们心里被触动的是哪种情

|归山|

感？我是多么希望夏嫄也可以看到，不一样的是，这次一点都没有希望她在身边的想法，而仅仅希望她看到，即使我不在，即使她一个人，或者陪在她身边的人不是我。我有一种很强烈的愿望，此景与她同在！

九

我愿意亲吻大地，俯首倾听
那黄土深处最远古的召唤
它让我的心灵颤抖、狂热

我平生最虔诚的敬畏
是大地沉默的神秘
而你仿佛从大地深处走来
从远古苍天的第一处缺口走来

难道是最初的那位女神？！
我在最古老的天地间行走、歌唱
纵使荒野上诞生的第一位诗人
也不敢亵渎你的圣洁

不知为什么，虽然脑海里印象最深刻的是那次地震中的过年，但我又想起了第二年过年的场景。这一年，第五德已经不在了。

"岗娃，今年有篮球赛吗？"刚接到从车上下来的屺娃，还没来得及回家，就被几个村里的长辈堵在车门口。"有啊，屺娃都回来了，怎么会没有比赛呢！"我边说边将他的行李箱提了过来。已经到了深冬，大西北非常寒冷。他们不由分说就从我身边抢过了行李，朝我家走去。屺娃每次回来，几乎都可以碰到热心的村民帮他提东西，然后去我家聊聊，顺便喝几盅酒。

"二爷，我刚从无锡回来，你也不问一声累不累，就只关心过年有没有球赛啊？"屺娃打趣地问道。"你个小鬼，年轻人坐车还会累？我们那个时候背着干粮步行去县城呢！"二爷笑眯眯地回答着他的话。有几个人随声应和着："现在的娃娃体力都不行，吃得比过去好了，腿脚却不比过去有劲了，都是太懒了啊。"屺娃争辩道："我体力可好着呢，学校长跑没人能跑过我啊。你看，都是你们惯的，带的行李又不重，还要抢着帮我拿。"二爷和另一位老人"嘿嘿"地笑了几声。

妈老早就等在了路口，她知道屺娃今天要来。大估计在陪人下棋吧，每年这个时候，家里经常是三三两两的棋友，下到紧张处，饭都顾不上吃。屺娃的父母在村子里出了名的老实吃苦，可是天不佑好人，他大年纪轻轻就死于矿难，而他妈妈也在不久后因子宫癌去世了。那个时候我和屺娃都在师范读三年级，若不是我家和第五德对他的照顾，他哪有机会再去考研究生呢。

进了家门，大果然在跟四大下棋。他们迅速将棋盘挪到了地上，让出整个炕。棋已是残局，若不是二爷和几位长辈来，大和四大此时的状态肯定是雷打不动。我招呼长辈们坐好,妈早已准备好了饭菜,我轻车熟路地从柜子里摸出酒盅,向二爷他们敬几杯酒,就开吃了。这个村子的风俗还是很传统,对长辈有着绝对的尊重。就像喝酒,谁先谁后,以及吃饭的礼仪,都是有一定讲究的。我从辈分最高的敬起,同一辈分的也会按年龄分先后,当然,爷爷辈要坐在炕桌正后方,其他人依次围坐。父子是绝对不可以猜拳的,爷孙之间就随意多了。在老家的话语里,没有"接风洗尘"之说,但道理差不多。

我和屺娃是晚辈,但是他刚从外地回来,而且在我家,自然是我先以猜拳的形式敬大家一圈,之后,就由辈分最高的人主持,开始轮流敬酒。我们边喝边聊:"二爷,你年龄都这么大了,怎么还是这么关心篮球赛?"我和屺娃自从师范毕业后,每年过年的时候都要组织球赛,村子里的人已经习惯了,甚至可以说,这也形成了一种风气,连二爷已经七十岁高龄的人,也会组织老年队玩一场。"哈哈,还是你们年轻人好,读了书,有文化,能组织大家一起热闹热闹,哪像我们这些老不中用的,还有你大这一代,不是打麻将就是整天喝酒,没意思啊。"大家都应和着,"球赛比打麻将喝酒之类的好多了!"村民对我们的活动非常支持,每年都会力所能及地捐款捐物,更多人直接搞后勤服务,这样有声有色地过个春节,确实比很多地方的年味浓多了。只是,记忆里儿时的社火,现在算是彻底销声匿迹了。

酒过三巡,大家聊得更加热闹,又有几个闻讯赶来的亲友加入。除了那几位老人,其他很多人跟屺娃一样,只有过年的几天回趟家,大多数时间在外面,不同的是屺娃在读书,他们在打工。

大家说着各自在外面见到的趣事和经历，老人们不时评点几句。不知道聊到什么话题，大爷突然插了一句："屺娃，你准备读书读到什么时候啊？年龄很大了，该想想成家、工作的事了，总不能一辈子都读书吧？"哪壶不开提哪壶啊，我心里在想，怎么高高兴兴地突然就说起这事了呢。"大爷，我是要干大事的人，不多读书不行啊。"屺娃故意开着玩笑，但是我看到他脸上的尴尬明显大于开心。大爷也笑呵呵地骂了一句："你个小鬼！"

二爷却接过话茬，正色道："唉，前几年我们都说你哥是读书的料，那娃成才，肯定会给咱村人争气！谁知道最后连个老婆都没讨着，年纪轻轻就走了，造孽啊！"他老人家一脸的悲哀，可以看出是真伤心了。另一位老者赶紧拿起酒杯，向二爷敬过去："二哥，都是命，你别想了，都过去的事了。"他喝完酒，继续看着屺娃："读书是好事，我们都支持你，可是你也应该多想想，该成家了啊！"屺娃又是死皮赖脸地笑笑："二爷，别急哈，我明年过年就带个特别漂亮的媳妇回来。"他好像真的已经见到孙媳妇一样，开心地笑着。我心里一乐，人老之后，真的就越来越像个孩子了。

散场的时候，已经是夜里十二点，全家人急急忙忙地收拾一下残局，就准备睡觉了。本以为我会倒头就坠入梦乡，可也许喝了酒的缘故，怎么也睡不着。悄悄地溜到院子里，看大门没有上闩，就又悄悄地溜了出去。腊月十九，还没有到年关，月亮刚刚探出了头，一阵寒风吹过，我感觉自己轻飘飘的。远远望去，对面山脚是堂哥家残破的院子，月色中轮廓模糊，显得更加荒凉。我对他的一生既崇敬又同情，也不知道他的人生该说是崇高还是卑微，总之，绝对不会是幸福。我就那么静静地望着那座院子，仿佛望着静默在那里的堂哥。一阵冷似一阵的风不断把我从记忆和幻想中拉回来，慢慢地，酒精的作用越来越大了，我头晕乎乎的，便转身回了房间。

之前和二爷开玩笑说带媳妇回家的时候，我就知道屺娃的内心肯定很崩溃。此刻他却坐在椅子上，醉眼迷离地翻看着手机。"岗娃，给你读首诗吧。"我本来要骂他一声然后睡觉，但看到他一脸真诚，便凑过去坐了下来。"时间，无尽的时间/沉重，深邃，/我将等待你，/直到万籁俱寂。//直至一块石头碎裂，/开放成花朵。/直至一只鸟飞出我的喉咙，/消失于寥廓。"他读得缓慢而忧伤，语调中有酒后特有的迟钝。"是你写的吗?""不是，《等待》，谁写的忘记了，我复制在便签里的。"他边说边划拉着手机，我一眼便扫到了下一条便签的内容："夏嫄，一直没给你说过，在老家，我最真诚，也最想你!"

十

江南的黄昏

我们不期而遇

四目相对的仓皇

谁默视着你的背影？

谁忽略了灼热的手心！

无限华美的黄昏

晚霞冉冉失重

橱窗传出的音乐

是金属撕碎的声音

为你匆匆一瞥的逃遁伴奏

  露营回来,同学们开始各自忙碌。其实我的心还没有定下来,也不知道在想些什么,整个下午懒懒地躺着,直到李建国来叫我吃晚饭时,仍毫无食欲,便继续赖在床上"闭目养神"。有一只蚊子在我的上方来来回回地徘徊,它乱蹬着脚想挤破蚊帐的沙眼,我看见它一次次努力地想穿透这层屏障,又一次次徒劳无功地换地方尝试着,这么执着地想靠近我,难道它闻到了我身上鲜血的味道?这一层薄薄的纱帐,竟给我这么周到的防护。房间的窗子和门都大开着,有阵阵的微风吹进来,我突然发现一只蝴蝶停在我的床头,在纱帐上悠闲地翕动着翅膀,不紧也不慢,刚才那只蚊子已不知去向。我轻轻地掀动着帐子的入口,觉得此刻这些密密麻麻的网孔显得太多余了,那只蝴蝶似乎发现了我伸出的手臂,优雅地绕了一个圈,几个起落就消失在了窗外的光影里。

  果然是鱼和熊掌不可兼得,这小小的一方纱帐,并不阻碍我的视线,也不让人觉得空间的压抑,它却拒绝着蚊子的骚扰,同时也谢绝着蝴蝶的亲吻。这多像我们的人生,几乎所有的美好和不幸都唇齿相依,我们无法拥有绝对的幸福,也不会陷入永久的劫难;总是希望中夹杂着绝望,快乐中夹杂着悲伤,所谓智慧,只是在这些纠结中反复地权衡和取舍。也许一次谦虚,却失去了

| 归山 |

更多应得的东西；或许一次贪欲，并没有像人们所说的那样不道德，反而让你有了意外的收获。如此，能不能算是哭笑不得呢？我宁愿相信，这才是真正的人生！

屋子里透进来的天光已经有些黯淡，就因为帐外的蚊子与蝴蝶，我竟浮想联翩，就像失眠者突然很清醒地意识到自己是在失眠一样，我仿佛突然想到，自己是在思考人生吗？有一种很奇妙的感觉，我得起床了，这一想法如闪电般从我头脑中划过，我立马从床上翻了起来。前一刻还慵懒地觉得什么都不想做，这一刻竟然充满着力量，精神百倍地就下了床。要去吃饭吗？可是一点食欲都没有。我惊奇于自己的感觉，到底要去做些什么？怎么好像感觉有一件事非做不可呢？看了看电脑，看了看书桌，根本想不到要干什么！不知不觉地走向阳台，已是黄昏，我趴在护栏上，看着楼下男男女女走过，除了随风飘起的长裙，我根本无法看清那些走过的人儿，即使有些人或许认识。我下意识地看看夕阳，已经有大半的脸藏在山后，留下的半边脸是模模糊糊的绯红。

哦，对了，我忘记了戴眼镜，人很少有这种时候，但不是说不会有：很清醒地认识到自己在做什么，但本身行动又迷迷糊糊，就像很真切的一场梦，只是，那是在现实之中。你会说这是白日梦吗？不是！我坚信此刻的我是清醒的，我知道自己从宿舍出来，去看楼下的风景，去看远处的夕阳，可是，当我回想这个过程的时候，我又是怎样的状态呢？这一瞬间我是否真的存在？我又意识到自己依然在护栏边，眼睛仍然是望着楼下，只是视野里的事物没有进入我的脑海。"啊……"我像第一次登上山顶那样呼喊着，可是这空旷的校园，不可能听到回声。这不是黄土高原，不会有山鸣谷应，不知道为什么处身于某个地方的时候，往往发现不了它的魅力，而在另外的地方，却能无数次想起它的亲切。

洗把脸，溜达到楼下，出桔园向西散散步，已过了食堂的饭点，路上行人稀少，树叶在微风中慵懒地晃动着，霞光若隐若现，天色迷离。我伸了伸懒腰，慢慢地踱着步子，想到黄昏的长广溪应该风光不错，索性一直向西门走去。不去想论文，不去想生活，不去想一切的烦恼，就这么一个人走向夜幕降临，多像一次放纵！远远的，一个人影从二食堂边袅袅而出，有点暗的天幕下一身黑色很是干练，夏嫄？前两天碰到她，都是这个风格的衣服。渐渐地近了，真是她！这得有多大的福分，这段日子居然几乎每天都可以碰到。她似乎也是很早就看到了我，两副眼镜的背后，藏着两双眼睛，而这两双眼睛之中，又透射着怎样的心思？

她第一次这么认真地看着我，我都感觉到她的目光落在我身上溅起的涟漪，四散开去，又重新汇合，聚集成波浪拍打着我的心。我下意识地扶了扶眼镜，脚步放慢了好多，不知道哪来的勇气，我第一次盯着她的眼睛，仿佛要读懂她瞬间的内心一样。近了，近了，更近了，只有几步之遥，但我们在道路的两边，平时并不宽阔的这条路，此刻竟觉得宽得离谱。我还在犹豫着该不该开口，该不该停下来，双腿已经很争气地朝她那边走去。"屺！"她倒是先打了招呼，表情坦然地看不出来是冷漠还是意外。"这么巧，这两天经常碰到你。"我没有叫出她的名字，因为早在这之前心里已经默默地叫了几十遍，而是说了一句语无伦次的话。她笑笑，我们都停了下来，我看着她，大脑一段空白，不知道该说些什么。一时间走也不是，不走也不是，只好冲她笑了笑。

| 归山 |

　　好像过了很久很久,她挪动了脚步,我也很配合地挪动着脚步,其实我知道仅仅停留了几秒钟。她一直没有正视我的眼神,在即将擦肩而过的时候,她突然一瞥,眸子里的亮光汇聚在我的眼睛里,我分明感觉到了一丝柔情。我们仍然习惯性地擦肩而过,习惯性地迈着机械的步伐,只是这次,我彻底地相信她对我不是那么冷漠!甚至我觉得她有很多的疑问要问我,或者有很多的话要说。我恨自己,在最关键的时刻总是笨拙得像头傻驴,不敢多说一句话,不敢尝试着陪她一起走走。我只是在走出不远就转身默默地望着她的背影,这次,她竟然也回头望向我,目光相撞后她又匆匆回身走远。我微笑着,不知道是会心还是犯傻,就那么看着她渐行渐远。我清晰地看到,她在将要进桔园的地方,又一次将目光投向了我这里,而我,仍然站在原地注视着。

十一

在茫茫的大地之上
我们多么幸运地相遇
又多么不幸地擦肩

在这孤独的尘世
恋人们行走

万物都超脱了它的存在

而我如何才能在海风里羁留
才能用短暂的生命
写下永恒的你

  第二天,直到天色将暮,我和屺娃还在沉睡中,就听到我妈的喊声:"岗娃,电话!"她已经将手机从堂屋拿到院子里了,我跳出卧室,接过手机就向大门外跑去。院子建在山脚靠后的位置,信号不大好,在屋内接电话经常听不清楚。我一看,是老木打来的,"喂,要请大爷我喝酒啊?""喝什么酒!你在哪?有事找你。"他声音充满焦急。我一听这二货蛮正经的,好像真有急事。"在盘龙乡啊,什么事?""爷分手了,郁闷着呢,你赶紧进城,来喝酒!"我们俩之间这么霸道已成习惯了。"你丫有病啊,一会喝酒一会不喝的,说什么分手,屁话嘛,这都快天黑了,没班车,我怎么进城?"他不容置疑地吼道:"你来不来?"看来这货是真郁闷了。"来!找到车了联系你。"说完我就挂了电话,没办法,看来他俩真在闹分手,这种事无论如何也要去劝劝,何况他们两个人都是我和屺娃最好的朋友,我们四个是师范的同班同学。

  已是六点多,再过一个小时天就要黑了,这个偏僻的村庄,离县城六十多公里,其中二十多公里是山路,进趟城特别不方便。"大,你的车有油不?"我想了想,只能骑摩托车去了。"刚加过,你要去哪里?""进城,老木有事,我现在就得去!"我边说边着急地向车棚走去,老木和蒋米来过家里很多次,大和妈对他们都很熟悉。大很怀疑地问道:"你是去喝酒吧?这么迟了,明天早上坐车再去!你都没有驾照,最近查得紧!"我接过话就大声嚷道:"大,他们要分手,我能不去吗?""啊?那赶紧去,小心点!车停在半路坐车去,不要骑进城,查到就惨了。"大说话的时候,已经示意妈从屋子里拿出了头盔。屺娃跳出门来,他自然也要去的。

老木一脸的沮丧,耷拉着脑袋像是蔫儿了的茄子,我故意大笑,"你他妈也有今天!""郁闷死了!"他强颜欢笑地搭着我的话,然后望着屺娃,"这狗日的回来了啊!回来也不说声!"他边说边向鼓楼旁的酒店走去。屺娃骂道:"你配?吃碗牛肉面,然后烧烤摊去!女朋友都没了,还有心情去这么高档的地方!"其实屺娃也知道他刚买了房,手头紧张。"没事,腐败一下,一辈子分不了几次手!"老木还是一腔郁闷的调子,看他那流氓样,真有点替他们惋惜。我一把将他从台阶上扯下来,"去吃牛肉面!真的。好久没有在鼓楼的啤酒摊坐坐了,吃过饭我们去那里聊。"他一副无所谓的样子说道:"也好!"吃牛肉面,自然要去"黄师傅",算是陇西的招牌了。

走在路上的时候,屺娃很着急地问他:"你们都准备结婚了,为什么分手?""蒋米脾气实在太大了,过不下去。我都吵架吵烦了。"我气不打一处来:"你有病啊,吵几次架就分手,这世界还能不能有情侣了!"老木无奈地说:"你们不知道她那脾气!""行行行,先吃饭吧,我快饿死了。"每次屺娃回老家必去这家面馆,他说在江南时间越长,就越想念家乡的饭菜,尤其是牛肉面,那是种说不出的亲切味道。确实,很多人说起过,出了甘肃,其他任何地方,这种被改称为"兰州拉面"的面食,都是没有故乡味的。

烧烤摊还是屺娃离开陇西时的样子,鼓楼四周搭满了临时帐篷,下面是挨挨挤挤的啤酒桌,众多男男女女汇集在一起,吃着羊肉串,喝着啤酒,小城的日子就这么惬意地流淌。兴许,在某个角落里躲着像我们这样来发牢骚的?有一家烤羊肉串的本地回民,我是他的常客,他远远地就望见了我,挥着手中的肉串喊道:"岗娃,什么时候进城的,也不过来找我!""沙哥,这不来了嘛。"我说着就向他那里走去,老木和屺娃也是熟悉他的。啤酒摊已经挤满了人,在靠近烤炉的地方,我们好不容易找到一张空桌子,坐了下来。我笑着指指老木:"你用去酒店的钱给我整羊肉串和啤酒!""吃多少给你整多少,爷有的是钱。"他又是一副流氓相。"少来!你他妈说吧,犯的什么病,你们真要分手?"他一脸苦笑:"我像说假话的吗?是已经分了。"然后他絮絮叨叨地说着蒋米的不好,说着自己的心酸,第一次见老木这么婆婆妈妈,还真不习惯。

"你别管我啊,蒋米也是我的朋友,你俩随便怎样都行,但是必须把话说清楚。"屺娃很郑重地警告他,同时拿出手机拨通了蒋米的电话。"喂?"她有气无力地还没说完一个字,就听到屺娃开骂了:"喂什么喂,不知道是我啊,我回陇西了。什么都别说,来鼓楼这里,啤酒摊,就现在。""可是,我……"听筒中传来蒋米细小的声音。屺娃打断她的话:"过来,我和第五岗晚上从盘龙乡赶下来的,你不见?""可……那我过来。"她犹豫了一下,还是答应了。

他们气呼呼地盯着对方,有点恨不得活剥了彼此的意思。我一看这架势，就知道哪是什么分手，明显闹别扭的，可能比以往任何一次严重了点而已。"蒋米，你说吧，怎么了？"我将目光从他们脸上移来移去，最后停留在蒋米这里。"他说我不贤惠，不理解他，不尊重他的朋友，可是你不知道他特别自私……"老木已经好几次要打断她的话了。我怒视着他："你能像个男人么！让蒋米说。"我完全是给蒋米撑腰的态度，说到委屈处，她还真哭上了，完全小家碧玉啊，老木也开始哄着她；可是说到气愤处，骂几句真是毫不留情。我偷偷地笑着说："有点女汉子的意思啊。"时间久了，我和屺娃忍不住笑出了声。

他们俩竟开始一致对着我和屺娃骂起来了。"唉，兔死狗烹，我俩就这命啊！你俩以后想怎么死就怎么死，别再祸害我们了。"我释然地说道。"屺哥"，蒋米一直这么叫屺娃，"嫂子呢？""哪来的嫂子，人家根本不理我。"屺娃有点气恼地脱口而出。老木狠狠地骂道："他是在犯病。"我点点头："病得不轻啊。"然后又转向他们："你说你俩好好的，整的这什么事嘛，不好好珍惜！"他们又相互对望了一眼，然后转向我："屺哥刚回来，我们几个好好喝酒吧！""他昨晚喝醉了，还给我读诗呢！"我调侃道。蒋米"哈哈哈"地笑了起来："屺哥，你不厚道，只给岗哥读诗，不给我们读！"屺娃苦笑着，拿起了酒杯。

十二

这条小小的路通向你的窗
我却一再迷路,一再找不到邂逅的路口
窗子开了又关,秋天来了又走
如何才能凝视你休憩时轻撩长发?

咫尺的小径上衣袂缤纷
这么多女子络绎而过
却不见你只言片语

只恨香樟上的红叶哦,入秋过早
只怨毒辣的太阳高悬,炎夏迟迟
倘见你,何处觅一湖秋水?
倘不见你,何处置半叶归舟!

如果只是遇见,不能停留,那我宁愿不要瞬间的惊艳,从来陌生,从不邂逅。可是,缘分的事,谁能说得清楚呢?这一周,竟然每天都能碰到夏嫄,而且是单独碰到。不管是一个微笑,还是一声招呼,这是自从认识她以来最大的奢侈。不能再等下去了,既然爱着,为什么要这么懦弱呢?晚饭后刻意去园门口那条林荫道走走,总觉得还会碰到她,若是相遇,一定要停下脚步,一定要鼓足勇气陪她散散步。可是,来来回回地走到路灯全都亮了起来,最后走到食堂也关了灯,还是没有见到她的影子。也不知道走了多长的路,溜走了多少时间,当觉得很累的时候,已到了晚上十点。路过她的宿舍,亮着灯,窗前的草坪上平时有人抄近道,走出了一条小路。我坐在这条小路的起点,失魂落魄地出着神:不会又像以前一样,好几周甚至一两个月都再碰不到她了吧?不行,我要主动找她。打电话太尴尬了,还是发了条短信:"我们认识两年多了!很感恩上苍的怜悯,让我这几天一直碰到你,让我感受着生命的活力。每次相遇,我都想大声地告诉你:我喜欢你,想见到你,想和你在一起。"

没想到夏嬿回复得这么快:"你喜欢我什么呢?是因为我经常独来独往,还是因为我留的长发?男生都喜欢女孩子留长发,这很正常啊,那不是感情。我一直不明白,你怎么会喜欢我呢?"

"不知道,真的不知道。因为你的漂亮吗?因为你的气质吗?都有,但最直接的是一种感觉,每次见到你,我的心不由自主地温软。对,想起了那句话:我爱你并不是因为你是谁,而是因为和你在一起时我知道我是谁。虽然一直没有机会和你单独相处,但相遇的瞬间,仿佛生命一下子能回到最本真的状态。那一刻,有一种力量攫住了我,让我写作,让我赞颂,让我觉得你就是那个点燃我灵性的天使。"

"不懂你的话,我只知道写诗不是一件简单的事。谢谢你的用心,其实我看到你的一些诗,你句子中有的意象,是我根本想象不到的，写得真心不错！"

"我是在真诚地写着，但我也知道自己仅仅是个码字工，顶多是一个动了感情的码字工。我没想过要你全部看懂这些所谓的诗，更没奢望过感动，只是想着应该发给你，至少让你知道有那么一个人为你用心着。"

"你这又何苦呢？我们现在不都挺好的吗，为什么两个人一定要有情感的纠葛？我不知道你的爱究竟怎么样，我也不知道你心里面究竟怎么想，但直觉告诉我，你在犯错。你喜欢的仅仅是幻想中的那个我，一个你刻意想象出来但与我完全无关的'感觉'。我们根本就没有说过多少话，根本就没有相处过，你怎么确定会是喜欢呢？况且，你对感情，貌似很不负责任，你自己到底是怎么回事我也不问了。"

"夏嫄，不管有过什么样的经历，现在唯一的事实是，我喜欢着你！谁不想有一个两小无猜的人，相恋，相守，一起白头偕老？可是，这个可能性有多大？对于你，我确实不知道是否恋爱过，我也不想知道，你现在是单身就足够了。但是我，肯定恋爱过，从来没有隐瞒。你好像特别在意，是不是希望遇到一个人，他第一次爱，也是最后一次爱，而那个爱的对象，就是你？"

"这不是妄想吗？我是有点完美主义，但不至于这么绝对。当然，遇到的人一直不变心，那肯定是每个人都盼望的。我也没说你不好，更没说自己一定要找个没有谈过恋爱的人。只是，我觉得，你对感情太任性，你的生活也很任性。"

"第一印象果然很重要啊。既然你这么认为，我也不解释。时间久了，你自然会知道我对你是不是真心。如果有一天，我为你完成了长诗,世人都能理解这种情感,而你仍然认为我不靠谱,那我只能怪缘分的捉弄了。"

"怎么说呢,不是我不喜欢你,我只是不想现在谈恋爱。反正你不懂。我也没有说你人不好,大家都知道你为人处世很好,而且那么有才。只是你应该为值得的人写诗,你选错对象了啊。所以,你以后不用写诗给我了。"

"写不写是我的事,我不想再沉默。"

"你这是生气?你到底能同时喜欢几个人?"

"我承认,喜欢过不止一个,但是为之写诗的,只有你。没有遇到你之前,我觉得爱情是两情相悦;但是遇到你之后,我觉得爱情是一种信仰!从此,只要我能写作,就能想到你,就渴望和你在一起。也许两情相悦不是唯一的事,你和某个人会,和另外一个人也会,尤其在当今这个社会环境中。但是,深入到生命里的事,对我来说,只有写作,和你,写作是唯一的,你也是唯一的。"

"不懂,还是觉得我是你心目中的一种想象,至少那并不是真实的我。我要休息了。谢谢你的用心!"

"我相信你有懂的那一天。我相信坚持的力量,晚安!"

十三

多么希望相遇时你未嫁，我未娶
我们在江南的水边倾心相与
而现在既已错过，就永远错过
我仅在落日的林荫道上怅然漫步

我们注定默然相遇，默然分离
默然擦肩而过在立秋日的黄昏
时光薄如流水，我们却永不再遇

"老岗！这不像你的状态啊。怎么两杯就醉成这样了？"老木关心人的样子还真是千年难得一见，这么多年，我和屺娃、老木成了酒场三剑客，也是每次回家必聚的死党。我想像平时那样跟老木开个玩笑，但此刻，只能力不从心地靠着吧台，感觉略微一动就要吐出来了，胃里翻江倒海似地难受。我叼着一支烟在努力平复着身体的抗议。连续一个月的失眠或是乱梦纷纭，已经让体力透支严重，若不是看几本喜欢的书，写一些日记来释放一下，真不知道自己要变成什么样子。他们不知道，其实我的生活更为悲剧，仿佛爱情、婚姻这些东西与我毫无关系。

|归山|

老木走过来,要扶着我,我的左手正按在肚腹上,右手夹着烟捂着嘴,以虎落平阳的神情看着他,使劲地摇了一次头。三个人还没喝完一箱啤酒,就醉成这样,连我自己都感到意外。屺娃许是等不到我们,也走了出来,他用恨铁不成钢的眼神打量着我,狠狠地甩出一句话:"你连一个江南人都喝不过!"本来难受的我,被他说得马上支撑不住了,向洗手间冲了过去。不知过了多长时间,我瘫坐在椅子上,无能为力地说着我的歉意,本来说好去KTV的,我这样子,恐怕去不成了。曾经被认为酒量最好的我今天居然先醉了,而且醉得一塌糊涂。

也罢,生活中总有一些时候能让你无所适从,就像总有一件事会戳中你的泪点一样,正是有了这各种各样的缺憾,才造就各种精彩的人生。他俩东拉西扯地聊着,我大口大口地喝着淡盐水,希望能缓过神来,不然难得的一次聚会,就太扫兴了!

"喂!想哥了啊?"老木不但有痞子气质,做事也充满着痞子风格。一接通电话,他就是戏谑的流氓腔调。"你一个人?"他眉飞色舞地边说话边向我和屺娃打着手势。"过来吧,我们去似水流年。"……"就我们四个人,老屺也在!"……"你妹!哥的面子还不够啊,什么人这是,要是老屺不在你还不来?赶紧的,我们去大门口等你。"老木挂了电话,屺娃一脸嘲笑地望着他,"又是橙橙?""还能有谁?就她嫁不出去,整天瞎晃悠。"老木轻蔑地说着,拿起包,"走,去似水流年。老岗,你他妈精神点,看你那怂样!老屺,你也要精神点!她喜欢你呢!"可能是淡盐水的缘故,我感觉轻松多了。

屺娃立马回过话去:"关我屁事啊,你喜欢你就去呗,我这个熊样，不是耽搁人家女孩子么！"老木笑出了声："看你那一副品德高洁的样，婊子立牌坊的感觉啊。"每次一说到橙橙，我就很紧张。我总是怕见到她，若不是她喜欢屺娃，可能我有足够的勇气去喜欢她，每次她看屺娃时那种无辜的眼神，都让我有着很深的负罪感，当然这负罪感应该是屺娃更多，我只是不知道该如何去安慰她的心，一个很优秀的女孩子，如果不是碰到夏嫄，或许屺娃会和她在一起。朋友们每次都说他们很般配，屺娃除了说一句"不要乱开玩笑"，便不再多说一句话。感情就是这样阴差阳错，或者人生中的很多事，你最在意的，往往是别人最不在意的，就像你最爱的人并不爱你，爱你的人你无法去爱他那样。

我们走到似水年华门口时，橙橙还没有到达。我在门口等着，屺娃和老木上去订了个包厢，然后又一起回到了门口。"你真是自讨苦吃，像橙橙这样的女孩子，真的不容易碰到。唉，可是你……"老木像是在提醒屺娃。"你看过我写的那么多东西了，还不懂我的心意啊。如果答应，我会害了她的。"屺娃无奈地说道。

橙橙一过来就嘻嘻哈哈地搭上了话，说她是女汉子吧，很多时候温柔可人；说是小萝莉吧，又经常显得很豪爽。我们都开了多年她和屺娃的玩笑，结果他俩没什么进展，甚至一直保持单身，倒是经常一起疯玩。橙橙很知性地向我们笑笑，我特别佩服她偶然相遇时能很自然地面对屺娃，就像很普通的朋友那样。其实屺娃和她聚会的次数并不多。蒋米曾说起过，她特别喜欢屺的诗，特别能体会他诗歌里的情感，她很希望屺娃诗歌里反复出现的那个女孩子就是她自己。当然，我很感动于她的认真，也理解屺娃的心思，但总有一些莫名的酸楚感袭上我的心头。

我最没有唱歌的天赋，一般去KTV，都是默默地喝酒。在我的记忆里，橙橙也很安静，她仅仅会在没有办法推辞的时候唱一首，不是特别动听，但可以听出来很用心。老木和蒋米是绝对的麦霸，连屺娃这种自称歌神的人也甘拜下风，躲不过的每人一首开场，我胡乱地唱了首《男人海洋》，橙橙倒是出人意料地选了一首男声《想和你去吹吹风》，不知道那天是什么原因，大家被她的歌声吸引了，连屺娃也安安静静地听着，我居然听出一些感动。

快要散场的时候，蒋米开始一身"豪气"，她意味深长地指着屺娃："屺哥，送送橙橙。"然后不容我们说话，就拦了辆出租车。我尴尬地笑笑，其实我想去送她的。屺娃似乎发现了什么："岗娃，你去送！我和老木、蒋米在鼓楼那里的啤酒摊等你。"

橙橙家不远，转过鼓楼向仁寿山方向走大约一公里就是，一座已经有些年代的院子，斑驳的墙衬托着刚修的小楼，很是气派。"岗哥，屺哥毕业会回陇西吗？"我突然很是失落，苦笑着说了声"可能不会"，她也苦笑着。我们就这样一路沉默，在她家院门口，我无限哀怨地说了声"拜拜"，她就消失在大门之后。

十四

普赛克，木桥上的普赛克
给我一个柔和的黄昏

在万人空巷的木桥上
让风解开她的长发

我以为和夏嫄会是永远熟悉的陌生人，我们就那么毫无知语地毕业。但最近经常的相遇和工作室的心照不宣，让我的心开始变得狂热而不知所措。我突然想起了走出这一状态的最好办法——旅行。正好国庆节刚过，旅途中人少。在反复的考量和计划中，我选择了一条苦行的路线：重装徒步穿越鳌太，来回在路途上的时间加在一起，在十天以内，这样对论文的写作影响也不是太大。当然徒步的装备是这两年慢慢筹备起来的，仔细研究了一下线路以及可能发生的危险，信心满满地就要出发了。鳌太线在陕西秦岭，从鳌山穿越到太白山，除了出发点塘口村和终点太白山风景区外，一路全是无人区，一般需要六天的时间。或许，我就是需要在荒无人烟的地方静下心来想想自己的选择。

虽然经常参加一些户外活动，但第一次这么装备正式地出门，还是觉得蛮拉风的。十月份，江南依然气候宜人，而我却需要自虐一下了！已不再是到处花开的季候，但今天天气放晴，出来活动的同学特别多。我全副武装地走出桔园，拐个弯向北门走去。路旁是一块巨大的草坪，紧邻的小溪上有一座木桥。无意间看过去，居然是一个穿着白色衬衣和蓝色发白牛仔裤的背影，有微风吹过，长发洋洋洒洒，不错，是夏嫄！也太凑巧了，再往前走，看到晓玉拿着相机，整座木桥上就她们两个人，原来在拍照。

我站在路边，看着那座木桥。她们没有发现我，夏嫄斜着身子靠在栏杆上，风再一次吹起她的长发。"普赛克！普赛克！"我

|归山|

突然想起这个名字,之前见过的任何人,任何场景,没有一个或一处会让我联想到这个名字。"是的,普赛克!"我再次重复着,我多想此刻就是丘比特啊!普赛克是希腊神话里美到骨子里的女人,世人都景仰她的美丽而忘记了维纳斯。维纳斯气愤至极,派儿子爱神丘比特将普赛克嫁给最丑陋凶残的野兽,可是,丘比特对普赛克一见钟情,并偷偷娶她为妻。虽然后来几经周折,但最终普赛克被封为女神,并与丘比特正式成婚。多美好的故事!

"师兄,去哪里?这一身好酷啊!"晓玉远远地喊道,可能在路边站太久,被她看到了。她没说完,夏嫄就回过头来,看着我,很自然地微笑。我赶紧回答:"出去走走,徒步。""哪里呀?""鳌太线,在陕西。""哦哦。你不写论文了吗?"晓玉应承着。"回来再写。今天是拍照的好天气!你们玩,我去赶车了。""嗯,小心点啊!"还是晓玉在说话。我挥了挥手:"拜拜!""拜拜,多拍点照片!"虽然晓玉的声音更大,但我分明也听到了夏嫄的一声"拜拜!"多想告诉她——她简直是完美的普赛克形象!

十五

在陇西的大树下,想起一个人
想起一次次怅望江南的无奈
你过于遥远,你在别处的宴席上欢歌

在这古松成荫的啤酒摊

连喝杯愁酒，都无人陪醉

故乡一夜间贫穷得一无所有

只有渭水里辛辣的民歌

它遮蔽了远方的风

和风里你浅浅的香

等回到啤酒摊，居然没有了他们的影子，打电话，都是关机。估计直接回老木家了，这两个二货，也不想办法通知我一声。已是深夜，零零落落地没有几个人，偶有某个角落传出几声猜拳声。我不确定他们去了哪里，只好向南大街走去，准备去老木家看看。刚到小吃城门口，就听见新华书店楼下人声鼎沸，叫骂声和打砸声一阵高过一阵，又是打架了吧，好奇心使我向鼓楼方向折返，找不到他们，去看看那里发生了什么事也好。

还没到楼下，就有一堆人叫嚣着从我旁边跑过，大部分人手中挥舞着棍子，大约十几个人，很是嚣张。我远远地看到书店门口躺着一个人，不知哪来的勇气，径直向他走去，还有二三十米的时候，猛然看到很熟悉的衣服，心里一惊，三两步就奔到身前——不是屺娃是谁！除了手上有一点点血迹，他脸上惨白惨白，已经有点不省人事了。我赶紧打了120，摇着他问老木去了哪里？他迷迷糊糊地说不清楚话。对面烧烤摊的人指了指工行楼，老远就看见一个人蹲在那里，抱着头。我跑过去，老木满脸是血，头发被血块糊在了一起。

| 归山 |

老木是外伤,不太严重,缝了十几针休息两天就可以回家自己换药了。倒是屺娃,从一进医院就躺在重症病房,呼吸也很困难,真怕他会有什么事。医院手续繁多,我一个人都有些跑不过来,蒋米不知道去了哪里,打电话却关着机,发了条短信就赶紧前前后后地忙活开了。一个小时后,诊断结果才出来,胸腔积水达430毫升,幸好其他内脏和肋骨都好,医生说应该不会有生命危险。总算舒了口气,这家伙命大。

蒋米一直没有消息,倒是橙橙,一大早就打了电话,知道我们在医院,急忙赶了过来。屺娃清醒了很多,一副皮笑肉不笑的表情。我还没来及问到底怎么回事,蒋米就打来了电话,她过来的速度惊人,一看老木头上整整缠着一圈纱布,就眼泪汪汪地跑过去抱着他。老木拍拍她的肩膀:"没事,这都活蹦乱跳的!"我故意说道:"哎哎,这病房还有人呢,别矫情,赶紧回家缠绵去。"蒋米也顾不了那么多,手扶着老木的头看东看西的。"真不厚道,你丫看不到……"屺娃还没说完就闭上了嘴,手紧紧按着胸口,脸上现出非常痛苦的表情,"……哥还在这里躺着呢",他总算把一句话挣扎着说完了。

蒋米不好意思地跑过去看着他:"屺哥,你没事吧?"屺娃只是瞪着眼睛,看来他太吃力了,不然嘴上绝对不会饶人。"屺哥?"橙橙从进门就一直看着他,这时终于冲过去拉起了他的手:"不严重吧?怎么回事?""我也不知道,放心吧,死不了!"老木在旁边抢着说道。蒋米如释重负地将包扔在床头,恶狠狠地望向我,很生气的样子,半天说不出话来。屺娃只是笑眯眯地望着橙橙,说是笑,其实比哭更难看。医生说积水多的时候,会感觉不到疼痛,等积水少了,反而会要命地疼,估计此刻他是疼得厉害了。

"屺哥,都多大的人了,你们怎么还打架?"橙橙还是有点生气,蒋米也满脸抱怨地望着我。"你怎么好好的?"她问道。"你这什么心态,难道我也被打了你们心里才平衡?"我故意装成骂的声音,然后转身问他俩:"老木,你们想死啊,怎么惹那么多的人?到底怎么回事?"老木愤愤不平地说道:"太丢人现眼了,那些狗日的不厚道,我们只有两个人还下手那么重!"他搬过椅子坐了下来,开始讲述他们的"英雄史"。

"我俩坐在那里等你呢,旁边走过一个女人,有两个男的扶着她,那女的很轻浮,任两个人乱摸乱抱。我们看着恶心,老屺直接骂出了声。估计我俩喝了酒,声音大,被那女的听到了,怂恿那两个男人过来打架,谁知道两个人很菜,被我们三两下就收拾了。他们起身去了丽岛酒吧,我俩成就感特别强啊,还坐在凳子上边回忆边吹自己牛逼呢。谁知道刚过几分钟,就有一群人拿着棍子从酒吧冲了出来。我们一看不对劲,就赶紧起身向鼓楼跑去。那哪能跑得过啊,我被一棍子抽在头上,当时就晕了,估计他们看到我满脸是血,没敢再下重手,等我反应过来,起身摇摇晃晃地往前走,就见老屺被他们摁倒在地上,一顿乱打。幸好这家伙知道怎么防身,不然,头不还会像我这样?""你傻啊,要抱着头!"屺娃抢着插了一句话,但听得出来说得很吃力。"不要脸!"蒋米大声地骂道,"还真以为自己干了惊天动地的事,被人揍了还这么恬不知耻!老木,你起来,办个挨打培训班去!"老木又是一副皮笑肉不笑的样子,屺娃满脸是任人宰割的表情。等到了第三天,他才从重症病房转了出来。

|归山|

　　老木和蒋米回去上班了,橙橙陪着屺娃,我坐着无聊,就出门随便走走,无意中走到经常去的那个啤酒摊,就坐下来,要了几瓶啤酒。其实我特别羡慕屺娃,即使是受了伤,有爱情陪护着,心里也是暖暖的吧,倒是我,很幸运地躲过了一顿暴打,可是心里的伤怎么能躲得过呢?有一个卖唱的流浪艺人坐在街边,他拉着很沙哑的二胡,轻哼着陇西小曲《尕妹妹你就等啥哩》。我听着听着竟然有哭的冲动,回过神来,暗自骂了一句:"都老男人了,还这么孩子气!"抬头望向天空,很多的星星,多希望受伤的是我,那样橙橙就可以陪着我了。

十六

像天使对神的赞美
我为你书写着日夜的倾慕
可你那素净的光辉散落尘世
散落成每一本诗集的远祖

"你是一个人吗?"
"是的。"
"为什么不组队或是请个向导呢?"
"为什么要组队或是请向导呢?"

"这条路蛮危险的,每年都有死的人,迷路的人就更多了。"

"我就是来迷路的。"

"............"

一个看起来和我年龄差不多并显得极度兴奋和热情的家伙照面就开始"盘问"了起来。我是极度缺乏"自来熟"这项能力的,所以很不耐烦地回应着。显然这样的对话很快进行不下去,他不可思议地看着我,像打量一个神经病那样,我估计此刻我们心里共同飘过一个词:傻逼。早就知道五一旅游的人会塞满大大小小的城市和景点,但没想到连鳌太这样挑战级的徒步线路,也有所谓的高峰期,听说在我之前已经有几十人进山了,山下的几户农家也临时充当起了旅馆。也许,那哥们爬到半山腰看到一个人在扎营,觉得奇怪。天刚蒙蒙亮,但迷糊中已经过去好几队驴友了。

我扎营的地点就在登山的小路旁。就我一个人,只要有水源,不用考虑需要多好多大的营地,也知道周边区域没有大型野生动物,所以睡得倒是安心。1号早上火车到达宝鸡后,我一路搭车到塘口,已是下午两点时分,所以没能登到大家公认的露营地,正好半山腰有一处水源,趁天黑之前就扎了营。很遗憾,阴天,看不到传说中的星空了,早早地睡了觉,可以早起。为了等着看鳌太的晨光,很早就打开了帐篷的门,还好,放晴了!这里的海拔还在3000米以下,可明显感觉到潮湿和凉意,但并不冷。记得小时候就听家人说过,黎明前会有一阵短暂的黑暗,特别黑,在老家没特意感受过,当一个人在这荒野露营的时候,深刻地体会了。等那哥们走过去,天色已完全大亮。

我觉得过早地赶路,就单纯地变成行走了,所以更喜欢短暂

| 归山 |

地停留。拿出气炉和气罐,烧点开水,顺便煮锅方便面,算是早餐。气嘶嘶地燃烧着,我静静地躺在睡袋里,闭上眼睛,脑海里却是一幕幕小时候躺在麦地里的回忆。小学到初中,不管周末还是暑假,做得最多的一件事就是放牛,经常和邻居家的孩子们一起结伴出行,偶尔也有一个人的时候。在割过麦子的地里,在山上,在荒芜的沟沟坎坎里,都有我们的踪影,最惬意的肯定是伙伴们玩累了,躺在割倒的麦子上,看云卷云舒,海阔天空地幻想,有时候也会什么都不去想,仿佛就只剩那个空空的小身体。

牛的眼睛特别大,如果直视它们的眼睛,像是一种挑衅,你会觉得它的那股蛮劲随时有爆发的可能。但是,倘若偶然地看到那镜子般的眼睛里倒映的世界,则会觉得特别梦幻。老人们都讲,狗的眼睛看到的东西比实际要小很多,而牛的眼睛看到的东西比实际的又大了很多,所以人们常说"狗眼看人低",估计有些道理的。因为我经常放牛,所以对家里那头牛的感情特别深,后来初中快要毕业时,它从悬崖上摔下去死了,我为此还偷偷地流过泪。或许只有像我一样在农村长大的,从小就根本不知道花花世界这么大,大到一个人随时可以蒸发。通常离开老家,处于大千世界时,我会有很深的怀旧感和无可奈何感。现在几乎没有放牛的孩子了,上世纪八九十年代的乡村生活也早已消失得无影无踪,除了还很偏僻的地方,大多乡村里人与人之间早已没有了温情脉脉的关系。每当想起童年,想起陇西那个小山村,我心里都充满温柔和悲叹,一个怀旧的人,也许注定在社会之中有致命的弱点。

"咕噜咕噜……"一阵急促的声音将我从回忆之中拉了出来,气炉上的水开了,在户外,泡面可是美味中的美味。那些走长途的人都知道,待到天天啃压缩饼干的时候,一口泡面的汤都能让人垂涎三尺!匆忙吃过,发现帐篷上有一层薄薄的水汽,抖落水珠,晾晒片刻,打包,就可以出发了。今天算是真正徒步的第一天,天气不错,希望接下来的天气都像夏嫄的微笑那般明亮!

十七

村庄向晚
千沟万壑都整齐地目送归鸟
田野上的庄稼和杂草躺在我的肩头
众树歌唱,万物都要走入宁静的夜

从树干深处长出一双眼睛
她望着我,在这黑暗之门
村庄将收起一天的光照

向晚的山间小路,走啊走
远方的城市灯火辉煌
请打开你的窗子,打开灯
即使我从不曾经过

"岗娃，电话！"妈喊的时候，我正在梦乡。"谁啊？这两天怎么睡个懒觉都不行！妈，你接吧。"我迷迷糊糊地喊着。她早已走到了大门外，"喂，哦，老木啊，岗娃和屺娃还在睡觉呢，待会让他打过来？"……"好吧。他们这两天可能不进城，不是前天刚回来的嘛。"妈进来说老木叫我们去县城玩。我笑了笑："屺娃养好伤了再说！"妈应和着就又去了堂屋，她知道我们这几天没有睡好觉，所以也不再说话。

虽然是大冬天，阳光特别好，窗帘上已经落满了暖暖的光线。我摸过手机一看，都已经十点多了，头有点疼，不知道是这两天连续喝酒的原因，还是睡过头了。炉子里火烧得正旺，妈什么时候生的火，我都不知道。起身到院子里溜达了一会儿，就去洗脸。大老早就去村子里串门了，妈在绣十字绣。"妈，我三哥带女朋友来了，你怎么不去他家聊聊天？"我一进门就问道。"人家大城市来的姑娘，都说普通话，我不会聊啊。"妈自顾自地在那里穿针引线。她这说的倒是实话，一个从小就待在村子里没出过远门的人，还真没有机会说几句普通话。"那我必须得找个咱们本地的啊，不然你们话都说不了。"我边做个鬼脸边开着玩笑。"你找个本地的都算有出息啊！你都多大了！"妈一本正经地回答，好像我已经像三哥那样带回个外地媳妇，我只好笑笑："那你赶紧先学普通话嘛！我给咱娶个城里媳妇。"她一副不屑的样子，坚信我在吹牛。"等我洗把脸我们去我三哥家。"妈应诺着开始收拾她的针线。还没来得及出门，就隐约听到一声刺耳的刹车声，这个时间段，谁会来家里呢？我向大门外走去。

"岗娃，你哥还活着不？哈哈哈！"刚一出门就看到老木，我一阵惊喜："啊,你这都两三年没来我家了。""对的啊,不欢迎?还惦记你家的排骨和手抓呢!"老木边说边掀开后车门,蒋米、橙橙依次从车上跳了下来。我一脸惊愕地看着她们,蒋米和老木一起来,我一点都不意外,倒是橙橙,没想到她也来了。"哎呀,大小姐们,这么娇贵的身体来这么寒碜的地方,我接待不起啊!""岗哥,少来!橙橙可是第一次来,她一直想来你家玩的。"嘴最快的仍是蒋米,她一脸坏笑地吆喝着。我看向橙橙,她居然红着脸,带着点歉意。"欢迎欢迎!特别荣幸啊!"屺娃也闻声走出门来,橙橙很紧张的样子,我也不好说什么,慌忙接过老木手上的东西,他打开后备厢,大包小包往外拿。"孝顺啊,这都带年货来了。"我故意欺负着说道。老木也不饶人:"去你的!"三两下每个人手上就拎满了东西,说实话朋友拿这么多东西我还真不大习惯。

　　正好是中午,妈仓促中炒了几个菜,大盘鸡自然是我来做,这是我最拿手的。排骨来不及炖,只好安顿妈让她下午慢慢煮。他们每次来我家,都要吃排骨,因为过年的时候,周边的农村每家都会杀猪宰羊,这个时候来,肯定有肉吃。"屺娃,你去问问三大,下午有时间搞点羊肉不?"他应了一声就去安顿了。橙橙骂他们太坑,一来就要肉吃,老木和蒋米只是豪爽地笑笑,他们并不客气。众人坐了下来,橙橙显得格外拘谨,我也不好意思专门去劝她。妹妹子兰对每个人都是见面熟,缠在两个女生中间玩笑着,慢慢地,橙橙也就很自然了。大家随便喝了点,准备晚上正儿八经醉一场。晚饭还没有准备好,橙橙执意要去看看屺娃写过的那座古堡,大家一商量,决定都去。

　　已是傍晚时分,田野上吹着风,那座古堡并不远,转过山头

| 归山 |

便是，十几分钟的路程。整个视野很荒凉，有没来得及收的玉米秆矗立在地里，或是杂乱地散落在地头，风吹过时，沙沙作响。到了古堡的大门，老木和蒋米好像早就商量好似的，留下我、屺娃和橙橙，向不远处的河岸走去。"屺哥，你说经常躺在麦秆上，就是这里吗？"橙橙问道。"嗯，那块地是我家的，那座坟是我爷爷的，再往上看，土堆很多的那里，是我们祖先的坟。"屺娃指着古堡靠东的田地向她说着。我们缓缓地登上了堡墙，视野十分开阔，可以清晰地看到老木他们。"这上面不避风，很冷，我们下去吧！"我准备离开。"待一会吧，我想看看。"橙橙很伤感的样子。"屺哥，你的夏嫄怎么样了？""她说可以做朋友，至于感情，估计没戏，但是她单身，我想一直等下去。""屺哥，你这是何苦呢？你知道我喜欢你的。"我心里咯噔了一下，橙橙终于说出口了。"橙橙！"屺娃刚准备说话，我看着她快要哭出来的样子，拉了一下屺娃的手臂，他还是忍住了。长久的沉默，她呆呆地望着屺娃，很委屈的表情。我就站在他们后面，走也不是，留也不是。

  终于，屺娃打破了沉默："橙橙，我心里有夏嫄，我和你做朋友吧，你应该理解这种处境。""屺哥，我等你，就像你等她一样。""你不能！"屺娃简直是在咆哮了，"橙橙，我们相遇的时间根本就是错的，我深爱着夏嫄，我在等着她，如果等到，那我和你就不可能，如果等不到，更不可能，因为我心里会一直存有遗憾地想她。你不会想跟一个想着别人的人在一起吧？""我懂，可是你不给一次机会，怎么知道你会一直想她而不是想我呢？"我知道橙橙是认真的，可是感情的事都很自私，没办法。他们忽略了我的存在，更不用说还会想到身后的这个人此刻心如刀割。"橙橙,蒋米说你喜欢诗,你也自己在写?""嗯。比起你写的差远了。""那好吧,我这么说,那些碰到自己缪斯的诗人你知道吧?我等会儿回去给你看看,我为夏嫄已经写了一百多首了,你觉得还会有人替代她在我心目中的地位吗?"橙橙瞪大眼睛望着他,眼泪吧嗒吧嗒地落在白色围巾上,我想伸手去擦她脸上的泪,又觉得不能。她低下头。天色渐渐黑了下来,我准备安慰她几句,但真不知道说些什么,一切劝慰的话似乎都是做作并且多余的,我甚至希望屺娃和橙橙就这样无疾而终,是的,我爱橙橙。他们又开始沉默,我当然也沉默着,直到老木过来喊我们回去。

十八

你从我身旁走过

我像一棵干枯的树

把道路留给你

把落叶留给你

从此回到破落的房屋

我见过你

也见过深秋

| 归山 |

其实徒步的大多性格开朗，至少在驴友圈内是很坦诚很实在的。我突然为早上莫名其妙地对待那哥们而惭愧。前面过去了二三十人的样子，向山下望去，还有零零星星的一些驴友，三五成群地在登山。可能是自己心情不好，大多数时候沉浸于思考和回忆里，所以很少和遇到的人聊天，只是很礼貌地打个招呼，更多则微笑相对。走着走着遇到一队二十七个人的，徒步有如此队伍，蔚为壮观，问他们的向导，才知道他们今天就结束行程了。原来鳌太有小线、正线、大线之分，小线一两天就完成了，路途短。那向导很热情地告诉我大概的方向，以及接下来的几天会遇到的好风景及水源地。

快到达鳌山段的时候，要路过一段平缓的坡，荒凉至极，如果彻底没有植被，并不会像乱石堆和焦土中几棵秃树更让人觉得荒凉。记得网上看过，这里早先是一片树林，因为雷击而焚烧殆尽了。经过一棵看起来有点像超现实主义绘画作品的树，巨大的树干只剩下半段空壳，中间是空的，约有一人高。看到这棵树的感觉，真是太像有一次我遇到夏嫄的场景了。记得因为"骚扰"被她骂过的第二天，在桔园门口那条林荫道遇到了她，特别狗血的场景，那条路真的只有我们两个人。看到她的时候，她的目光几乎如一道闪电击中我的身体，鄙视？仇恨？

我觉得那一刻能想到的所有贬义词都可以从她眼睛里找到，那么可怕。我迅速低下头，像小偷被抓了现行，满心的窘迫，如果这世界真有一条地缝可以钻的话，那一刻我是最迫切需要的。我感觉一瞬间血管膨胀了起来，偷偷地瞄了她一眼，还是那犀利的眼神。我只好故作镇定，长出了一口气，没打招呼，没说任何一句话,也再一眼都没敢正视她,慌乱地从路旁的树后走过去。那是我平生第一次感觉到,一个人的目光也是可以用来杀人的。那一刻,我经过的那些树,仿佛和我一起,都只剩枯枝在深秋等待死亡。

回过神来,我专门给这棵枯树拍了张照片,难兄难弟啊!过了这片坡地,几乎没有植被了。听向导讲,之后基本都是这样,荒土乱石为主,偶有高原草甸,附近会有水源,也通常是驴友们扎营的地方。很快到了鳌山顶,有几块巨大的石头凌乱堆在一起,从某个方位看起来像是巨鳌,或许鳌山的名称就是这么来的?不得而知。大家都在拍照,我往前走了走,靠在向阳的石头上,随意翻开日记,还是很早以前写下的:

  几场宿醉,几日风雨。悲伤成群结队地来,零零散散地走。你在你的世界逍遥自在,那不是我的世界,那却是我最诗意的乌托邦。我静默,任撕心裂肺的疼在大地上蔓延。我对你像女神一样的虔诚触怒了你?我对你的倾慕、对你无望的诉说惹恼了你?你用无视拒绝了一个人任何倾心的话语,我炽热、你冷漠,我赤诚、你责备,是谁赋予两个本毫不相干的人如此卑微和尊贵的两极?倘无心、无意,谁能视如草芥地随意撕扯我真诚的爱慕;倘无情、无爱,谁任你肆无忌惮地鄙视一个男人的尊严?不是因为你的美丽和智慧吸引了一颗凡俗的心,也不是因为你的眷顾和冷眼我就会走近或远离,而只是我的内心受到了一股强大力量的感召,它告诉我你的神圣,你的与众不同,终于有一个声音在灵魂里向我不断地言语，让我不断地书写。

　　我告诉世人我喜欢上一个女子，一个值得我为之赋诗的女子，但那是种崇敬般的感情，我坚信是不被世俗亵渎的一种圣洁的感情。但我从不曾提起你的名字，那几个字让人战栗。当我重新为这几个字感悟到不同的内涵，她早已超越了众人猎奇的心理，因此，我不会让我的内心世界里神圣的事物被尘世的烟火熏染。海子至死还在写着他太平洋上的女神，但丁因贝阿特丽采成就了他的《神曲》。我虽不才，虽被你视为恬不知耻的无知莽夫，但我也愿意在他们的道路上为信仰般的感情不断地写下我的诗句。那日你说起徐志摩和林徽因，我兴奋不已，至少不是后来你所说的你我毫不相关。其实，相关不相关又怎样，我用心，你漠然，终是永不可及的幻象。我不是徐志摩，你也不是林徽因。我们都是自己，一个傲世的独行侠，一个孤独踽踽的浪子。也许，在季节的风声里终是老死不相往来，也许一别后便永不相遇，也许上苍有意，某一天让年老的我们邂逅在某个站台：我是坚持过真诚的屺，你是坚持过冷漠的夏娆。仍然彼此东西，便永世不遇。

十九

世人都懂我的心意，唯你不懂

唯冬天冰冷的手指缠绕着我

你总是轻易地将时间放慢
然而十年百年千年
也不过是我们屈指可数的擦肩
那些甜蜜的镜头
都客死于光阴之箭

天空像镜子一样照着不眠者的幻想
我们从不曾牵手,从不曾并肩
却要一个人生生世世地痴望
寂然的昼夜,不离不弃的殇

晚饭简单而丰盛,说简单,是因为除了下酒的几个凉菜,只有排骨和羊肉;说丰盛,是因为特大盘的肉,保证每个人吃得妥妥的。人们常说酒肉酒肉,有肉自然有酒,下午喝得并不多,现在肯定要大战一场了。女孩子吃肉不是强项,只好给她们搞了清汤羊肉,怕吃得不尽兴,妈又做了火锅。我和老木、屺娃老早就开战了,兄弟在一起,自然不醉不归,所谓"酒逢知己千杯少"。三哥带着女朋友闻讯而来,又带过来两瓶红酒。我们是要喝白酒的,子兰给蒋米、橙橙倒了红酒,老木一直盯着橙橙,我没懂什么意思,他终于忍不住了:"橙橙,装什么装,你不喝白酒的么!""我不怎么喝,今天大家都这么高兴,那我少喝点。"橙橙说着就拿过一只高脚杯,她也不用酒盅,"唰"的一声就倒了大半杯:

| 归山 |

"我就喝这么多,慢慢陪你们喝,多了会醉的。"屺娃用不可思议的眼神看着她,估计大家都是第一次见到橙橙这样,老木一脸崇拜却又油腔滑调地说道:"姑娘,你真是条汉子!"橙橙也不生气,看起来很开心地"嘿嘿"笑着。三哥女朋友的表情简直是像见到外星人一样,睁大眼睛盯着她,说不出话来。三哥笑着拍了她一下:"我们北方姑娘,都这样,哈哈。"蒋米和橙橙很自豪地举起杯向她敬了一杯。我偷偷地看向橙橙,她喝得特别猛,我知道她心里特别难受,这种时候很容易喝醉的。"橙橙,慢慢喝!"我还是忍不住说出了声,大家也诧异地望着她。"没事!不会醉的。"她很平静地笑着。

我们在堂屋,大家肯定会疯玩到深夜,于是让妈和子兰准备好女孩子们休息的卧室,她们累了就先去睡觉。蒋米的酒量,我们是见识过的,喝起来比男孩子还猛,她陪三哥的女朋友抿着红酒,估计此刻最清醒的就是她们了。橙橙看着有点醉,至少她之前一直优雅的微笑已经无法保持了,脸上不时露出落寞的表情,但又会下意识地装出若无其事的样子。我完全可以体会到她心里的感受,此刻她还强颜欢笑地跟大家一起热闹着,我心里真不是滋味。老木虽然经常粗心大意,但他对感情的事,看得很清楚。趁着酒兴,他直接挑明,指着屺娃问:"老屺,你把橙橙怎么了?"那脸上的严肃和气愤看起来有点吓人。"没怎么啊,挺好的,不是在好好喝酒嘛!"屺娃尴尬地回答。"老木,你有病啊,不好好喝酒,醉了也不能这个熊样啊!"橙橙瞪着他,我们也是第一次见到她发脾气,而且是真的生气了。老木也不理她,继续骂道:"我知道你们文人感情丰富,破事就是多,你他妈不遭报应才怪!"他狠狠地甩出这么一句,好像要过去揍屺娃一顿才解气。"橙橙,我陪你喝一个!"老木说着举杯向橙橙碰去,她端起酒杯,将剩的不多的酒一饮而尽。大家一时不知道说什么好,很安静,都可以很清晰地听到橙橙急促的呼吸。"给我再倒点。"她将高脚杯推向老木面前,酒瓶在那里,一箱"陇花"已剩最后一瓶了。老木看看我,又看看屺娃,犹豫地倒了一点点酒。"老木,我真没事,不会喝醉的。"说着又示意他再多倒点儿。她脸上闪过很难过的表情,又很快地平静下来,深情地望着屺娃:"屺哥,你会等到夏媛的,你们要幸福。"说着举杯去碰。"谢谢!你也会幸福!"屺娃将酒一口闷掉,我赶紧伸手阻止橙橙高扬起的酒杯,她又是要一饮而尽的架势。老木叹了口气:"好人多的是,咱不稀罕这个没良心的家伙!"他向橙橙说着,瞪了瞪屺娃,又扫视了一圈,"来,我们为橙橙喝一杯!"蒋米也幽幽地看了屺娃一眼,大家举杯共饮。我赶紧拿起筷子:"屺娃,该你和蒋米了。""好!"他应声道,"蒋米,我们玩两只小蜜蜂?你这个可厉害了!""好长时间没玩这个了呢!"她说着伸出双手,却又将脸凑在橙橙的耳边,说了句什么。

直到此刻大家才想起问三哥女朋友的名字,这个叫赵娜的江南女孩。我和屺娃都叫她嫂子,老木他们却直呼其名。"嫂子,我们这么喝酒,你是不是很反感?"我看到赵娜有点困意了,便问道。"没有,挺好玩的,跟我们那里完全不一样,我真没见过这样的场合,你们看起来活得很真实,很有趣!"她回答得很真诚。"哈哈,当然,不然你怎么会跑到这里来。"老木打趣到。赵娜也不怕他开玩笑,"啊?我是喜欢人,又不是喜欢地方,这里很荒凉,好不好?""哈哈,那住下别走了,有个三年五载的,看你还喜不喜欢！"蒋米抢着说道。赵娜笑道："行啊，你们也别走了，我们都留下来，办个希望小学，吃住由这兄弟仨包了。工资嘛，对了，谁给我们发工资啊？"她说话的时候望向三哥。他说道："我办个养殖场，屺娃岗娃开个农家乐，这几个女孩子既当饲养员也当服务员。"蒋米"哈哈"地笑出了声："那我们算是为畜生服务还是为人服务呢？"老木很鄙夷地瞪了她一眼："人与动物和谐相处，生态！现在最缺这个了！""不行，那屺哥不能陪他的夏嫄了。"橙橙刚说出口，就觉得有些失态，红着脸望向别处。老木硬声硬气地说道："陪什么陪，人家不理他。活该！办个农家乐真心不错，老屺不是一直想开酒吧的吗？""你们以为这是哪里啊？太偏僻了，没人来，又没有什么可以看的景点，谁大老远跑这么荒凉的地方来？就赵娜这样被你们兄弟骗来的姑娘，一年等不了几个啊，还免费消费！"蒋米抢白道。"你们还当真了？"我望着这帮和我一样天真的醉鬼。"这样多好啊，为什么不当真呢？"赵娜迷糊地问着，大家笑着看看她，她一副很傻的表情，在等着大家的答案。

"你们休息吧，我们几个再喝喝。"我一看手机，已经是夜里一点，就让几个女孩子去睡觉。"屺哥，你出来一下。"橙橙说着就出了门，大家很配合地坐在原处，屺娃出了门，我怕他们有事，便跟了出去。他们去了屺娃睡觉的那个小房间，我站在门外，并没有进去。橙橙问屺娃："我想看看你写给夏嫄的诗，可以吗？""还真没有几个人看过，你想看的话，当然可以啊。"我听到屺娃边回答边从抽屉里取出笔记本，"写得特别乱，这是最原始的手稿，上面修改痕迹特别多，你翻翻就行，质量并不好。"橙橙似乎接过了本子，不久，又听到她的声音："屺哥，你一点都不喜欢我吗?"她声音很小,说着就哭了起来。"橙橙,你醉了,我给你倒杯水。"屺娃说的话没心没肺。"不用,屺哥,我就是心里难受。"她停顿了一小会儿,"你看,我真是个爱哭鬼!"她擦眼泪的声音清晰可闻。"对不起!"屺娃的声音还是没心没肺。"屺哥,你去陪他们吧,我看看你写的东西就睡了!"屺娃倒了杯水放在桌子上,说了声"晚安"就走出门来。

二十

我是被你遗落在荒野上的落叶
火红的秋装慢慢发黑,陨落成灰
在繁华记忆里的你冷若冰霜
我仍然满心欢喜地飘荡,舞蹈
即使在你甜蜜的内心里我逝如尘埃
能吻到你扬起的手,就足以温暖亘古

越看越伤心!算了,看什么日记,既然出来走走,就彻底放松一下,真是钻进单相思出不来了。那些走小鳌太线的,从这里下了山。剩下不多的人继续向太白山进发。简单地吃了点士力架之类的,重新打包,上路。从石堆里转到另一侧的小路,阳光正好,只有几丝云彩。高原上看蓝天,那才是真的蓝!来路已经被

| 归山 |

堵在山后了，往前看，是一道一道的山梁。那些走在前面的，星星点点地散到了乱石和一大片荒芜中去，我才发现剩下自己一个人。他们几乎都是几个人的队伍，也请了向导，所以不用担心迷路或是找不到水源。在视野所及范围内，只要能看到那些红红绿绿的小点，那些身着冲锋衣之类服装的驴友，就说明大方向是对的。我也不怕什么，何况小路的痕迹依稀可辨。

路过一处横切的坡地时，一点都不夸张，脚下就是万丈深渊，连谷底的植被都看得清清楚楚。找了一块安全的地方，向下望去，松树为主的林子里，居然夹杂着一些白杨树似的树干，但那又不是白杨树，因为上面夹杂着或黄或红的树叶，正值五一，白杨树不可能有黄色或红色的叶子，更不是落叶的季节。那些叶子也不像枯黄的，在阳光的照耀下色彩特别纯正，拿出了望远镜，依然不能确定是什么树种，只是可以看到树下积了厚厚的落叶，那些叶子已经枯灰甚至发黑。如果不是在山谷，更值得一探究竟。人们常用落叶来形容人生在世的漂泊感，实际上很多时候我们都比不上一片落叶，不如它色彩绚丽，不如它随风自在，也不如它们相抱着归于尘土。

坐了许久，渐渐讨厌起自己的多愁善感来，真是成了废人一个。眼见所有人都已消失不见，心想得赶赶路了，至少要找到一块水源地。走过这段悬崖上的路，就是一个小山头，爬升并不多，半小时见外就到顶了。望向山腰，有一片丰盛的荒草地，那些新绿居然还没能长过枯草的高度，不细看真看不出来。已经有驴友搭起了花花绿绿的帐篷。到达这块草甸需要经过一片小树林。我深深浅浅地迈着步子，向山下走去。路过小树林，全是清一色的松树，突然发现小路不远处有几株松树围起来的一小块地，特别平坦，而且长满了草，草并不深，真是理想的地方。估算一下，离他们的营地也就二十分钟的路程，所以水源也应该不是问题。果断搭起了帐篷，如果不怕孤独，一个人的旅行真是简单随意多了。先将防潮垫放在帐篷外面，躺着吹吹风，多惬意！

"嘿？"躺着正舒服，突然听到有人在说话。起身，是一个四十多岁的男人，冲我这里喊话。"在这扎营？""是啊，一个人，方便。"不知为什么，感觉这人特别亲切。他挥了挥手里的登山杖，"我也一个人，你那里还能搭得下帐篷不？"我扫视了一圈，"没问题啊，别说一个，再搭两三个都没问题的！""这么酷！"他说着走了过来，将包扔到我帐篷旁边，确实，我站的树后面还有一块更大的空地，搭两个帐篷绰绰有余。"不介意吧？我也这里扎营。""哈哈哈，要是你先来，你一个人独占吗？都户外，还有占地盘之说？"他笑笑："不喜欢很多人一起扎营！""我也是！大队伍在树林外的草甸上。"说话间他将背包移到了空地上，我很自然地帮他搭了起来。

二十一

一更天，我写你的名字
二更天，我念你的名字

| 归山 |

　　三更天，我痴痴地在星空下呆坐
　　深夜到凌晨的幽暗世界
　　我还能想起谁的名字！

　　黎明令人厌恶，你将梦醒
　　万物都要回归自己的位置
　　我要以谁的名义在俗世穿行？

　　无所不在的身影
　　总是挡住了我的去路
　　只盼遁入夜晚
　　遁入最隐秘的地带
　　感受最初的你

　　我心里五味杂陈，没有直接回堂屋，而是向大门外走去，如果橙橙喜欢的不是屺娃而是我，如果夏嫄也像橙橙这般爱屺娃，那事情不就完美了么！世间太多的阴差阳错啊，我第一次有着这么沉重的无助和愧疚，也第一次有着这么啮心的绝望，难道命运永远与一个个微小的生命开着玩笑？还是世间本没有什么完美的事，它只是要求我们在悲剧和错误中打捞着永不褪色的希望？我抬起头，满天繁星，像密密麻麻的心事闪烁着，或许它们也总是阴差阳错地相遇和别离？那忽明忽暗的轨迹也像充满着未知与力不从心的人生吗？我长长地叹了一口气，拿出手机记下这么一句："世界之大，大不过你柔情的双眸；天地之远，远不过你冷漠的内心。"还是回去吧,朋友们在等呢。

刚准备回屋,大门"吱呀"一声就开了,晃出一个人影,借着屋内透出的亮光一看,原来是老木。"小心点,出来也不说一声,让老屺帮你开路灯嘛!"他跌跌撞撞地有些醉意了:"没事,以为你和橙橙说话呢,怎么一个人在外面?""哦,她休息了,我出来上个厕所。你等等,我帮你开灯。"我说着就去堂屋前面的台阶上,摸着开关绳。"屺娃,你去看看老木,别醉了爬地上起不来。"我推开门向他说道,大家正在聊天。"子兰,你们几个去睡觉吧,都一点多了,你看蒋米眼睛都睁不开了。"子兰应着声就从炕上溜了下来,她示意蒋米披上外套。"屺哥,我们去睡了,你们再好好聊聊。""嗯。"我指了指给她们准备的卧室。三哥之前就带着女朋友去休息了。

堂屋就剩我们三个人,直接撤了炕桌上的菜,剩下一盘酒盅,老木靠着墙斜躺着,我和屺娃分坐在两侧,酒已是残局的残局,聊好久才抿一口,渐渐地,全都是东倒西歪的样,聊到高兴处,起来喝几盅。"橙橙酒量那么好!一直没发现,她今天晚上喝的比我都多。"我惊叹着。老木也随声附和,"是啊,都说女人天生带着三分酒,这话真不假,不过,有的人心情好的时候比平常喝得多,极少数人郁闷的时候喝得比平常多,橙橙不知道属于哪种,她今晚心情不好都喝这么多,那心情好的时候还不吓死人!对了,老屺,你和她今天说了什么?"他好像才想起来问这件事,屺娃看起来很苦恼地回答道:"她问我和夏嫄的事,我说没戏,但我愿意等下去。橙橙说也可以等我,那肯定不行啊。唉,真狗血!""狗血个屁,说白了你就是单相思,身边有值得珍惜的人,你却发神

| 归山 |

经等什么缪斯！你这是执意自讨苦吃，错过不该错过的人，你会后悔的！"因为橙橙的事，老木对他很气愤，有点恨铁不成钢的意思，我无奈地看着他。见我沉默着，老木转向我，"老岗，你哑巴了啊？"又转向屺娃狠狠地骂道："你们这些所谓的文人，狗屁，虚伪，矫情，有人喜欢还真不知道天高地厚了，装清高，酸！爱情是两个人的事，好吧？你不会对橙橙无动于衷吧，等等等，你就等你那个夏嫄吧！人家不理你，活该！就应该这样！你他妈欠抽！不被鄙视才怪呢！你看着吧，到最后你最惨！"他说到激动处，狠狠地拍着炕桌，酒盅里的酒都洒出来了。我拿起酒盅，屺娃也拿了起来，碰向老木，他不屑地扫了一眼，独自拿起一杯一饮而尽，我们两个笑笑，各自喝下了酒。

老木对屺娃彻底无语，面对这种事，除了骂几句，他也没辙，知道勉强不来，只是替橙橙不值罢了。喝了酒，他还在那里呼呼地出着气，不时地瞪屺娃一眼。我不知道该说些什么，屺娃哭笑不得地看着他。"对了，赵娜这姑娘不错啊，三哥比我们牛多了，'骗'了个江南女孩回来。"他突然转移了话题，我憨笑着答道："是不错啊，看起来很靠谱的姑娘，性格也好，绝对是能带出去也能带回来的那种。"老木终于也开始插话了。"能带出去也能带回来？什么意思？"屺娃紧接着问我，我用特鄙视的眼神望着老木，"不是文人么！装什么装！能带出去说明长相好啊，能带回来说明人品好嘛。"我还准备继续大发议论，就被老木打断了："对了，老屺，橙橙要去睡觉的时候叫你出去说了什么？"老木转过头来又问屺娃。我皱了皱眉头："有完没完了，怎么又扯到这事上来了？""就问问，看他良心是不是全被狗吃了！""她要看我给夏嫄写的诗稿，我找出来给了她。""你！你……"老木气得半天说不出话来，"你是嫌她还不够伤心啊，这么刺激她！你真他妈太不是东西了！"屺娃也不着急，笃定地说："她看不到，肯定不会死心的。我也不想让她伤心啊。"老木摆了摆手，"算了算了，想看就看看，这样或许对橙橙更好。"

"屺娃，你不是说这次要带上夏嫄的照片吗？"不知道我为什么突然想到了这个，便向他问道。"别提了，我们根本就没单独相处过，到哪里去找她的照片，她是那种网上一张照片都不上传的人！"老木冷笑着，"估计你看上的人也不咋地，恐怕是长得太差，不敢让我们看照片吧？"屺娃很狂放地笑了笑："见了她，会亮瞎你的双眼，不仅长得漂亮，而且特有气质，以及她散发出来的神秘，我根本无法形容，我从来没碰到过这样的女孩！""得了吧，瞧你那没见过世面的样！"老木嘲笑地打断他的话。"唉！"屺娃深深地叹了口气，"无论怎么倾慕她，我们还是两个世界的人啊！能陪她到想去的地方走走，我这辈子就值了。"屺娃看了看我，转过头去，老木一副惋惜的表情。"继续单挑几盅？"看大家都沉默了，我提醒道，他们摇摇头，老木将酒瓶放到窗台上："喝大了，你赶紧撤了炕桌，我们睡觉吧！"一看手机，已经凌晨三点半。撤了桌子，没来得及收拾房间，头落在枕头上就睡过去了。

| 归山 |

二十二

  我从你的窗前经过
  窗户紧锁,窗帘闭合
  黑夜装满了宣纸和浓墨
  我不停留,一路安静走过

  香樟树上正烧着大火
  你的眼睛像冰冷的教堂

  没想到水源就在靠近我们营地的一棵树根处,走过去才五六分钟,比预想中更加方便。中午没来得及烧饭,仅仅吃了一些干粮,所以扎营完毕,第一件事自然是做饭。野外,说做饭,其实最多就像煮泡面这么一个过程。那位大哥居然拿了一些生菜、卤牛肉之类的,加上我的泡面和鸡蛋,倒是很丰盛的一顿晚餐。看着热气腾腾的面,丢几片生菜,看它慢慢浸入汤里,这是徒步了一天后最大的享受。"好了好了,生菜过一下水就可以了,你再煮,它还是生菜嘛!"大哥笑着,拿起了他的碗。除了名字和家乡,驴友间一般不多问什么的,除非自己愿意说,所以我们连双方的身份都没有问起。只是就我们两个人,也得闲扯一扯,所以吃完饭，天色未晚，就坐在草地上瞎聊着。

"为什么走鳌太?"大哥问我。

"不知道，网上找自虐的徒步线路，看大家特别推荐，就来了!"我确实不知道具体的原因。

"自虐?看来大家说得不错啊，走长途的有三种人，驴友们称'三失'!"他声音特别浑厚，又带了几分沧桑。

"'三失'?我真不知道。我第一次正式走长途。"

"哈哈哈，是啊，一般出来走长途都是求虐，失恋的、失业的、失常的，这不'三失'吗?"

我恍然大悟，原来还有"三失"这说法啊!"我都不算，我还是学生呢。唯一接近'失恋'这一原因，但是都没恋过，所以也不算。"

"哈哈哈，到底是年轻人!你看过俞敏洪有一个关于大学生恋爱的演讲吗?"

"真没看过。"我英语特别烂，所以很少关注俞敏洪。

"可以看看，很精彩!那你一个人走这条线，不害怕啊?"

"出发前特别害怕，但是就想走走，等真正开始徒步就不害怕了。"我实话实说。

"都这样，我开始一个人走的时候也害怕。但是后来就习惯甚至特别喜欢一个人走了，那感觉会上瘾!我完全不是'三失'类驴友，我是真的喜欢，喜欢荒无人烟的地方，这样有安全感。一到城市，我就头痛，没精神，方向感都没了。"

那位大哥开始滔滔不绝地讲起自己十多年的旅行经历，他几乎走遍了整个中国的户外线路，也几乎走遍了欧洲，这次走完鳌太线，再去走走狼塔线，国内就没有吸引他的地方了。

"对了，你知道去年冬天走鳌太的那个'女强驴'吗？"说着说着，他突然问我这么一句。

"不知道啊，很出名吗？"

"何止出名，在户外界是个奇迹啊！"

"呃，我真没听过，赶紧说说？"我直觉是一个很特别的故事。

"冬天走鳌太，女的，一个人。真是有胆！差点死在这里了。你知道每年这条线都死人吗？"

"这我倒在网上看到过，只是没看过具体的事例。"又想起早上那哥们的说法，确实网上一搜鳌太线，都会有这条提醒。

"嗯。海拔3000米以上，冬天本来有积雪，她腊月进山，还遇上大雪。奇迹啊！二十一天，在这里转悠了二十一天，最后救援队收到她手台发出的求救信号，她才脱险的。"

"二十一天？怎么可能？那不冻死也得饿死啊。怎么可能带那么多吃的？"我将信将疑地问道。

"不然怎么说奇迹呢！"他越说越兴奋，"你看看，网上有报道的。她描述的装备，吓死人，我粗略算了一下，至少也得70斤以上。牛人啊！大冬天背70斤以上的装备。你知道吗？更奇怪的是，两个背包，两个睡袋，你说谁会这么带东西？"

"多厉害的人啊，这绝对是奇迹！"我也觉得不可思议。

"网上有，现在没网络信号。你回去看看，绝对真事儿！自看到这消息以后，我这个从来不带手台的人，就一直带着了。你说这种手机都没信号的地方，万一有意外，还真没办法求救。"他不无得意地拿起挂在背带上的手台晃了晃。

"哈哈,大哥,你怎么不提醒那牛人呢?她当时用的手台是什么品牌,做个广告,肯定大卖!"我不知道怎么突然想到了这个。

"嘿嘿,你还蛮有商业头脑的。不过,一个人旅行挺好,安全还是要放在首位。"

"嗯,感觉自己学到很多。"其实有很多户外知识是我不知道的。

我们俩天南海北地聊了一阵子,等夜幕降临的时候,穿着冲锋衣都觉得冷了,到底海拔高了对气温影响还是很大的。各自钻进帐篷,时不时扯两句,很快就只有寂静的夜色。关了帐篷灯,黑漆漆的,我努力分辨帐篷上的纱窗,许久才能看出窗子大致的轮廓。多像夏嫄宿舍的窗户,不管有意无意地经过,总是显得那么朦胧!

二十三

倘若我抱着你,在醇酒里静坐
倘若一个火热的吻封住了你的唇
倘若我站在你面前,双手垂立
倘若我们相视一笑,从此东西
倘若你仅仅记住了我的名字
倘若我忘记了一个人的容颜

| 归山 |

倘若我们从不相遇，心如止水

我终于在倘若中和你相爱
又在倘若中回到陌生

倘若蒹葭苍苍，蠡湖水暖
倘若烛台熄灭，诗歌死亡
倘若我写着写着就须发皆白
倘若你读着读着就悲伤不已

天下没有不散的宴席，狂欢过后，便是落寞。看着老木他们的车绝尘而去，我无限失落。朋友再好，也是生命中的偶然存在，当然，不可或缺。也许一生中很多时候，陪着你的，只有自己那颗日益强大或者麻木的心，连那些找到另一半的人，也不时会有孤独感。我们一生都在寻求归属感，寻找家的感觉，其实不过是寻找另一颗惺惺相惜的心而已。既是红颜知己，又是伴侣的，恐怕千古难得一例吧。我在门前望着他们的车拐到对面山脚，然后渐渐消失在群山之中，就像一段快乐的时光，一个惬意的日子，不经意间就变成了昨天，变成了往事，慢慢流逝在遥远的记忆里。山脊线在寒冷的阳光中明晃晃地亮着，冬季的天并不会特别的蓝，但比起无锡，还是有点天堂的味道。面对着一层又一层的山峦，面对着大片荒凉的黄土，我在默默地为橙橙祈祷，如同无数次为自己祈祷一样，希望她遇到对的人，希望她过得幸福！只是我从没想起过自己的感情会有怎样的结局，就在此刻，我突然想到，是不是有那么一个人也曾经或正在这么祝福着我？"上帝不公平，总比冷漠好。"难道他好不容易地公平了一次，竟放在了我的身上？让我爱着橙橙，恰似橙橙爱着屺娃？

我在外面晃荡了很久，子兰因为昨晚熬夜又回屋睡觉了。走到屺娃的卧室，他也睡着了，橙橙和蒋米将房间收拾得整整齐齐。这间房子屺娃不在的时候我用作书房。她们连书架边角上杂乱的报纸和书稿也码在了桌子的右上角，台灯上的墨汁也被擦掉了、她们或许不知道，那是我练字时无意中染上去的，觉得蛮好看，一直没舍得擦，倒被她们收拾干净了。仔细一看，台灯上挂的那串檀珠上，居然晃荡着一只发卡，淡紫色，镂空的蝴蝶图案。我嘀咕了一句："橙橙怎么把发卡忘在这里了！"坐在桌前，连看书的心情也没有，想到好长时间没练过字了，从书架上取下画毡，准备铺在桌子上写写字。随便涂鸦几下，却不自觉地写出了橙橙的名字，我暗自骂了一句："不可救药！"又没了写字的心思。

打开抽屉无聊地翻着，除了屺娃的几叠日记和那个写满诗稿的笔记本，便是一叠信件，那是初恋女友写给我的，其中有一封在她发脾气的时候被撕碎了，我拼接起来的不到一半，那些时光都已经成了发黄的记忆。或许，只有失去过，才会懂得珍惜，才会懂得爱情的不易。我们虽已分手，但依然没觉得她有什么不好，只是坚信缘分是个奇妙的东西，我们都真诚地爱着，但都不是彼此那个对的人，至少不是那个像屺娃那样可以一首首去写诗的人。如果说还有什么怀念的话，仅仅是一起的那几年在生命里顺其自然地逝去了。

人们总是在分手后刻意地回避与对方有关的一切事情和东西，

|归山|

或许他们舍不得的并不是那个人,而是那段有所归属的经历。我很感恩于生命中的相遇,也相信我们都会在另一段爱情中过得很好,至于像对橙橙这般的倾慕,那种相遇时从心底发出的震撼,说实话在初恋女友身上并没有发生过。但是,我们都认真过,像任何一对恋人一样,我一度觉得我们无论如何都会一起过一辈子。连她的照片,分手后依然习惯性地放在钱包里或摆在桌头,从没想过要收起来。我在想,难道自己人品真的不行,爱过之后还会更加虔诚地爱上另一个人?或许,她最后会遇到对的人;或许,我能为橙橙一直等候。

那么,爱情到底是什么?有人为之生为之死,有人视之若生命、若毒药,有人却视之为可有可无的东西。总有人会问别人,或扪心自问:"你确定你只会爱上一个人吗?"答案显然是否定的,因为几乎所有人都会说:"最爱的只有一个。"那么,什么是最爱的呢?毫无疑问,我们会遇到许多有好感的人,这些人中一部分会变成喜欢,而喜欢的人中只有极少数的会变成爱,那个最爱的人,怎么说呢,是与自己生命挂钩的那个人吗?比如,那些殉情的,那些成为千古绝唱的?也许,我无法说出我的纠结。

我拿起屺娃那个笔记本——他特许我可以这么做——翻看着上面涂涂写写的句子,里面有一大半是写给夏嫄的情诗。不知道会不会有一天,他会将这个本子都写完?甚至,会有更多这样的笔记本,慢慢地成为抽屉里的另一叠记录。我看着这些凌乱的字迹,慢慢地陷入自己的一厢情愿中去:不知道我可不可以以这样的方式,去写下对橙橙的心意?

二十四

十月的雾,十月的爱情
十月的梦中有一万次相遇
世俗葬了我,你逐渐强大

夜色中的岩石是最后的依偎
我靠在山脚,等你走近

钻进睡袋,特别暖和,但是辗转反侧,毫无睡意。记得有段时间,大概是去年深秋的时候,晚上十点多,我习惯去楼下走一圈,每次路过夏嫄的宿舍,凝视,几乎每次都是空洞的黑。最开始特别惊奇,为什么她总是不在,至少她室友也应该在啊。所以,那时候,既是多余得有点变态的担心,又是规律性的怅然。等到后来有一次和晓玉说起,才知道她们宿舍最近装了遮光布一样的窗帘,白天遮得严严实实的时候,都能有像午夜的效果,大晚上也不会露出一丝光来。但是后来还是坚持在那个时间段去那条路走走,直到将这习惯改为写日记。

刚躺下的时候,死一样的寂静,我都能听见自己的心跳和呼吸声。渐渐地,这安静被那位大哥的鼾声打破。他的鼾声真有大

| 归山 |

珠小珠落玉盘的气势，时而如滔滔江河奔涌直下，时而如峡谷湍流百转千回。我玩笑般地自言自语，难怪他要一个人走，要是组个队，估计半夜队友们杀人的心都有了。没有车流声，没有市声，也没有虫鸣，但有那位大哥横空出世的交响乐，我更加睡不着，拉开帐篷的门，却发现满天星光！好，索性去外面看看星空，于是重新穿起冲锋衣，将自己包裹起来，翻身到了帐篷外面。

一阵山风过来，立马一个激灵，真酸爽。抬头看看星空，我觉得那晚的星河才配得上"璀璨"二字，虽然在老家也经常能看到漂亮的星空，但荒郊野外的，突然一个人置身于这浩瀚的星汉之下，有种莫名的感动。为了躲避鼾声，我向树林深处走了走，朦胧中一堆大大小小的石头，组成一米多高的屏风。我打开手电筒，找了一个相对舒服的位置，干脆躺靠在石头上。人们常说，真正的美景是无法用语言形容的。我觉得确实如此，因为像这样的星空，我实在想不出恰当的词语，抬头，只能说这里的银河才是银河，在苍穹中那么明显地流淌着。

并没有流星，并没有任何可以描述的奇异之像，我只是靠在这石头上，想起夏嫄。也不知道为什么，从徒步开始，一想到她，随之出现的画面总是盛大而萧瑟的秋天。这种场景之下，要是她在，该多好啊！并没有月色，如果不是在黑暗中停留很久，也就看不清楚那些高高矮矮的树桩。入夜之后的大山特别宁静，还以为那些驴友聚集的营地会有篝火，会有一帮人玩乐，但是没有，夜幕刚刚降临的时候，还有三三两两的说话声和气炉的火光，八点过后就已经声息光灭了。当然那位大哥的鼾声是个例外，估计远在几十米之外的那帮人都能听到。

遗憾的是，我不会拍星轨，三脚架也没带，不然趁着难眠之际拍下鳌太的星轨，应该是极为震撼的画面。我在仔细地寻找着一些星座，依然，除了北斗星，我不知道其他星座的名字，连牛郎织女是哪两颗也不知道。现在才后悔没有详细学习一下星图，只能频繁地感叹，好美的星空！人们常说每颗星星代表着一个生命，我不知道有没有星球像飞蛾扑火般地爱上另一个星球，或许所有的爱情都像星系的运转，按既定的轨道，就会永远不离不弃，一旦超过了某个限度，只会引火自焚或导致互相伤害。乱想中一阵冷风过来，我立马回过神来，真可笑，什么事都要联系到爱情，什么场景都要想到夏嫄，真是神经病。还是回去睡觉吧，明天还有很长的路要走。

迷迷糊糊中睡去，迷迷糊糊中醒来。今天不再像昨天那样早早地起来等待晨光，只听得人声沸腾之中很多人出发了。而我还半梦半醒地赖在睡袋里，似乎周围发生的一切事我都清清楚楚地听到了，但又夹杂了很多幻象。已经不止一次，我经常觉得我游走在现实和梦境的边缘，或者处于两者中间的另一种状态。因为每当有这样的状况发生时，过后我问处在同一环境中的人，那些我感受到的现实是确确实实发生的现实，而在这现实之中夹杂的幻象，他们却一无所知。比如就在此刻，我觉得自己醒了，但并不会起身或是走出帐篷去，远处的人声分明清晰可辨，我知道他们陆陆续续地出发了。仿佛我在某一个制高点看着他们，又看着自己，但一切又都模糊不清。突然，周围的树上响起了风铃，渐渐地，四周都是风铃的声音，我仍然看不清风铃的样子，但掉在铃铛上的红色线穗却那么清晰，满树的红色。我似乎看到那边的

| 归山 |

营地只剩下一个帐篷,天蓝色的,铺洒在上面的露珠在晨光里闪闪发亮。我也觉得旁边的那位大哥已经收拾好行装,望了望我的帐篷,喊一声,"第五屺,我出发了哈!"就迈步朝前走去,我似乎轻轻地"嗯"了一声。那些风铃声渐渐地息了,我又看到一束阳光正好透过树枝照在我的帐篷上,不远处是密密麻麻的树叶,连一丝风也钻不进去。似乎那些树叶构成了一间房子,我越是努力看清楚那些树叶组成的墙,就越是模糊。似乎有一堵墙依靠着这些树叶,墙上是各种树枝组成的屏障,却留下只容一个人通过的洞。我突然就出现在这间房子里,除了透过房顶的缝隙挤进来的几束太阳光,屋内其他地方全都昏暗不清,找不到路却又到处是路,转个弯又是一个新的房间,我在里面无尽头地跑啊跑。有几个明明觉得是兄弟的人,面容模糊,无论怎么努力都看不清是谁,我们拿着盾牌在屋内的树枝上跑来跑去,像跳着舞。整座墙壁上突然出现了一扇门,一群全身武装的武士骑着马冲了进来,他们似乎找不到任何人,只看见我们几个在那里跳舞,对的,我清楚地做着一些动作……对的,我们是一帮萨满,终于知道自己的身份了。我们跳着跳着突然冲到那帮骑马的武士中,击杀了一大半。直到我再转个弯,所有人都消失了,那些感觉是自己兄弟的人,那些骑马冲进来的人,统统消失了,视野之内没有任何人存在。肯定都逃向之前那个我看到的洞口了,他们只能从这里跑出去。我一下子跳到墙上,像穿墙般出现在了屋外,守住那个洞口。果然,有窸窸窣窣的声音传来,当有一个人影从洞里爬出来的时候,我拿起刀就砍了下去,而那面貌吓我一跳,竟然是母亲,我赶紧将她扶到墙头,她却掉了下去;紧接着从洞里爬出来的,

竟然是夏嫄，依然是从墙头掉了下去，两个人都消失不见。屋内屋外，没有任何声响和活动的痕迹，全都死寂寂的。我着急中纵身跃向母亲和夏嫄跳下去的地方，却怎么也跳不起来，准备退一步助力再跳，却一下子掉到了屋内。还是丝丝缕缕的阳光，还是大面积的昏暗。又是风铃声响起，那红色的线穗挂满房间的屋顶，这屋顶其实全部是杂乱的树枝，有两个身影向我走来，母亲！夏嫄！是她们！我老远就感觉到是她们！恍惚间两人就站在我面前，我惊厥地一下子跪在地上，是两副骨架，而我深知这就是她们。骨架那么模糊，而表情又那么清晰，但是看不出她们是高兴还是痛苦，没有微笑，没有任何感情色彩的表情。"你们是否能感觉到自己的重量？"我又惊又急地问，因为我知道传说中灵魂和鬼是感觉不到重量的。"能，和以前一模一样！"我分不清楚是谁在回答。"那你们觉得自己在飘还是在行走呢？"我再次确认她们对自己的知觉。"行走！"还是分不清楚谁在回答。"那你们能听到风铃的声音吗？""没有风铃！"我急忙向四周望去，确实那些风铃早已消失不见。回过头来，两具骨架也消失不见。我快要哭出了声，却发现那些充当屋顶的树枝全部倒塌，向我迎面砸来！

　　猛地醒来，知道自己是在做梦，但是场景清晰得让人后怕。我赶紧冲到帐篷外面去，已是日上三竿，旁边那位大哥确实已经出发了，地上空空的。我赶紧向远处的营地望去，也是空空的。还是惊异于刚才的梦，觉得太可怕了，匆匆收拾好背包，走向树林外面。"啊？"在惊奇中我差点被绊到了。那营地的角落还真有一个天蓝色的帐篷！多么奇妙又令人恐怖的事。回身望向树林，那条小路荒芜而曲折。这仅仅是一个梦吗？

|归山|

二十五

　　我看到你，却从不言语
　　我宁愿孤独地死去
　　再沿着想你的夜潜回人间
　　潜回到大地上的第一处伤口

　　此刻，天地间只有一间茅屋
　　原野上只有一束庄稼
　　只有一个男人在栅栏外狩猎
　　只有一个女人长成你的模样

　　我看到你，却从不言语

　　屺娃回学校了，又剩我一个人，我也得马上去那所村学上课。本来家门口就有一所学校，因为得罪了学区校长，我被发配到十二公里以外的学校。我没有心思去巴结他，因为眼下充斥着整个心的是橙橙的身影。我还是决定去找她，看着她亮着的QQ头像，便打了声招呼："橙橙？""嗯。"她很快就回复了。自从上次她来我家之后，我们偶尔的聊天都变得小心翼翼，似乎她也不愿意多说什么，尤其谈到感情的时候，我知道她还沉浸在屺娃带来的伤痛中。"你是不是特别喜欢屺娃？"本想随便说说假期的事，不知为什么就直接问了这句，说实话，我特别怕惹她伤心，同时也发现自己说了句废话。"爱一个人是很美好的事呢，你又不是不知道。""可是我爱你！"我终于说出了这句话。她很久才回过来一句："你开什么玩笑！"

我正在考虑要怎么发信息给她，她又发了一条过来："我们刚认识的时候，你不是有女朋友吗？"是的，师范刚毕业的时候，确实有女朋友在身边，但是毕业后我分配到了村学，而对方留在了县城，她在家人的压力之下给我的要求，便是一年之内调进城，否则免谈，然后就不了了之了。记得刚分配后那年过年，我和屺娃出去旅行了，都没敢回家，后来终于在一个电话中彻底结束了我的隐瞒。那次妈打来电话劈头盖脸一通质问："你这孩子怎么越来越不懂事了，后半年就觉得你不对劲，问为什么没见到佳羽，你谎话一大堆的连我都骗。一起在外面都不容易，为什么要分手？""妈，没有……"我话还没说完，就被妈打断了。"你还瞒，瞒到什么时候！若不是今天在城里碰见了老木，我还不知道。"我马上想到，坏了，这家伙说话从不会顾及家里人的感受。看来瞒不下去了，迟早要说，就摊牌吧："妈，其实我们分手都快半年了，怕你们操心，一直没说。""半年？你这孩子，这么有出息！你们不是一直都挺好的吗？是不是你的不对？肯定是你的不对！""一个巴掌拍不响啊，你怎么这么看不上自己的儿子。""你！反正你去找她，无法无天了还。不和好就别回家来了！"妈说着就撂了电话……

|归山|

　　感情的事真是闹心，本来可以开开心心的，两情相悦，很自然地在一起，多好的事！可为什么总是有离别，总是有分手，总是有单相思或者说不出的种种痛苦和纠结。从回忆中醒过来，我突然意识到正在和橙橙聊天，她又发了好多话过来："岗哥，你怎么这么奇怪！你知道我喜欢屺哥的嘛！""我是很敬重你的为人，敬重你的仗义，但这也是我敬重老木的地方啊。""我们都是成年人了，都该知道认真地对待自己的感情，都应该知道什么事该做什么事不该做！"我反复地看着她发过来的这些话，不知道说什么好。

　　打通老木的电话，告诉他所有的事，并一句一句地将这些聊天内容念给他听。他自然也是震惊无比，一开始还在开些玩笑："你这是螳螂捕蝉黄雀在后啊！看不出你小子还有这心思！"后来听出了我的苦恼，终于认真了起来："我建议你先别说喜欢她的事，也别急着去找她。反正现在她已经知道了，她肯定迟早要面对你的心意。另外，我觉得你把这事给老屺说一声，你们好好聊聊！"我对同学朋友的感情总会分析得头头是道，也会很有办法劝慰他们，可是对自己的事，处理起来真像个白痴，难道真是身在此山中的缘故？我觉得老木说得有道理，思考良久，给橙橙回复了这么一句："对不起！来日方长，你慢慢会理解我的心意的。"

　　过了几天，给屺娃打去电话，没想到他很平静地说了句"我早就看出来了"，他甚至鼓励我坚持下去，因为大家都知道他和橙橙之间并没有什么，或许橙橙对他只是一时的执念。挂了电话，我反倒更加六神无主，原来他早就看出来了，只是他一直没有说出来。更可悲的是，我不知道怎么去跟橙橙说话，开学后进城的机会也少之又少。后来的一段日子仿佛被风干了，挂在墙角晾晒得毫无生机，我就这么慢慢地等着适当的机会，等着像梦中那样无数次的相遇和相守，等待着她会明白我的心意，明白我才是最适合她的人。

可是这样的时间对我来说太过漫长，我是完全理解了一日三秋的含义，甚至有时候就想冲到她面前，告诉她我疯狂地想着她，想和她在一起！有一次，我百无聊赖地坐着，顺手就翻开了抽屉，那本妃娃特意说我可以看的日记本吸引着我，该打开看看吗？然而我的手已经翻开了，最后一页，字写得很工整：

有一天，我郁郁地出了门，在从桔园拐向一食堂的路口，居然碰到了夏嫄，她又是一个人，用很复杂的神情望着我，然后微微一笑，那种笑带着一点不情愿，也带着一点欣喜的意味，看起来好像有什么话要说。我很意外，很苦涩地微笑着回应。我们似乎都被某种神秘的力量驱赶着，以固有的惯性擦肩而过，谁也没有说一句话。但我第一次见到她那么奇怪的眼神，有点埋怨，有点矜持，又有点高傲。莫非她也喜欢着我？或者，她看懂了我之前写的那些诗并有所感动？到了食堂，我觉得浑身充满了力量，不想吃饭，便匆匆跑向宿舍，打开电脑，写下一大段话：夏嫄，我不会伪装，一开始就明确说出了对你的仰慕，或许吓到你了，也或许让你觉得我这人轻易就喜欢一个人，非常随便。后来我说起你给我的灵感，仿佛你懂了一些我的心意。难道你会对那些诗句无动于衷？一直想将后来写的诗发给你，但又觉得你并不会看，

| 归山 |

甚至反感。现在我想,怎么能将自己的心意这么藏起来呢?你才是我最渴望的读者啊!所以,我决定以后每天发一首给你,愿这些句子能走入你的内心。

或许这就是天意,似乎这些心情在这段时间我也有过,我一下子理解了屺娃。我也终于明白感情是多么可怕的东西,有时候又是多么的可悲。我只不过是对橙橙说了一句喜欢而已,我所做的太少太少,何必就开始这样自怨自艾呢!不行,我要有实际的行动,我要有耐心。

二十六

清晨的树吻过你的面颊
她向我致意,仿佛你的声音

落叶和阳光一同打在背上
你不断完美,像天使的光

秋天比天空更高,比你更远

惊魂未定的我向那顶天蓝色的帐篷走去,静悄悄的,不会还在睡觉吧?"有人不?"没反应。我声音更大了一些,"有人不?"

还是没反应。两条防风绳绷得很紧，我走到帐篷旁，敲打着篷布再次问道："有人不？""嗞溜"一长串拉链的响声过后，终于有一个二十岁模样的年轻男子探出了头，表情愤怒地看着我："你有事？"我有点不好意思地问："你还不出发吗？""不走！"他很不耐烦地回答着我的话。"你刚才有没有听到风铃声？"正准备听他怎么回答的时候，一个和他年纪相仿的女孩子探出头来："这人有病吧！"我好奇地望着他们，突然觉得自己闯入了不该闯入的领地，"对不起！"我边说边转身快步地朝反方向走去。抬头看，没有任何人影，幸好有一条不大清晰的小路弯弯曲曲地通向山梁。我既好气又好笑地回头看了看蓝色的帐篷，之前的恐怖似乎烟消云散了。真好，又是一个大晴天！

  我并没有因为这个近乎荒谬的噩梦而心情沮丧，相反，一个人行走在阳光和微风中，特别轻松畅快。到达一处巨大的山顶平地，已是中午，满地的垃圾，士力架、糖果类的包装，矿泉水瓶，红牛罐，我暗暗地骂了一句，"这些狗日的"！然后将几处垃圾集中了一下，点火烧掉。这块平地上散落着几处石堆，像人工垒筑而成，事实上，那么巨大的石头，肯定不是人工所为。我坐在一块平坦的石头上休息，那垃圾燃烧的火光，和这些成堆的石头，令我想起小时候烧土豆的地锅。小伙伴们放牛，烧土豆是最有趣的一件事，不用说整个过程，仅仅想到那熟了的土豆，黄灿灿的，便是野外极其奢侈的美味了，现在想起来还觉得馋。烧土豆可是一门手艺，一开始方法不对，也根本烧不熟，或者直接在柴火上烤成了焦炭状的东西。后来偷偷地向那些大孩子学习，自己演练几次，就成了行家里手。一切原材料，就地取材，收集足够干枯的野草和树枝,燃料问题就解决了。土豆更新鲜,直接从附近的田地里刨几颗,主人也不会骂我们,兴许他们根本发现不了,对于整块地的土豆,刨几颗实在算不上什么出格的事。最关键的是地锅,这是考验一个新手的主要项目。找一个平台或是地垄,挖一个"⊥"形通道,与地面平行的那端用来烧火,垂直的那端,最上面整理成平台,用小土块垒起蜂窝般的盖子,实际上原理跟农家的灶台一模一样。点燃柴火,将那些土块烧得通透,先拍下一半在通道里,放入土豆,再将剩下的盖到土豆上,封死两个端口。等半小时左右,一"锅"香软的土豆就出炉了!我想着想着不由地笑出了声,要是现在能烧一"锅",那该多好!翻开日记,写了这么一句:"夏嫄,旅行的路上,想起儿时的趣事,希望此生有幸,能带你去田野,烧土豆给你吃。"想想就开心,虽然这种开心经常会带来长久的惆怅!

　　走出这块平地,开始下山,这条线路,反反复复地上山与下山。再没有遇到任何一个人,哪怕远远地看到一个人影也没有,如果不是一路零零星星的垃圾,我肯定怀疑自己迷了路。之前那种荒野之上还有人走过的依稀可辨的痕迹,但是遇上现在这样的乱石堆,尤其那种巨大的石海,就只能依靠山头判断大方向而前进了。在某两座山的垭口,有一棵孤零零的树,树叶稀稀疏疏的,站在树下,阳光斑驳地散落在身上。不知为什么,在春夏之交的鳌太,我一直想到的却是秋天,或者说,给我的感觉就完完全全是秋天的风貌。所以,在这棵树下,我又一次想到校园中秋天的景象。记得有一次清晨,我沿着校园的环道跑步,晓玉说起过夏嫄有一段时间总是沿着这条路跑步,所以我总觉得那条路上有她的气息,也是像今天这样灿烂的阳光,有风,在曲水桥边,有一条柳枝拂过我的臂膀。能很清楚地记起那一刻,我想起了夏嫄的面颊,有一种直觉瞬间袭来,这条柳枝一定也拂过她的脸,没有原因,就是这么强烈地觉得。我看了看眼前的这棵,不是柳树,也不是松树,而且,夏嫄肯定没有经过,只有我一个人。但是,所有能令我想起她的事物和地方,都是美好的,我深信不疑。

二十七

在众人举杯的喜宴
悲伤从心头涌起
一个落魄文人的悲哀
是一个民族不可饶恕的罪

住所有声音从早到晚
从黄昏到黎明的呻吟
大地上的建筑被彻底拆除
人们没有房屋,只有相垒的墓穴

居所被埋,歌声被埋
最初的相恋也被全部忘记

| 归山 |

要有怎样的缘分才能回到远古：
孑然独行的我，遇到孑然独行的你

老木和蒋米的婚礼仓促得让人想骂人，这周末结婚，他们居然周一才通知大家。我本来已经订好了去上海参加培训的车票，对于村学教师来说，这是难得出去的机会。幸好还有第二期，为了参加老木的婚礼，我和别的老师调换了。去退票，火车站人山人海，又不是春运，今天怎么这么多人！我看着前面长长的队，无聊地拿出手机，翻了翻记事本里的行程安排。这次去上海培训，有足足一周的时间，正好可以去看看屺娃的学校，看看他的女神。只是令人不爽的是，因为临时调换期次，我只能自己去改签车票了。队伍缓缓地挪动着，我前面一个中年人，满脸焦急地一会儿踮着脚尖向前望望，一会儿又端详着自己手中的纸条，看他的装扮，应该是个知识分子。本来浓眉大眼的汉子，鼻梁上架了副黑框眼镜，就显得很斯文了。我瞥了几眼他的纸条，还是没看清上面的字迹。这个小站，售票厅小得可怜，买票全都集中在外面的一个窗口，露天的，没有任何遮挡物。如果不是多云天气，这会儿估计都可以晒熟几个了。

没多久，一个长得很秀气的男孩子跑过来，老远就向中年男子喊道："大，你不用退了，我还是走吧，学校老师打电话在催呢。我姐的婚礼我就不参加了。"他大厉声回答："那怎么行，你都上大学了，请一周假就不行？你姐这么重要的事你怎么能不参加呢？"那男孩不再说什么了。等了几分钟，他直接插队站在了我前面："大，那你去吃饭吧，我吃过了，我来排队。"于是，他大将票和身份证塞到男孩手里，这次我清晰地看到，票面上打着"陇西—北京"。

"你姓蒋？"我试探着问到。他很惊讶地转过身："是啊。你认识我？""哦，不是，我刚才无意间看到你票上的姓名，只看到一个'蒋'字，就猜的。你姐姐不会是蒋米吧？"听到他们父子俩前面的对话，我直觉这应该是蒋米的弟弟，老木曾说起过蒋米大的长相，我刚才突然想起来了。"是啊。你认识我姐姐？""嗯，我和你姐夫是哥们。我也是来退票的，他们的婚礼很仓促啊，这都不到半个月了。"看他脸上有些尴尬，我想可能是自己说错什么了，赶紧转换了话题。"对了，我不知道你的名字……？""蒋鹏。"他刚回答完电话铃声就响起了。"喂，我在老家火车站呢，退票，真赶不到了。我姐要结婚，我要参加婚礼啊。"……"薇薇，你生日我回校给你补过，别生气嘛。"……"要不你来陇西？"……"就知道！那我退完票跟你视频，我们再商量？"……"嗯，先挂了啊。"挂断电话，他不好意思地看了看我。一看就知道小年轻正在热恋中，"票给我吧，我帮你退，你去忙你的事吧。"他倒也不客气，将票塞给我就飞身进了旁边的网吧。

老木买的房子就在车站旁，我退完票直接去了他家。"你肯定是奉子成婚吧？这么急！头上的伤还没彻底好就开始瞎折腾了？"我一进门就冲他问道。"屁话，我妈找人算了算，说今年只有这个月有好日子，不然要等到明年，和家人一商量，就定下了。"老木说得冠冕堂皇的，今年过年他都没有提起过结婚的事，现在突然这么急，我敢肯定不是他说的那样。直到婚礼前一天，一帮兄弟在忙着各种各样的琐事，老木神秘地把我叫到一边："你们闹洞房

| 归山 |

悠着点，你把其他人给我看好了，蒋米怀孕三个月了。"我顺势拿起旁边的酒瓶就砸了过去："还骗我！前两天问的时候不是说得很正经么，就知道是儿子惹的祸。"他一脸坏笑地躲着，"老屺和我们宿舍那几个都来了，他们还不闹翻天？我准备不说的，现在不说不行了啊，反正你得帮我看着点。我先忙去了。"说完话就开溜了，这几天他确实忙。有情人终成眷属！不知道怎么的我头脑里突然闪出这么一句话。老木，还有屺娃，我们说好三十岁之后来场集体婚礼，然后一起去旅行，可是这家伙三两下就搞定了。感情和婚姻的事充满太多的变数，很多时候是计划不来的。

婚礼和大多数人的一样，闹腾但又没多大意思。入宴的时候，我和屺娃陪蒋米的娘家人，蒋鹏也在同一桌，他许是问过蒋米关于我和屺娃的情况，说起来很熟悉。"这是我姐夫的同学，大才子，诗人呢！"他向亲戚们介绍屺娃，倒闹得不好意思，我刚要说话，一中年男人粗声粗气地说道："诗人？现在写诗卖不了几个钱吧？"我看到屺娃更尴尬了。"呵呵，写着玩呢，哪能卖钱！"他说完脸色就拉了下来。我心里就莫名其妙地涌起一股怒气，我最反感别人这么说，我知道屺娃肯定更反感，自己执着的精神理想被看作赚钱工具，是莫大的耻辱，一场喜酒就这么被扫了兴致。

屺娃草草地敬了一圈酒，让我好好接待，就直接出去了。婚宴在陇西酒家，离塔坪山不远，我透过窗子看他踱着步子往山上走去，便给几个室友交代了一下，也随之出了门。我们靠在文峰塔下看着一排排盖起的高楼和一座座被拆除的民房，他感叹家乡离自己越来越远，越来越远。在山顶的另一个亭子里，一对情侣背向我们依偎在一起，亭子周围是大片大片的玉米，若不是我坐得高，或许看不到他们。沿着山脊线向东走去，越过几块田地，就是整个荒野了。我们漫无目的地信步走着，想起老木和蒋米磕磕绊绊的这几年，很欣慰他们终于修成了正果。脚下一条小路一直曲折蜿蜒到看不见的远方，我傻傻地凝望着，突然想起橙橙应该也在，怎么没见到她，便拉着屺娃又向酒店走去。

二十八

你曾经打开窗子，照着我的路
可今天，为什么连窗枢也要尘封？
这俗世的幻影啊，最容易蒙蔽幼稚
在无边的黑暗里，我惹怒了众神？

请赐予一个晴朗的天空，让我仰望
草地上的空寂是你抛弃的信徒的孤独？
深蓝色里那些牵手的羊群啊
用雨滴甘露为我的额头受洗
那大块大块的乌黑是你的震怒？
他们绝情地抽打着我的身躯以示惩戒

我爱，纵然四季都化成野兽一样的暴雨

| 归山 |

我依然要匍匐在朝圣的路上

傍晚时分，起了大雾。我有些焦急，还没有任何可以扎营的地方。大雾中寻找路线和水源，实在是一件令人崩溃的事，我仔细辨认着可能的小路，幸好没有再碰到乱石堆。很快天色暗了下来，再加上浓雾，我想，自己要迷路了。找出事先准备好的红绳子，走几步就将半截红绳绑在小石头上放在荒地里，这样如果整晚找不到扎营的地方，至少第二天还可以根据标记原路返回，但是我实在不知道那一团红绳能用多久。夜色彻底降临了，我不得不打开头灯，将备用的户外手电筒也拿了出来，大雾中，仅靠头灯的光亮几乎处于失明状态，除了拿出所有照明的装备，似乎没有别的办法。我已经筋疲力尽了，犹豫一会儿，还是决定先坐下来休息休息，吃点干粮。如果大白天，这雾，也该有点仙境的意思吧，可惜这仙境在晚上却给我带来了很大的威胁。我静下心来，仔细考虑了找不到水源的几种可能。暖水壶中的水不足100毫升，冷水瓶里的水也快用完了，也就是说最多有半瓶矿泉水的储备。我决定如果在晚上十点之前还找不到水源，就扎营，也只能干吃最后一包泡面了，将那点热水留着应急用，第二天一大早就出发，应该是可以的。这么一想，也就不再过于担心。

依然在夜雾中找路，依然用绳子做着标记，就在我小心翼翼地辨认路径的时候，猛然抬头，眼前赫然站立着几棵树！电筒照过去，隐隐约约中，果然是树林！"终于找到了！"我兴奋地喊出声来，有树林的地方必然可以找到水源，我下意识地看了看手表，九点十一分。沿着树林边缘走了走，依稀听到有人说话的声音，心里更加宽慰了，看来有驴友就在附近扎营。循声而去，几分钟后就看到了他们，大约十来顶帐篷。"终于看到你们了！水源在哪里啊？"有两个驴友坐在帐篷外聊天，他们惊诧地望向我："你才来？一个人？"另一个紧接着说："水源就在你右手边啊，走十几米就是！""嗯，才到，差点迷路了，谢谢！"我终于全身心放松下来。"这儿就可以扎营，赶紧吧，我们帮你！"他们俩热情地说着，"我在那边扎好了，谢谢你们，我去打点水。"我说着向他们挥了挥手，夜色之中，不知他们是否注意到，其实背包还牢牢地靠在我的背上，哪有可能已经搭好了帐篷，我只是想一个人待着而已。之前就观察过了，离他们不远处有一块很好的平地，扎营，打水，煮面，又是这荒野之中的夜晚，只是没有昨晚那么幸运看到星空，但也有幸运的事，不用听到恼人的鼾声。

　　第二天，晨光微亮，早早地出发，不敢再走夜路。只是天气让人郁闷，黑沉沉地阴着。千万别下雨，我心里祈祷着。看了看那些帐篷，没有任何声音，似乎都在熟睡之中。昨天我是最迟出发的，今天却成了最早的那个。中午时分，云层薄了许多，亮晃晃的有放晴的意思，感觉自己将他们远远地抛在了后面，又饿又累，索性拿出气炉，准备煮点燕麦片来吃。高原的天气，说变就变，眨眼之间，大朵大朵的黑云就从山后奔涌而来，刚吃完，就开始电闪雷鸣，慌忙间收拾锅具就向山下奔去。那些黑云像是追赶我似的，雷声一阵紧过一阵。刚刚还要放晴呢，我咕哝着。一看下山路是长长的陡坡，乱石海，心里越发紧张，唉，刚才应该在吃饭的地方扎帐篷避雨的。寻思间，大雨噼里啪啦就砸了下来，那雨衣保护范围有限，我的小裤腿没两分钟就湿透了，脸上被雨珠打得生疼生疼。常说屋漏偏逢连夜雨，石头在雨水的冲刷下特别滑，我一不小心就摔倒在碎石之中，幸好，只是小腿擦伤，因为戴了手套和护膝，手掌和膝盖并没有受伤，等站起来，才发现脚踝肿得厉害，一阵疼痛传来，整条腿都有些痉挛，看来脚崴了。阴天也来雷雨，什么鬼天气！剩下一小段石海，简直是连滚带爬的状态。想着走出这石海，就扎营避雨吧，可是没想到帐篷才搭起来，雨就停了，老天你真会捉弄人！我处理了一下脚踝，沮丧地骂了一句：真他妈不想走了！湿湿的雨衣和裤子，湿湿的鞋，当然心里更加潮湿。

之后的两天，都忘记怎么坚持下来的，只记得，走到太白山的时候，向一位大叔说起，幸好，只遇到一场雨！人们总是艳羡别人的旅途，尤其是那些美景和笑容，可并不是所有的行程，都如想象中那么美好，他转身哭泣的刹那，只留给时光和自己。旅行的另一面，没有出发的人永远不懂。或许苦楚和欣喜交融的路途，才让人欲罢不能地一次又一次去冒险。而我知道，让人成长的多是苦楚。

二十九

江南的风啊

总是变幻莫测的身影

她任意东西地逍遥

　　任意地放纵我灵魂里的血液

　　当有一天

　　江南的风被你画地为牢

　　山水飞逝，过客飞逝

　　我仅仅在牢里不停地旋转

　　江南的风啊

　　要怎样从你身旁吹过！

"怎么可能？你骗我的吧？这么巧！"接到老木电话，我不相信地问道。他说他也去上海参加全国中小学国学教育研讨会。"你们领导哪根筋抽了？这么好的差事怎么打发你出来？""你穷乡僻壤的都要去参加，我当然也能去啊，哈哈哈！"这倒是惊喜，没想到我第一次出差就能和老木一起，他最近真是喜事连连，新婚燕尔，又有一次出远门的机会！我们俩商量好这事不告诉妃娃，等到上海后找机会直接去他学校，顺便去会会让他神魂颠倒的夏嫄。

　　老木果然没有城府，车刚到无锡他就忍不住拨通了妃娃的电话。"你明知道我在无锡，还不下车！明天再陪你去上海嘛。你们两个神经病啊，一直都瞒着我，陇西坐火车到无锡要二十个小时，你们居然过了无锡站才给我打电话！""不行，教育局领导带队，不敢乱跑，今天要报到。一周时间呢，肯定有机会的。之前计划直接去你们学校，听领导一讲，貌似不行，倒不如你抽空来上海，如果有机会去无锡、苏州、扬州这些地方玩,我们再一起去。""好吧,只能这样了,你不厚道啊!早说我就直接坐你这趟车了。"挂了电话,我想了想,自从屺娃来这里读书后,从来没有老家的朋友来看过他,大家都各自为生活奔波着,根本没有机会出来走走。

正想着,屺娃又打来了电话:"老木,不行,我现在就去坐车,最近正想喝场酒呢,晚上来找你!""这么好!够仗义,我住下了马上发地址给你。"我刚要提醒老木让屺娃明天再来,就听到屺娃继续说道:"哈哈,我去坐高铁,说不定同时到。你们好不容易来趟江南,晚上带你和岗娃去黄浦江边溜达溜达。""随便,这一带我都没来过,你安排吧,钱我带了。提前说明啊,逛逛玩玩行,你别奢侈啊,听说大都市一个晚上能把命都丢了,哈哈哈。""少啰嗦,你俩都工作好几年的人了,我这一学生不宰你们宰谁?就我这穷酸相,奢侈的地方还真找不着。""我来是看美女的,江南美女多嘛!""废话,满大街都是,多带点面巾纸等着擦鼻血就行。不扯了,到了聊。你先安顿好啊,我马上去坐车!"

这什么破地方!从虹桥站出来,地铁公交的,都不知道转到什么地方去了,到达住的地方时,已是晚上七点。主办方的宴会已经开始,我和老木索性不去,等屺娃过来。我们前脚到酒店,他后脚就到了,找了家小火锅店,搞瓶酒三个人就开喝了。"你知道吗?岗娃和橙橙恋爱了!对了,以为你会带上你的夏嫄,现在怎么样了?"在上次参加婚礼的时候,橙橙居然默许了我的照顾,谁都没有挑明,但连蒋米也看出来橙橙给我留了机会。屺娃接着老木的话茬:"唉,能怎么样,你就别损我了。都没什么希望,倒是最近经常碰到。感情嘛，可遇不可求，也急不到哪里去，慢慢来。""滚，你以为你在开导少男少女啊？我是在问你呢，说得这么轻巧。就你那心思，恨不得一下子看对眼，然后就抱得美人归了吧？""两个人彼此喜欢，当然好啊，谁说就不能一见钟情了？就不能痛痛快快地说爱就爱了？""这还得意上了，好像你们俩都为彼此倾心的样子！"老木知道屺娃已经不抱什么希望，只是在坚持而已，所以说起话来也不像之前那样沉重。

我们三个人像吵架一样你来我往地调侃一阵子，就开始感叹人生的不如意。每次聚会，动不动就要慨叹一下这个社会有多么浮躁，人生有多么艰难。其实说完了，屁大点作用起不了，还是各自进入既定的生活圈，继续不热不冷地打发着日子。只是，幸好有这么两个朋友，可以在失落无助的时候吐吐槽，即使都用很消极的思想和言语说着自己的事，但一场酒醉之后，却又可以满怀信心地投入生活中去！

"外滩也不过如此嘛！曾经的十里洋场是在这里吗？"老木一脸鄙视地靠在护栏上。"不知道，懒得管，一直不喜欢上海。有疑问，找度娘。我今晚喝得够爽，就在这里吹吹风，然后回去睡觉去！你想怎么酸就怎么酸吧，爷今晚不作诗。""老屺，你别啊，这都自诩为大诗人呢。你看这夜色多撩人，诗意点嘛，看着这个路灯，你就把它当成你的夏媛，吟几句？"看着他嬉皮笑脸的样子，真想上去踹两脚。屺娃当然也知道老木并不是恶意的："看到你这张破脸，就扫我兴了，也醉了，话都说不清，吟什么诗！""你他妈真能装！江南才待了多久，就以为自己是南方人了？才两瓶酒，你还喝得比我少，就真醉了？丢人！给陇西人民脸上抹黑!""算了,算了,就你量好!"我们就这么有一句没一句地扯着,刚来时还是人挤着人,现在已经很空旷了,稀稀疏疏的几个人胡乱地嵌在江边。

"你说我这人是不是特没品?"我们仨都累了,半天没说话,屺娃突然问我们。"你才知道啊?一直没品啊。""不是,让你说实话。我觉得对朋友还算义气吧?至于感情,真不想那么纠结,可是我真的特别喜欢夏媛。""被人家骂了吧?给你说了,千万别着急。这不能怪人家姑娘啊,正常思维都这样,你自己一上去就要跟人家喝酒,你也不想想她是南方人,不适合咱陇西那套!"我附和老木的话语,"都两年了,你们一直没什么进展?我觉得你就不用写诗了,还不如写情诗或者约她出来玩来得实在呢!"

屺娃并没有说话,过了一会儿,他才喃喃地说:"我给她解释了,真的不容易碰到一个为之写诗的女孩,她也是喜欢文学的,为什么不能理解呢?"老木又开始数落他:"诗诗诗,你他妈还有别的生活吗?你自己以为是个诗人,就得让所有人以你的思维去思考你做的事啊?何况你的东西都还埋没在你的本子上!任何事要有个过程嘛,你只要为她写了,迟早她会看到,迟早会理解你的心意,如果有缘分,你急什么!""我这不是怕错过嘛,何况大家都说缘分,也许有这个东西,但我觉得最重要的还是自己争取!等什么等!等到缘分降临到别人头上了,后悔都来不及。""那只能说明你们没缘分!""我就是不相信,认真了会毫无回应?我也不相信什么注定的缘分,该努力的还是要努力。照你这么说,睡地上等着,缘分一到,爱情就撞上来了?""屁话。随你!处理感情的事,没有必须不必须的,我只是劝你慎重点。""不说这个了!

看看外滩，回去给你老婆吹牛去！"他们俩永远这样，似乎只有对骂才是最好的交流方式。

一阵风吹过，我头晕乎乎地，感觉身体在发抖，虽然已经是五月，气候却像是随机播放，昨天还热得要死，今天就下起了雨，晚上穿个半袖短裤出来，风一吹，居然有些凉意。老木怂恿屺娃，带我们去见见夏媛，他想看看到底是怎样一个女子，让屺娃如此神魂颠倒。屺娃一副哭笑不得的样子，我们连嘲笑他都不忍心了。

三十

> 我爱，即使你心如磐石
> 我也要用痴情反复打磨
> 让她渗透我生命的激情
> 和诗歌的灵气
>
> 这一夜一夜的相思啊
> 被你一次一次流放
> 我反复追赶
> 你反复拒绝

刚到这个学校，被夏媛挂了电话的时候，我根本不敢想两年

| 归山 |

以后,甚至两个月以后,因为我不知道会发生什么事。但现在,两年这么快就过去了。越来越觉得人生的可怜和无常,老木和蒋米让我更加清醒地认识到自己总是想得太多。如果我再不去争取,夏嫄就真的永远只是我的幻象了。所以,我决定以自己的方式向夏嫄证明感情。写完论文之后,在网上买了小楷毛笔、仿古宣纸线装本、画毡、墨汁等,虽然我写的全是现代诗,但是用线装本抄录,觉得更有意思。是的,我就是决定将写给她的诗稿整理出来,然后用小楷笔抄写,等毕业时送给她。在等待笔墨纸砚的那些天,我埋头于诗稿的整理,日记本上、手机记事簿里、电脑文档中、床头的一些书目中,甚至零散的一些笔记和纸片上,最后整理成文档,数了一下,整整一百六十七首,不包括一些未成篇的残句。之前已发给夏嫄三十来首,剩下的那些,只有老木、岗娃、橙橙看过少部分,其他任何人都没有看到过。

小时候练过几年毛笔字,所以写起来并不特别难看,但是好几年没有提过毛笔了,还是心虚,以练习的心态先试着写写,后来直接将一整本宣纸作为练习阶段的试验品了。室友习惯了我种种神经质,只是偶尔看看我写的字,并不关注写的内容。我只是很不正经地说毕业前玩玩手艺,估计他真以为我心血来潮地找了一种打发时光的"手艺"。有一天,我正伏在桌子旁一个字一个字地写着,门虚掩着,李建国以一贯的风格,一脚踏开门就冲了进来:"哎哟,还练起了书法啊!蝇头小楷,没看出来你小子有这一手嘛。""别笑话我了,过年连春联都不敢写的字,谈什么书法。"我并没有谦虚,说实话自己的毛笔字并不好看。他也不说什么,拿起我的手稿就读了起来:"哦,我爱,我赞美你!/用尘世所有的花香/和天堂所有的光亮/从亲吻开始/像花瓣上一滴透明的露珠/黎明降临，带着上帝的抚摸。"他故意用很夸张的音调，摇头晃脑地读完了其中的一首，"这个好！你又写情诗，不过为什么不自己抚摸，而让上帝抚摸啊？""滚！整首诗你就看到'抚摸'两个字，你眼睛还能看到什么啊！"我看着他流氓一样的表情，将那本手稿从手上抢了过来。"你小看我了，还有'亲吻'呢！"他不无得意地说着，又从我手上将手稿抢了过去，"写都写了，这么小气干吗？来，我再读一首！"李建国不容我分说又开始读了起来："光阴啊/你知道如何迎娶一位少女/风在地上书写/一件蓝色衣裙/而她的背影/缀满了星辰。""这首我喜欢！不会是夏嫄吧？咱们班穿过蓝色裙子的，可只有她一个人。"李建国对女孩子的穿着，有着极为敏感和超强的记忆，我们因此都笑他是色狼。我故意一脸奸笑地回答："哪会是夏嫄啊，是晓玉！"他立马变了脸色，垂头丧气地说了一句"滚"，这个自称被晓玉拒绝过十七次的小伙子，也有他的软肋啊。

在练习毛笔字的同时，我将诗稿整理编排，精选出了一百首，准备用十天的时间来完成抄写。以我写字的速度，尤其要一笔一划地写正楷，每天十首的量是足够的。其实练习并不久，十天的时间，真有点临时抱佛脚的意思。粗略地估算了一下，抄写完全部的内容，四大本绰绰有余。直到真正要开始写的第一天，突然想起玄奘历经九九八十一难而取得真经，我何必不精选八十一首，以抄写经书的虔诚去完成呢？兴许她收到诗稿的时候，会懂得我的这番心意。于是，真的从那一百首之中剔除了十九首，每天洗手之后，点上之前朋友送的藏香，然后开始抄写，不管这形式多

|归山|

么滑稽，我相信，缘分有定数，但命运也会时常沉迷于感动的漩涡之中，这一切，我以我的方式表达着，至于结果，交给天命吧。

三十一

我怎能从荒芜的小径到达你的内心
这笨拙的手和贫瘠的土地
荒漠上满是凋零与死亡
你的幻象，渐渐模糊

我不曾想起，季节的轮回

"你所谓的缪斯呢？"老木一进门就边嚷嚷边打量着四周。偌大的餐厅只有屺娃一个人，他没有说话，瞪着我们，将烟和火机丢到了他面前的桌子上。那天晚上在上海我们三个人彻夜聊天，屺娃第一次那样敞开心扉说了他和夏嫄所有的过往和他的坚持，尤其说到夏嫄给他创作灵感的时候，神乎其神。我一直记得这事，所以今天一坐下来就问他："真的有那么神奇吗？难怪我没有灵感，也写不出好诗来！"我尽量带着调侃的语气对他说。他的表情凝重，我没敢再追问怎么没有夏嫄的影子，其实从他之前的说法可以猜到，他根本不敢去邀请，或者根本请不出来。

"我等你们来学校是喝酒的!就咱仨,你看我一个同学都没叫。"说着他倒了酒,将放酒盅的盘子推到桌子中间。"这么快就喝?""不喝来干吗?菜已经点好了。"他说完回头喊服务员上菜。三个人将斟满的酒杯晃晃,碰杯,一饮而尽。"你他妈的!夏嫄呢?"老木瞪着眼睛,还没来得及咽完口中的酒,就迫不及待地问道。他瞪了瞪老木,摇摇头,不再说话。很多时候,在公众场合屺娃是一个沉闷无趣的人,除了和最好的朋友在一起,除了他自己所吹嘘的旅行途中。但奇怪的是,今天他表现得很异常,我和老木也只是沉默着陪他一杯一杯地喝酒。等到终于开口说话的时候,三个人已经带有醉意了,我知道,每次出现这样的情景,肯定是屺娃遇到困难或是极度郁闷的事了。

我和老木特意带过来"陇花特曲"酒,还有几包"黑兰州"烟。屺娃一直沉默着,老木一直瞪着他,咬牙切齿地挤出几个字:"你这辈子肯定死在女人手上!"屺娃一反常态地说:"不是,你没看我写的那几首?我自己都感觉太神奇了!终于理解什么是纯粹的词语和诗歌了!"除了在第五湾他喝醉酒后给我读诗,这是第二次我见到他神经兮兮的样子。他从包里拿出笔记本,一本橘色封皮的日记,也不征询我们的意见,翻开就读了起来:

该怎么说呢?很偶然地,见她和同学从身边走过,很沉静很优雅的一个女子。或许因为我和她从来没有单独邂逅过,以至于我的双眼,总是被尘光蒙蔽。有一天傍晚,我去宿舍楼下那条林荫道散步,秋日,有风刮过,所以我沉浸在席慕蓉的《野风》里,那天再次在图书馆看到这首诗,心里莫名

|归山|

地纠结,也莫名地感动。我在想,是什么样的经历和感触让她写下这么伤感缠绵的句子呢?刚下过雨,踩着路上的花瓣和叶子,湿湿的,像踩着一层层的睡眠。"屺!"突然有一个声音打断了我的思绪,也是平生第一次,听到有人这么叫我。是那个并不陌生的笑容,我感觉自己突然被某种神奇的东西攫住了,仿佛所有的美好都向我奔涌而来,而那笑容成为世界的中心,我突然理解了但丁笔下的贝阿特丽采,以及他所看到的天堂之光。你不知道什么叫真正的震撼,你也不知道那些诗人从哪里得到的灵感!

　　老木是第一次见到屺娃这样的状态,他有点被震住了。屺娃合上日记拿出另一个本子时,他还是呆呆地看着屺娃。屺娃双手颤抖着,那个本子也随之瑟瑟发抖,他的一举一动显得那样虔敬。老木还是呆滞地看着他,仿佛他是从来没有见过的陌生人。我接过屺娃的笔记本,和在老家看到的那本一样,里面又是写给夏嫄的情诗。老木从我手上一把夺了过去,默默地翻着,间隙用很奇怪的目光望向屺娃:"这么酸!写得蛮煽情的。"屺娃并不接他的话,"你听听这首曲子吧"。他拿出手机,放了一首曲子,在那种场景之下,这音乐格外温柔又格外伤感。三个人边听边怔怔地望着酒杯。

　　一曲结束,屺娃难得一见地滔滔不绝:"刘诗昆、薛伟合奏的《当我遇见你》,刚听到这首曲子的时候,我绝对听出了别人听不出的味道,那张邂逅的笑脸,像一束光照进了我的内心,所有词语像着了魔似的在我脑海里翻涌,通往世界奥秘的窗户就这么轻易地打开了！我欣喜若狂地确定，是的，我遇到了，跟诗歌有关的女神，当然，也与爱情和生命有关。从此，即使前路将是劫难，我也相信是上帝的恩赐。"他像背诵课文一样说出这些话的时候，我和老木都不知道该说些什么，仿佛我们之间一下子隔了整整一个世界，虽然我和老木在上师范的时候都写过东西。

老木似乎发现有一些尴尬，他又打开本子随即地读了一些诗句，我竟然一句也没有听进去。第一次，我感觉到了无法言说的距离。我独自喝了一杯酒。还是老木读过的书多，他似乎理解了屺娃所有的举动，合上笔记本，也独自喝了一杯。"所有在你心目中神圣的东西，都是未知或不可得的，你一旦尝试走近她，你就会成为一个悲剧；可是如果你不去尝试，你更会成为一个悲剧。"他将诗稿放在桌子上，很认真地说到，这真是神奇的夜晚，我第一次见到老木也会有这么神经兮兮的时候。屺娃点了点头，老木并不满意，他提醒道："以前看到这句话的时候，我们都抄过笔记，你记得不？我刚才想到了。""记得啊，你还是从我笔记上转抄过去的！"屺娃回答的时候还是木讷的表情，老木也不理会，继续说："我欣赏所有触动心灵的诗句，但我同情那些诗句背后的生活！你这辈子有值得发神经的资本了，我他妈只能陪你喝几杯酒。"

看着他俩的样子，我讪讪地举起酒杯，想一个人喝下，他俩却将酒杯举了过来，远远地示意碰杯。屺娃有些着魔了，他的笑有点吓人："我为什么就不能将纯粹的诗与琐碎的生活统一呢？我不怕，我一定要去找她，不能就这样错过了，我相信不管在尘世还是诗歌里，我和她终究会有值得铭记的交往。"老木指着杯子冷冷地说："酒再好喝，不解渴；水再平淡，不可缺；你听过真正懂

|归山|

得喝酒的人会拿水掺兑吗?真正的爱情是与生活相冲突的!想想你喜欢的那些诗人吧!"屺娃有些生气了:"连你也这么说!人活着要有野心啊,说不定我将是第一个和缪斯获得尘世幸福的诗人。"我看他俩越来越神经了,忍不住插了一句:"屺娃,我们看看夏嫄的照片,看你值不值得!"屺娃一下子蔫了下来,老木也开始哈哈大笑,这俩人终于又回归到了生活的状态。他们不再谈诗,不再说起夏嫄。虽然几个人醉得厉害,屺娃还是执意带我们去校园走走。不过后来的事我全忘记了,也是在那次,我才发现喝到断片儿是多么可怕的事。

三十二

岩石上的光芒像母亲的口
她的沉静是最真实的语言
有生命的气息弥散开来
闭上眼睛,就有水中的树枝合唱

那块戈壁石上有第一具尸体
祖先们化成风雕琢岁月的群像
手触石面,是最古老的祈祷
她的容颜有着等待万年的坚挚

石头们以自己的方式窃窃私语
　　她微笑着注视我们慌乱的内心
　　她用另一种爱情吻了你的手指
　　　也恶作剧地吻了我的

　　抄写了几天，才发现高估了自己的速度。因为每天抄写之前要练练手感，并尝试静下心来，所以进度远远地落在计划之后。有一天，我刚练了几个字，就接到学院的电话，我们班第二天下午参观梅园的石头展览，这是学院联系的毕业之前最后一次集体活动，所以必须参加，让我给男生们通知一下。真是一个令人振奋的消息：全体！必须参加！那就意味着，夏嫄也会去！我竟一时兴奋得毛笔都提不稳，算了，不写了，先让自己得意一下。紧接着我就意识到，糟了，这么好的机会，可以给夏嫄诗稿啊，可是我才抄写了三分之二，明天根本不可能完成。

　　"唉！"我狠狠地砸着桌子叹了口气。如果单独约她出来，估计又会有误解，就算没有误解，她也不一定能来。我懊恼地重新翻了一下文档里面的诗稿，确实，除非从现在开始一直写到通宵，兴许有写完的可能，但是，我是要呈献给她的，那里面倾注了多少的感情和希望！即使用这样的方法赶出来，书写的效果也肯定会差很多，我怎么忍心将有瑕疵的东西像至宝一样送到她手上呢？终于打消了这个念头，如果不是想亲手交给她，就不会有这么多麻烦。看机会吧，反正去看石展也是之前计划里所没有的，我只能这么宽慰自己。

　　眼看离毕业不到两个月的时间，那些论文完成得早的同学早

|归山|

已签好了工作,甚至和我同期完成的,工作也大多已搞定,我不断地通过晓玉打听着夏嫄的消息,她似乎找工作时的运气并不好。其实我根本就没找工作,只有我自己知道原因,我希望夏嫄的工作尽早确定下来——不管以后有没有机会跟她在一起,但我必然会选择跟她在同一个城市。所以,当别人问我毕业后去哪里的时候,我总是以玩笑的方式告诉他们,回老家。我知道,以现在这种状态,夏嫄不会关心我将在哪个城市落脚,我将选择一份什么样的工作。对于我来说,定居在我喜欢的城市并从事自己喜欢的职业,肯定是迫切想要实现的。然而,无论哪个城市哪个职业,最重要的是:有她在。所以在她没有安定下来之前,城市和工作的吸引,对我来说毫无意义。

很快就到了第二天下午,大家约定两点在北门口集合,校车送我们过去。我满怀激动但也心怀忐忑:说是全体必须参加,实际缺了不少人。室友和李建国都去别的城市面试了,就剩我一个男生,没想到的是,二十多个女生也只有八个人去,很多都去找工作或是还在修改论文。幸好,夏嫄在,我一眼就望到了她,穿着蓝色连衣裙,就是李建国朗诵的诗歌里面提到的那件,去年她经常穿。她一个人站在路边,其他几个女孩子在旁边说说笑笑地聊着天。没等我走过去,车已经到了,她第一个上的车,而我是最后一个,一上车门,就看到她坐在最前面,微笑着向我点了点头。她一个人,我却不敢坐在旁边,而是走向了最后一排的座位。

到了梅园,发现几乎没有看石展的人,而我们的队伍也并不壮大,本来以为的集体参加,只不过是九个人,三分之一都没有。石头却很漂亮,各种奇形怪状大小不一的石头,特别吸引人。我在队伍的最后面，目光时不时就落到了夏嫄的身上，或是背影，或是侧影，但几乎没有看到她的正脸。只是我能很清楚地看到，她会抚摸一些石头，也会在某一块石头前面停留许久。当然，我也会去抚摸同样的石头，也会在她停留的石头前面驻足。直到那帮女生坐在水边休息，我在另一处石头旁，才敢正儿八经地给她们拍几张照片，水边的背影，有一个女孩子转头，发现我在拍照，很配合地比画着手势。我举着相机多希望夏嫄能转过头来，可是一直没有，当然，最重要的是，我给她单独拍了一张背影，当天回去就打印了出来，夹在第一本抄完的诗稿之中。

三十三

我爱，喝下这杯酒
我就不愿醒来
就日夜听着你的呼吸

一杯酒掏空了我的村庄
群山环绕的村庄
只留下相拥时火热的吻
和唇印里流逝的风

|归山|

  依诺坐在我的对面,一个知性但并不似想象中那么漂亮的女人,小时候的印象完全消失在记忆里了,只记得那件连衣裙和她的笑声。我从无锡赶回上海,又赶到咖啡馆时,她已经等候多时了。不知她怎么知道我的电话,也不知她怎么会知道我来了上海。我也从来没想过会见到她,更没想过是这种场合。如果赴这场约的是堂哥,而不是我,如果赴约的地点不是上海,而是陇西,那会有怎样的可能?"对不起!公交车有点堵。"我致歉道。"客气了。是我打扰你的时间。"不知为什么我没有想起说方言,她也很自然地说着普通话。或许,方言与这个地方格格不入。她将酒水单推到我的面前,说实话,一直生活在乡下的我没有来过这么小资的地方,看着那花里胡哨的饮品,还真不知道怎么点。"你这杯是什么?来杯同样的吧,我不知道喝什么。"本来口音很重的普通话,一紧张居然有点表达不清楚。

  她向吧台招手要了杯卡布奇诺,暗暖的灯光和轻柔的音乐将这里烘托得很温馨,我心想,是个很适合情侣约会的地方。在我心里,她本就属于城市,属于南方。她倒是开门见山:"你应该很讨厌我吧?你哥在信中说你几乎知道我们所有的事。"我有点遗憾地说道:"以前是觉得你太绝情了,但感情的事,能说谁对谁错呢?你和我哥在一起,也并不一定幸福。我现在可以理解。或者说我最近才理解了。"她望了望我,低着头,像是在沉思中追忆往事,许久许久,等抬起头的时候,两股清泪从眼睛挂到嘴角,没有掩饰、没有擦拭。我知趣地将头望向别处,心里莫名地难受,她那眼神里明明还是深爱,我狠狠地想,到底是谁在左右着人们的感情,谁在捉弄着一个普通人的命运呢?

依诺打破了长久的沉默:"岗娃,这个盒子是无价之宝,我不配保留,除了你,我不知道谁还会好好珍藏。"不知道她从什么地方拿出了一个黑色木盒。我又惊又喜地问道:"你之前见过我哥了?""没有,他寄给我的,我拿到手时,已经晚了……"这次,她终于哭出了声。我努力让眼泪停留在眼眶,安坐在那里听着她啜泣,不由地想起那次雪夜喝酒时的地震:

"哥,哥!震中在岷县!快点起来!"屺娃踢着我的被子,砸着堂哥的脊背喊到。昨晚醉成那样,他还能这么早起看电视,真心佩服。"挺近的,不严重吧?"我还没意识到有多糟糕。堂哥一骨碌从炕上翻起身,"岷县?"衣服没来得及穿就冲向桌子摸起手机。对了!我才想到,堂姐就嫁在岷县,二妈刚好去了那里。电话传出的是无法接通的声音,新闻很刺耳地播报:"岷县发生6.6级地震……梅川镇死亡65人……""梅川!"堂哥脑门上已布满汗珠,那正好是堂姐家所在的地方啊。

"哥,你先别急,二妈手机可能关机了,先试着打姐姐和姐夫的电话。"我自己都无法不着急,却只能这么安慰他。他明显已经慌了手脚,半天都找不到该拨的号码。一个一个试下来,全都无法接通。"老天啊,这是要干吗?"哥的声音都带着哭腔。我胡乱地穿上衣服,将他的外套递过去。"哥,不慌,赶紧去梅川!我陪你去。""我也陪你去。"屺娃紧接着应和道。出了门一看,昨夜该是刮了一场大风,雪薄处已经裸露出了土地,而雪厚处像是堆积了一个小小的山丘。骑车显然不可能,只能步行到定陇公路那里等着坐车了,幸好这一场风刮过之后,步行还是可以的。我们都

|归山|

没来得及收拾东西，直接出了门，六个半小时走到公路口，已是下午两点。本来积雪后路就十分难走，再加上各种救灾车辆，各路赶赴灾区的亲友和志愿者，路上非常拥堵。天黑时还没到陇西县城，而那几个号码一直是无法接通，梅川仿佛一夜之间从我们的世界里消失了。

寒冷、饥饿、疲乏……在这个时候，一切都抵不过焦急的心，第二天天亮时，车子还在去岷县的路上爬行，电话依然死活打不通。我们想办法搭前面的车，走路，各种赶时间，下午三点多终于到了堂姐所在的那个村子。大地震引发的惨况，无法用语言来描述清楚，撕心裂肺的哭，变形的尸体和残肢，倒塌的房屋，还有雪和土混在一起的血肉模糊……二妈已经被人"救"到院子角落的空地上，很慈祥，很安静，她在睡梦中就这么走了。哥一步一步走过去，很慢，很慢，他缓缓地蹲下身，攥起二妈的手，牙齿咬着下嘴唇，一滴泪也没有流下来。我和屺娃跟着跪在旁边，想将她的身子扶得正一些，哥示意不要动，只定定地盯着二妈的脸，嘴唇慢慢渗出血来。

我不敢说一句话，只是转身问幸存的村民，他们说姐夫在外打工，两三年都没回来了，而堂姐和已经上了中学的侄儿，这次陪着二妈去了另一个世界。一整晚，哥就蹲在那里，我找到一条被子，披在他身上，他取下来很温柔地盖在了二妈身上，自始至终，还是没流一滴泪。草草地办完后事，他终于爬在坟堆上哭得死去活来，任谁也拉不动。我和屺娃留下来帮忙救灾，也好照顾哥不出什么意外。三天后，他对我们说，"回去吧，你们还要过年呢。"他眼神里的空洞或者说绝望，让人觉得自己的心也被掏空了。

　　过年那几天，堂兄弟们轮流陪他，他不拒绝，也不多说话，经常会喝好多酒，慢慢地，表现得很平静，大家也就放心了。屺娃回校前，我们又专门去看望过哥一次，他反复对屺娃说："如果真喜欢那个女孩，不管多难，好好追一追。"我们只能很感激地和他多喝几杯酒，自己都处在厄难之中，还在劝慰屺娃，真不知道那个女人怎么会弃他而去！不久，我也去了学校，有一天妈打来电话："你哥家着火了，一院房子烧成了灰，人也烧没了。"我一颤抖，手机差点掉在地上，整颗心仿佛被人紧捏在手中。"妈，怎么可能？""唉！可怜的一家人！就剩他一个了，还这样！半夜起的火，全庄人都没发现。"妈知道我不敢给屺娃打电话，于是她自己给屺娃说了。那场葬礼至今历历在目。

　　这些事像电影一样在脑海里闪现，直到依诺把盒子推到我面前。"你全部看过了吗？"我接过依诺递来的盒子。"看了，怎么会不看呢。"她回答得很小声，仿佛自言自语，"我就是个罪人，不该来到这世上，太造孽了。"她停顿了一会，"岗娃，你知道吗？你哥寄给我一封信，还有这盒日记。他说想见我一面，还有两盒日记要当面给我。可是寒假我在南京，等我回上海时，信已经到达二十多天了。打他留的电话，不通。后来我赶到陇西时，他已经走了。"她边哭边说。我心里突然一抽："我敢肯定是他自己放的火，你信吗？"依诺使劲地点点头，哭得更加厉害了。

| 归山 |

三十四

无锡的烧烤摊,想起陇西
那些懒散的岁月
和勤恳的兄弟

我有多大的罪孽
如此颠沛流离
如此惶然于岁月深处
守着日子的流逝
目送挚爱的离开

她如此沉静
我如此苍白
在语言的碾板上
痴心的枝条反复抽打

无锡荒芜,陇西荒芜
那柔软的内心
也一片荒芜?

你深邃的眼睛
是唯一的故土

　　看完石展，回程时夏嫄依然坐在最前面，只是这次她旁边坐着班里的另外一个女孩子。我照旧跑到最后面，默默地看着她的背影。直到现在，学校里除了阿坤再没有任何人知道我爱着夏嫄，所以也没人注意到我看到她时的慌张和不自然。她们聊着天，话题似乎总是集中在论文和工作上，也有几次她们嘲笑我躲在车的最后面，并问起我的论文和毕业后的打算，我总是很简单地回答着。其实我更愿意她们聊自己的话题，我只是想看看夏嫄，哪怕只是背影，我深知不管她是何姿态，我是永远看不够的。车停在了校门口，夏嫄第一个下车，我又是最后一个，她站在路边，盯着从车上走下来的我，眼神中有一丝温柔，也似乎有一丝不满。虽然我还是那么紧张、那么慌乱，但那一刻似乎不再像以前那样恐惧。她们向宿舍走去，我故意去了那座木桥，可以远远地看到夏嫄，等她完全消失在宿舍楼中，我才觉得自己也该回去了。
　　其实，如果每天都可以看到她，即使看到的只是背影，即使只能远远地看着她走过，那也是极其幸福的啊！从木桥穿过小溪，就是桔园东侧的草坪，有一条小路通向园区的大门，我慢悠悠地沿着这条路走回去。一进楼梯口，就看到宿舍的门大开着，我心里一惊，去看石展时明明锁了门的啊，疾步跑入宿舍，却见孙立正在整理行李。"你不是下周才回来吗？"我十分意外地问道。"想兄弟们了呗，哈哈！今天早上面试完，一出考场，突然有了回校的念头，就直接打车到了车站，正好有票，就回来了，其实我也刚刚到宿舍。"他西装笔挺、满面春光地回答。"状态不错啊,看来面试挺成功的,知道结果了不?""没有啊,下周才出结果,感觉一般般。反正一家一家地试,总有留我们的地方。"他很自信地说。"这想法好!不是他们要不要我们的问题,是老子们去不去的问题,哈哈。"说完我就心里发虚,其实自己的工作连影儿都没有呢。"对!就要有这魄力!其实工作蛮好找,就看能不能找到好的。"说着他将行李箱放在床头,突然回身说,"今晚聚聚?建国回来了没有?""没有啊,就我们两个人,去哪里——"话还没说完,就有一个声音破门而入:"都在呢?"话音未落,阿坤就闪身进来。"你老也在啊?神龙见首不见尾。"孙立语下惊叹,不过这倒是实话,已经两三个月没有见到他了,听说已经在一家国企上班。"神龙个屁,累得跟畜生似的。喝酒去?"我和室友都笑了,几乎异口同声地说道:"正说要聚呢!"几个人商量了一下,市区太远,懒得去,校园又没有什么可以喝酒的地方,只好又去石塘街了。

　　已是盛夏时分,又遇上毕业季,石塘街的摊位异常热闹。这条街道可以用三个字形容:脏、乱、差。但是靠着位置好和学生们的支持,整条街的生意倒是大多数可以称得上火爆。去了之前常去的那家烧烤摊,其实那里周边的环境很差,只是因为老板是甘肃的,感觉亲切,所以这里成了我们几个约定俗成的聚会地。点了烧烤和啤酒,我又忍不住叫了一大盘田螺。记得去年夏天的时候,有一位安徽的同学看到我们在吃这东西,立马劝我们以后别吃了。她说邻居家全是养这个的,而且市场上的田螺基本都是人工养殖,铅超标严重,还有很多有毒的化学物质。我们着实吓了一跳，之后大半年再也没有吃过。可是今年开始又吃了起来，还是馋这个味儿。

喝着酒，吃着烧烤，感叹时光的飞逝。仿佛前不久大家才进校，而现在马上都要毕业了。说起各自的打算，我喜欢江南一带，无锡、苏州或是周边，只要能留在这一带，就心满意足了；室友决计要回老家，他觉得在老家才能施展自己的身手；阿坤自不用说，他已经在上海的一家公司上班了，说起职场菜鸟的趣事，忍俊不禁又有些心酸。我们扯着这几年发生的一些事情，扯着彼此之间的一些记忆，当然说得更多的还是爱情，很多大学生都是遵循着"进校—恋爱，毕业—分手"的这一模式，他们俩自然也不例外，我们感慨着爱情的不易和人心的复杂。

室友一再追问我，那些诗是写给谁的。我各种忽悠，什么"老家的姑娘"啊，"幻想的女孩"啊，他估计也觉得我在说着鬼话，看问不出什么结果，也就不再问了。我故意问起班上同学找工作的情况，因为阿坤和夏嫄本科的时候就是同学，或许他知道一些信息，我装作很随意地问一下这个同学，又问一下那个同学，最重要的是，我肯定要提到夏嫄。"她准备留在无锡，最近在参加一些考试呢，很优秀的一个女孩子！"我附和着："是的，是的！"心里一阵狂喜，这家伙果然知道她的近况，至少让我知道她是准备在无锡找工作的！

等我们大醉的时候，整条街就剩下两桌人，很多摊都已经收了，三个人摇摇晃晃地回到学校，费了好大的劲才翻过宿舍外的栅栏，孙立差点被挂在上面。他们不知道的是，虽然醉得厉害，但是一回宿舍，我并没有睡觉，而是打开电脑，开始搜索无锡的

|归山|

招聘。

三十五

人类这荒唐的一生啊
有多少相遇是为了错过
又有多少并肩是为了离别？
贫穷逼迫正直的人丢掉尊严
富贵引诱善良的人舍弃良知
一如时间的刀
反复割裂着一世的相守

浩渺的苍穹啊
你记录着千秋万代的悲欢离合
可你是否辜负了一个人孤独的身影
是否愧对两个人永不言明的心意

我一直没有打开那个黑色木盒，或许是因为我和橙橙之间的关系微妙而尴尬，所以我总是在希望中纠结着，没来得及去关注堂哥的内心世界。直到放了暑假，这厚厚的一盒日记，成了我一个月所有的精神食粮。"世界人来人往，但有一天，我将不再存在。谁来为你,继续守候?"依然是题记一样的封面,落款处写着"2005.3——",我用铅笔小心地填上了一个日期:"2008.3.26"。从三个盒子扉页上的毛笔字可以看出,哥一直在练字,这张纸上的字迹,已经算是"力透纸背"了。也对,他们分开的这十七年,如若不是日记和书法来填充他的生活,还有什么支撑他生命的活力?

当一个人精神接近衰竭的时候,恐怕只有艺术和信仰来拯救他了吧!我估计哥会有一些书法作品,只是他从来不显露在人们面前,或许,除了依诺,除了等待一生也没有看到儿子成家的父母,他觉得自己所做的一切都与别人无关。网上流传着一句话:"一个人百毒不侵之前,必定无药可救过。"他这十七年的守候,算是百毒不侵还是无药可救呢?我只是确定那场大火,他肯定是冷静地点燃的,无论大彻大悟,或者彻底绝望。与以往不同,这次盒子里有几张复印纸,是毛笔小楷,我一看,是哥写给依诺的信,估计她将原件保存了下来,而留给我一份复印稿。

依诺:

整整十七年,一直有朋友给我你的消息,虽然断断续续,但我已经很知足了,相信那是上帝对我的同情。开始那几年,还在臆想般地希望你回到我的身边,后来你们有了孩子,我便不再奢望,只是心存等待地过着日子,我究竟在等待什么呢?我也不知道。等有一天我们会再次相遇?那是不可能的事!或许只是在等待有人带来你过得很好的消息,我便很欣慰地待在这里,慢慢在时光里苍老。你会觉得我很痛苦吗?怎么可能不痛苦!2002年我妈病危时,还在流着泪劝我成

133

| 归山 |

家，那一刻心里的愧疚和悲伤汇成对你的恨。没想到她又挺了过来，我也想起我大去世前的最后一口气，还是哀叹。不过，这些年，我渐渐地平静，渐渐地想到终有一天我也要面对死亡，在或长或短的生命历程里，有你曾经的爱，已经是最大的幸福。何况这么多年来，有那么几个真诚的朋友在犒赏般地告诉我你生活的轨迹。如果我说最近这十年的守候是幸福的，你相信吗？每次当我特别想你的时候，就去那座古堡的土墩上静静地坐会儿，那个你我不能再熟悉的地方。你离开了，留下一本《圣经》。那些经文无数次地抚慰着我心里的伤痛，直到现在，我从没去过教堂，也从没觉得自己是个基督徒，但我很强烈地感觉到上帝就住在我的心中，在夜深人静的时候，与我敞开心扉地对着话。有时我会在我们的婚床（你曾经为那个土墩这么命名）上整夜整夜地静坐，我会想到你经常说起的那句诗："此刻世界上再没有别人／唯有上帝，天空和我。"你总会把最后一句改成"天空和我们"，总会嘲笑我记不住诗人的名字。现在我想说，我记得十分清楚了，是俄国的吉皮乌斯，可是你呢？会不会早已忘记？

我从未想过要打扰你的生活，如果不是母亲突然在一场地震中遇难，这封信是绝不可能写给你，或者写了也不可能发出去。可是，我的两位至亲，先后离我而去，留我一人孤零零地在这个世上，我要怎样重新打理自己的生活？当年，挚爱的你离开后，我守着我的双亲，现今，我还能守着谁去消解孤寂的日子？躺在阳光温柔的草地上，躺在夜色绵绵的田野中，连回忆也逐渐模糊，为什么还要回到这空寂的庭院，回到这冰冷的房间?"我没有情人,没有家/没有安身立命之所/我把自己交付于万物/万物繁盛起来把我淹没。"曾被你嘲笑连篇作文也写不通顺的我,竟然开始喜欢上了诗歌,你会相信吗?我从弟弟屺娃那里借了很多诗集,很多触碰心灵的句子吸引着我。就像刚才这句,已能很顺畅地写出来,你会不会觉得,我这个粗人也终于奇迹般地学会了文艺?有件很高兴的事要告诉你,屺娃会写诗,虽然他仅仅沉迷于为心爱的女孩子摆弄摆弄文字,但我看过的几首写得真好,应该有你当年的水平了!岗娃也在我们那里的村学当老师,他们俩是知道你我之间的事最多的人,请原谅我没有保守好秘密,太多时候我真的需要一个人倾诉。我写的三盒日记,几乎是这么多年全部生活的记录,说什么全部生活呢?其实仅仅就是对你的思念和幻想。只有随信寄给你的这盒,开始写关于人生的思考,写绝望、写死亡,很多悲观的情绪,这也是唯一没让屺娃打开的秘密,我不想让他年纪轻轻就看到这么消极的东西。

依诺,已经十七年没有相见,现在碰面也不敢相认了吧?我已经感到生命的激情快耗尽了,尤其这两个月以来,母亲的突然离世让我越来越深切地感受到死亡,我知道那是迟早的事,但我会以我所有的余生来继续为你守候,我需要见到你,或许这是唯一能让我的生命重新鲜活的途径,就见见你,不打扰你的生活,好吗?那两盒早年的日记,我想当面给你。我去上海,或者你来陇西,只要还能再见你一面!

. . . .

|归山|

　　我反复地看着这封信，心里反复地疼痛。同时，我慢慢地为那场大火勾勒了一幅图画：哥将手机放在身旁，满怀希望地等，日复一日，在那个晚上他终于彻底死心，他将庭院打扫干净，将房间收拾整齐，打开酒，自斟自饮，他将那些日记又整理了一遍，取出书柜里所有的书，他绝望又平静地将储存的酒全部倒在地上，像一场洗礼，又像为自己进行一场生祭，他将两个盒子和《圣经》放在炕头，用一本一本的书将自己围起来，点燃火。他一定在火光里看到了依诺的幻象，渐渐地，是父母的幻象，他一定能听到火噼哩啪啦的声音，一定自己在心里默念着这句——"你看见这场火灾/你看不见我/虽然我为你点燃"，他一定看到了一个比任何诗歌都美好的世界。

三十六

　　　　江南啊，你过往的船只
　　　　我多么语拙，在那离别时刻

　　　　一个人站在冬至日的黄昏
　　　　默数落叶从桥下铺排而过
　　　　像回忆逐个敲响瘦长的指
　　　　长发飘来飘去，飘荡在风中

而她的体香远远地散去

在不知名的山岗停下来颔首

我的江南啊，我湿润的季风

你吹过多少次离别的愁！

  除了为数不多的几个同学在最后苦熬论文，他们估计要伴随着毕业典礼进行答辩了，其他大多数散落在大大小小的城市，忙碌于一场场面试。因为想留在无锡的同学太多，他们在经历几场挫折之后，也开始向别的城市发展。我投出去的简历石沉大海般毫无回音，几乎所有单位都要求本科全日制，而我是自学考试，因为这一原因之前被各种歧视，如今读了研，没想到还是如此。于是又找寻一些事业单位的考试，至于公务员和除大学以外的老师等岗位，打死我也不会去，不适合我。正好看到文学研究院和非物质文化遗产保护中心在公开招考，果断报了名，考试安排得颇为紧凑，两场都在半个月之内，但考试内容都是我讨厌的《公共基础知识》。专业知识安排在第二轮，我苦笑了一下，只考专业多好！我开始憧憬着这个城市的生活，不管以后如何，能和夏嫄在同一个城市，那是何等幸福的事！

  有一天，室友又去老家参加面试了，李建国也没有回来，阿坤聚会后的第二天就没了音信，晓玉还在上海等待面试，而夏嫄，再也没有遇到过，怕打扰她找工作，我没敢以任何形式联系。一个人，反复出现在宿舍和阳台，心里充满着恐慌和失落，恐慌的是工作，是前途未卜；而失落的，是见不到夏嫄，也无法在任何

|归山|

方面帮到她。之前从不怕一个人独处的我,在那段日子,怕极了这空落落的世界,走在校园里,走在大街上,繁华中充斥着荒凉。心里憋得难受,喝了几杯酒,更加伤感,索性出了门,出了校园,夜色中,一个人向长广溪走去。除了门口有几个人坐着聊天,进入公园,一直走到石塘桥,居然再没有遇到一个人。

　　站在桥上,正对蠡湖,对岸灯火辉煌,桥下黑漆漆的,远处的水面反射出霓虹的光芒,色彩暧昧。我坐下来,背靠着栏杆,头有点微晕,没有一丝风。等意识到需要点酒的时候,我才发现,没带任何酒水,连烟也没有带一包。起身向前,在拱桥的最高处,我站在雕梁间的石凳上,四下观望,确定周边没有任何人之后,拿出手机,大声地读起了最近才整理的诗稿,读着读着,突然想起了这里的一次夜游。

　　记得那是刚进校的时候,中秋节,我正好在宿舍楼下遇到晓玉她们,问起,才知道要去夜游长广溪。她们邀请我一起去,夏嫄也在,对我来说,简直正中下怀,当然,那时候没人知道我喜欢夏嫄,她本人也是。因为我们其他人都是新来这个地方,自然由夏嫄带队了。之前,我一个人已经在这里遛达过一次了,长广溪有很多植物,大多我不认识。最喜欢临水的木桥,用条形的木块钉成,有伸向水面的露台,可以看到蠡湖的全景。夜晚,路灯昏暗,那些花花草草更加看不清楚了,我也问起一些植物的名字,大家七嘴八舌地倒是科普了不少知识,连水仙、蔷薇这些,我都是第一次认识。夏嫄知道的花草并不多,她也和我一样,遇到叫不上名的,就问大家。"你们说兰花和萱草有什么区别?这个是兰花吗?"夏嫄指着几丛草问道。"萱草好像和忘忧草、黄花菜是一回事吧?"我赶紧回答道,"兰花的花和萱草的花——""哎呀,狗核桃嘛!"还没等我说完,一个同学就抢着回答夏嫄,我们一帮人几乎异口同声地问道:"啥,狗核桃？还有这名字?""是的啊,这就是狗核桃,在我家乡都这么叫。"她很得意地说,"其实它可高大上呢,曼殊沙华,听过没？也就是彼岸花。"我们再度被震惊了,"这就是彼岸花?""可不是嘛,狗核桃、曼殊沙华、彼岸花,不同叫法而已。"她显得很专业的样子。"呃,长知识了!""这里居然有彼岸花啊!"大家七嘴八舌地回应着。我看着夏嫄,她蹲下身去,很仔细地观察了起来。"听说这花特别漂亮啊,你们谁以后看到它开花了,一定打电话叫我过来看看。"大家都互相应诺着,无论谁先看到,都叫大家一起来看。走着走着他们起哄让我读自己写的诗,我推辞不过,找了一首有关家乡的短诗,算不上朗读,像是自言自语地读了出来。那是我第一次在别人面前读诗,效果真的"烂"到自己都脸红了,还好,她们象征性地拍了拍手,这事就算完了。后来不知哪位起了个头,讲起了鬼故事,越讲越带劲,有同学听得"咦！咦！"地惊呼,当然,这"咦"听起来太像相声里郭德纲式的发音了,夏嫄吓得走在人群的中间,我在最后笑着看她害怕的样子。鬼故事我是一点都不怕的,本准备要讲一个小时候听到的,看夏嫄吓得不行,就算了。后来怎么回校的,记忆里都已经模糊不清。

　　又读了几首诗稿,更加悲伤。假如我一直都不告诉她,仅仅是写着诗,仅仅是看着她过自己的生活,兴许我们还能是朋友,至少,这三年的相处不至于这么尴尬。但已经是这样了,唉!

|归山|

三十七

我曾冒昧地写下你的名字
便写下无数根熬夜的胡茬
和无数双怅望的眼睛

  每次想起哥的经历，我总会想到橙橙，有时候也会想到夏嫄。是的，依诺，橙橙，夏嫄，到底谁才是生命的主角？是哥心心念念地相爱多年而又终于弃他而去的依诺，还是无论能不能相守都苦苦等候爱人的堂哥？是在屺娃的世界里神圣超俗的夏嫄，还是为她写着一首首爱慕和赞美诗歌的屺娃？是纠结于爱情与亲情的我，还是纠结于爱情与友情的橙橙？或许依诺在她自己的生活中只是一个琐碎的主妇，而堂哥只是一个不足以托付终身的山野村夫；或许夏嫄在别人眼中只是一个自命清高的平凡女子，而屺娃在她的心目中不过是一个玩玩文字游戏的西北穷小子；我和橙橙呢？我真的不知道！难道这才是真正的人生？

  每个人都宁愿活在真实的评价之上，即使他们也接受着被爱的恩宠和被赞美的虚荣？也有可能是每个人都生活在自己的圈套之中，他们只相信自己的感受和选择，从不考虑到底需要怎样的人生？更有可能每个人都苟且于欲望之下，所谓的爱情和道德都比不过一顿盛宴或是一次放纵？但我知道，其实每个人都会说这些都不是，而仅仅是渴望在一起的那种感觉！到最后，谁还会拷问自己的良知，说自己依然会毫无回报地去爱一个人？谁还会坦诚自己的内心，一点小小的触动就让曾经的伤痛锋芒毕露，那个盘踞在心底的人依然狂傲地冲出来猛戳你的伤疤？你会不会承认，所谓渴望在一起的感觉在世俗的夹缝里杂糅了太多的成分，没有哪一个人会非你莫属，也没有哪一段情必须走到尽头，而你会在每一次挫败中坚强地活下去，并漠然地等待下一个路口的相遇？

　　对于我，橙橙绝对是这么想的，至少她不会认为我会非她不娶或是为她守候到终老。我坐在电脑屏幕前，看着"正在输入"的状态，将打好的字一遍又一遍地删掉，生怕某一句话就会出现差错，可是，一旦我坦诚地说着我的想法，她就会突然变得很冷漠或是干脆消失。于是我不再说任何一句关于感情的话，更不会说起如果她跟别的男生在一起，我会特别嫉妒，既然不是同一个世界的人，就留着美好的想象，永远不再接近。我将想法告诉了老木，他破口大骂，说你早就应该这样，婆婆妈妈的老犯什么贱！是啊，这种拿自尊开玩笑的事，除了被人看轻，还能得到什么回报呢？可我就是盼望着她的出现，盼望着能在网上聊聊，哪怕只有几句。今夜，就像为数不多的这么几个夜晚一样，我小心谨慎地问候着她，小心地盯着聊天窗口的变化，又一次忍不住地说起对她的倾慕，她依然是那句"你会碰到更好的人！"然后匆匆消失。

　　失眠已经很平常，她不可能会关心我的感受和思念，纵然我一个人呆坐到天亮，她也不可能知晓吧，即便她会想起，也只能

|归山|

是无所谓地在头脑中一闪而过,或许最大的可能,是她从不去想我的生活会是什么样!手机里放着音乐,不经意就播到了《当我遇见你》,自从那次在无锡听屺娃放了这首曲子后,每次听到,我都会马上安静下来,似乎我也因为橙橙而理解了他的感受。这首曲子让人沉浸在甜蜜与痛苦交织的复杂情感中,沉浸在自己的内心。

已经到了初秋,夜晚的风有些凉意,我走到院子里,向天空望去,群星璀璨,我双手裹着肩,让这凉意理理我杂乱的思绪。每当这样心情郁闷的夜晚,我都会在天空下静坐,让自己淹没于无边的黑暗之中。人之渺小,总会在这样的时刻让我深受感触。或许,不再关心她的任何事,只是单纯地喜欢她,是最好的选择,不抱希望,便不会绝望。

三十八

你来送我
夜晚顷刻间醉倒在地
阳台的水泥板上
是我颤抖的双手
和一饮而尽的瓶底

　　　　三年已逝

　　　　远望的背影

　　　　远行的足迹

　　　　和一次悄然的对视

　　　　我向西而行

　　　　你向东而居

　　　　这一世仅留存一只

　　　　你的酒杯

　　或许是为了缓解毕业时工作繁重的压力，学校安排论文答辩分两批进行。我们这一批答辩完已经一周了，学院突然通知，已经答辩完并顺利拿到毕业证的同学，无论是否找到工作，全部清退宿舍，实在需要留在学校一段时间的，必须申请，学院通过后才能办续住手续。我们各种愤怒，那意味着，这批人连毕业典礼都不能参加了，原本以为早答辩完早轻松，没想到直接导致"被赶出校园"。愤怒过后，才发现更悲剧的事，那就是马上要离开这个地方了，我的工作没有任何着落，难道要开始流浪了？而夏嫄的答辩在第二批，在她没有离开学校之前，我是坚决不愿离开这里的。我们第一批也就十来个人，大家都还经常要待在学校，正好室友和李建国也回来了，他问了几位女生的意见，决定当天晚上聚聚，算是毕业前的告别。我们就在校园里吃了饭，饭后在宿舍前的那个大阳台上喝酒。

　　阳台上有一排水泥台，最大的一张接近两平方米，向隔壁的

| 归山 |

几个宿舍借了凳子，一帮人就围坐在一起，起先还有些拘束，但是喝着喝着就开始各种玩笑，各种起底，某某女生暗恋某某男生了，某某女生在宿舍偷看黄片了……甚至连某个女生有几天没穿内衣都被她们曝了出来。说着说着又提到了我写的诗，这学期有一次聚会，我忍不住说出了我在给某个女孩写诗的秘密，再加上最近李建国看到我在用毛笔抄写诗稿后，绘声绘色地传播给同学们，几乎全班都知道了这件事，唯一敢肯定的是，她们任何人，除了夏嫄，都不知道具体是哪个女生。"是晓玉吧？看你们经常一起活动，近水楼台嘛！"晓玉也在现场，我们俩都很无所谓地笑笑，"是啊是啊！被你们猜对了。"我故意开玩笑地说着，"都要毕业了，你们这恶毒的心啊，明知道建国苦苦追了她三年，如今让我背黑锅，离间感情呢？！这货喝醉当真了，说不定给我来两酒瓶，可就惨了！"晓玉尴尬地笑着，李建国恶狠狠地瞪着我，"这也能躺枪啊！"他说着举起酒杯，"喝酒喝酒！"大家碰了杯，还是不依不饶地问我到底是谁，然后又胡乱地猜测着。说话间陆陆续续地又来了几个同学，她们都知道我们在进行最后一次聚会，算是来告个别。"你们别问了，我师兄都不给我说，估计没什么戏，说出来多丢人，给他留点面子吧。"晓玉终于开始帮我解围，室友和李建国应和着，"连我们俩都不说，真是守口如瓶啊！"他们似乎也觉得我不可能说出来，"好吧好吧，你说个大概吧？"大家还是不死心，"那你说说在不在现场嘛？"我摇摇头，"我觉得在刚来的这几个人中间？"又有人附和着。"真不在，她不可能来这里啊。"我有点灰心地说，事实上，突然要离开的消息，又加上这样的聚会，夏嫄不在，我心里蛮失落的，推杯换盏之前，已经有些

醉了。

"夏嫄？快过来！"李建国突然高声说道，我转过头，夏嫄从楼梯口向我们走来。我又惊又喜地看着她，目光停留在她身上一秒钟都没有离开过。她站到晓玉旁边，有些不好意思地说："听说晓玉醉了，我来接她回去！"李建国大笑着，全场你就知道接晓玉，你们俩不正常啊，说着起身指了指他的板凳，"都要毕业了，你来了坐坐嘛！"边说边回身去别的宿舍借凳子去了。"对的，坐会儿嘛！"大家附和着，晓玉也说道："夏嫄，你坐嘛，大家以后难得再聚。"她也不应声，直直地走到李建国的凳子旁，坐了下来。我还是直直地看着她，欣喜在大脑里横冲直撞，估计都要笑出声来了，只是黑暗中他们都没有发现。"来嘛，大家喝一杯！哦，稍等，我去给夏嫄找个杯子。"说着我三步并作两步地走向宿舍。"我不喝酒！"远远地听到身后传来夏嫄的声音，我也不管，继续走到宿舍，但同时觉得自己晕得厉害，是的，醉意就在看到夏嫄的刹那之间生出。

定了定神，将桌子上从来没有用过的那个马克杯洗了洗，并用开水烫了一遍。"洗过了，也用开水烫了，放心吧，没用过的杯子。"我边倒酒边给夏嫄说，大家似乎并没觉得奇怪，她刚接过杯子，大家就站了起来，"好好，我们来干杯！"我说着也举起了酒瓶，我和室友、李建国都直接用酒瓶，给女生们找的杯子。碰杯的时候，我还是盯着夏嫄，她也望向我，拿着杯子晃了晃，我也示意般地摇了摇自己的酒瓶，将不到三分之一的酒一饮而尽。当重新落座的时候，我突然觉得自己很醉了，几乎要晕倒的样子，但还是强打起精神，坐直了身子。大家又分别喝着酒，说着祝福

145

的话，因为夏嫄刚来，跟她碰杯的很多，我几乎一直看着她，她都是举杯意思一下，从来没有喝下一口酒。

"如果这世界还有比看到你更美好的事，那就是你来送我……感谢所有的日子，为了这一天！"我心里不断重复着这句话，几次鼓起勇气想单独跟她碰杯，但还是不敢。我们目光相遇的时候，从前的那些冷漠、鄙视、仇恨的成分全不见了，也不是温柔，也不是惜别，无法描述那种感觉。兴许是酒精的作用，我不怕她的直视，甚至，有些挑衅地盯着她的眼睛，第一次，她竟然有些慌乱地将目光移向别处。那一刻，大家说话的声音似乎都无法穿透我的耳朵了，不知过了多久，我腾地一下站了起来，盯着她："夏嫄，敬你一杯吧！不多说，你随意，我干了！"马上是大家的起哄声，"哇，干了干了！真要干哦！"大家都以为我在开玩笑，因为之前我们已经这样玩过好多遍了。

她盯着我，有些生气，一字一顿地说："第五屺，你喝醉了！我不喝酒，所以，你也可以不喝！""干吧！"我也不管她生不生气，不容置辩地再次重复。她有些迟疑地将杯子举向我面前，还是满满的一杯，我双手捧着酒瓶，那一刻紧张和激动竟让双手有些颤抖，碰杯的刹那，我再次确定："你随意，我干了！"说着就咕咚咕咚地仰头直饮。一开始大家还在起哄，等看到我真的一直在喝的时候，估计有些镇住了，一时间没有任何声音，我头脑一片空白，斜瞄到夏嫄双手攥着杯子很诧异地看着我。一瓶酒，一口气下肚，天旋地转地头晕，突然间特别伤感，我喃喃地说："或许以后遇不到了！"我已经忘记了一直保守的秘密，等说出这句话的时候，我才意识到，完了，彻底醉了。夏嫄还站着，双手攥着杯子，她喝也不是，不喝也不是，非常尴尬地看着我。我突然也觉得特别尴尬："坐吧，坐吧，知道你不喝酒。"说着自己先坐了下来。

大家终于察觉到了我的失态，似乎一下子都明白了，瞬间全场陷入尴尬之中，她们都不知道说什么才好，室友拍拍我的肩膀，"老屺，你少喝点。"我点点头，晓玉突然说了句："原来如此！"全场几乎都此起彼伏地说了这句话："原来如此！原来如此！"我尴尬地向她们笑笑，带着歉意看了看夏嫄，然后向大家说了声"我有些醉了！"李建国恍然大悟地举起酒杯："醉就醉了，难得一醉！为第五屺干杯！"大家又举起了酒杯，夏嫄又一次很为难地站了起来，只是将她的杯子向前伸了伸，没碰到任何人的杯子，当然也包括我的空瓶。她有些责备地看了我一眼，我一时竟不知如何是好。晓玉劝我别喝了，几个女孩子一起附和着，有个女生将她的椅子执意让给我，其实我真的特别需要，心里各种忐忑，头晕得像连续坐了十遍过山车那样。我开始靠着椅子静静地坐着，没有再说任何一句话，夏嫄也没有说任何一句，兴许过了半小时，但我觉得仿佛不到五分钟的功夫，她就起身说要扶晓玉回去。晓玉平时不喝酒，她确实很醉了。夏嫄又看了我一眼，有责备、有歉意，我不知道她的真实想法，只是和众人一起起身，看她们俩消失在楼道口……

| 归山 |

三十九

就反复地画着你的影,梦着你的声音,多好!
就在每一个清晨和黄昏等待脚步响起,多好!
然后在各奔东西的站台,悄悄挥手,多好!
然后在陌生的城市听熟悉的人说起你的消息,多好!

可是终于在一个沉静的夜为你发狂
为你急切却又平静地写下几行朴素的字
面对莞尔,转身如谜,留下茫茫的未知
可还是宁愿用半生的行程邂逅,即使永不再遇

我沉迷于第五德的日记,还有屺娃的,我不知道屺娃为什么会将写过的日记全部带回家,并允许我翻阅,对于他的信任我倒有些歉疚。堂哥的日记总是写得很睿智:

在这个时代,连感情也是浮躁的。想恋爱的人就像出租车司机一样,空车的时候恨不得一米之内就有乘客在等,无论长途还是短程;而载客之后,对任何挥手的人都视而不见,至少心有余而力不足了;也有比较贪心的,会问那些等车的

人同不同路，顺便捎带半截。而那些不管什么原因被弃置在荒山野岭的人，等到一辆出租车就等于是救命稻草，哪有时间去想车上有没有人！可是司机们也有天生胆小的，在一个荒僻的环境里不可能停车去照顾自己的生意，毕竟命才是最重要的，万一遇上的是劫匪而不是真正打车的人，岂不是自寻死路？于是，我们很自然地忽略了两类人：一类是永远等不到车的，因为他站错了地方；另一类是永远不会打车的，他们只选择步行。

　　我就是那个徒步的人。当然，无所谓清高，或者当有人骂我酸腐的时候，我也会微笑着点点头，因为，即使有等车的机会，我也站错了方向。那几本厚厚的日记知道我所有的心事，余下的相思，全部播撒在通往古堡的那条路上。黄昏或者更晚，我开始在这条路上来来回回地走，虽然我知道依诺不可能出现在那里，但正因为我们曾经一起在那里走过。

我发现屺娃和第五德的有些心迹特别像，我多想自己来记录他们的一些经历，可是我没有那个文采。所有恋爱的人都有点神经质，我有时候也会在门前的路上来来回回地走。而在屺娃的日记中，他也做着同样的事：

　　那个女孩从此再没有出现在我预想的行程上。偶然的几次碰面，也是在三五成群的同学中擦肩而过，很客气的一声问候，一次微笑，便掩饰了内心所有的慌乱。如果只是一种简单的动心，那时间的良药早已让我心平气和地忘却了吧。

| 归山 |

但是，那张笑脸深深地嵌入了我的心，当然还有正好被风吹起的长发。当我们没有相遇的时候，我的词语是那般地拙劣；当我们终于相遇的时候，她就成为我词语的魔法师。

"我要为她写一部长诗，或者更多、更多，有可能穷尽我的一生。"向老木说起的时候，他很漠然地问我："你还真要犯病啊？""这不是我能决定的，是天意。你也写诗，你知道并不是所有诗人都可以碰到能让自己创作的缪斯，至于源源不断的灵感，那更是可遇不可求的。""很多莫名其妙的事，但是你绝对是最莫名其妙的一个。你为什么不直接去表白！"老木一副漠然的表情终于装不下去了。我长长地叹了口气，喝酒吧，纠缠于暗恋会死人的。是需要一次释放了，我不知道自己为什么不去找她，不去说出这压制很久的感情。渐渐地，每当轻风徐徐或是微雨蒙蒙，我总觉得是她脚步所至，那所有神秘的事，因为那个眼神而降临了。当一个女孩在你的仰慕里成为尘世的最美，那是很幸福的事；但若是她在你的赞美中成为诗歌里的最美，那就是神圣的事了，任何世俗的想法都会成为亵渎。即使你觉得在朝夕相处中仍然能葆有诗意，一次简单的矛盾，也许就会令幻象荡然无存。可是，人性的自私总是怂恿你不断犯错。我一边写着她的圣洁，一边幻想着有一天牵起她的手，如果爱情能让这一切统一的话，我宁愿不要但丁的"朝圣"，而是叶芝的那一首《当你老了》。

"你是说像徐志摩和林徽因那样吗？"她似乎觉察到我的心意了，当聊天窗口弹出这么一句的时候，我欣喜若狂地将拳头砸向桌子。"你喜欢现代诗吗？"我脱口而出地问道。"妈呀，你还别说，我不喜欢现代诗，你看把诗都写成什么样了！"我脑袋空白了好久，不知道是敏感还是预感，觉得再不能多说什么了。那包"黑兰州"只剩下最后一支，我深深地抽了一口，世界顿时辽阔得只剩几丝烟圈。她很配合我的沉默，再没有发一个字过来，我将准备发出的诗稿，一个字一个字地删掉，重新打上一句："相信有一天，你会喜欢上现代诗。因为我在为你写。"按下回车，等了大概十分钟，毫无回音。我很懦弱地关了电脑，不自觉地就又去了那条林荫道，在尽头的路灯下，第一次坐下来，望着星空。其实没有什么星空，城市的亮光反衬着夜，只有依稀的几颗星。如果她是我生命中的天使，她来自哪颗星星呢？我又是这寥落星辰中的哪一颗？

在天马行空的幻想中回过神来，时针已指向十二点，桔园快要关门了，我突然有点不忍心离开，仿佛在记忆里的那个转角，在这条寂静的路上，就可以碰到熟悉的微笑，可以看到那个永恒的场景。我刻意停留了片刻，然后大步向园门走去。一个背影移动得很慢很慢，但她已经快要进门了，我又一次像着了魔似的呆住了，不是她是谁！难道她理解了我聊天时说起的故事，说起的一条林荫道？难道她知道了我说的一切其实就是我和她，所以，她也去这条路上走了走？我想我过于神经质了，也许仅仅是一次巧合！可是，既然在最想看到她的地方看到了她，虽然只是背影，那也要留存一点美好的想象，去完成我长诗里的温馨片断。

|归山|

四十

我在阳台上枯坐

日隔着夜隔着寂寞

离开，离开，离开

还有谁不忍刻意催促

离开，离开，离开

都已经是陌生的面孔

和打包的行囊一起枯坐

靠着那块温暖的石板

最后一次

我喃喃地说

你昨夜来过

来送我

夏嫄刚走，众人就炸开了锅，"第五屺，你再装啊，还不告诉我们！""哈哈哈，什么叫天意，我们一下子知道了吧！"……我不再解释什么，只是傻笑着，觉得太意外了，我无论如何都不会想到夏嫄会出现在这次聚会上。"早应该想到的，我们居然猜那么久!"李建国故意眉飞色舞地说,"你们看夏嫄那气场!果然是一物降一物啊!"他边说边拿起一瓶酒,学着我的样子,双手举起来,"你随意,我干了!"孙立也拿起一瓶酒,用一模一样的方式学着我给夏嫄敬酒的动作。他们俩越说越兴奋,手舞足蹈地重复着这些动作,众人也一阵笑声,并吵嚷着要去宿舍看诗稿。我站起来拼命般地吼道:"不能看!"大家可能觉得我是坚决不让看的,所以吵嚷了一会儿又喝起了酒,并没有强行去翻那些诗稿。

奇怪的是,夏嫄走后,他们一点都不客气了,之前怕我喝醉的想法似乎只是一时的怜悯,在李建国的鼓动下大家又开始跟我喝酒。其实我也挺想大醉一场,那一刻的我,觉得有夏嫄来送行过,就足够了,就可以心无遗憾地离开这个校园了。孙立和李建国只是陪我喝酒,那几个女孩子又一再问我细节,比如"什么时候开始喜欢夏嫄的?""夏嫄一直不知道吗?""你有没有表白过,她拒绝了?"面对她们的好奇,我一再苦笑,回应最多的一句就是:"只是一场暗恋而已!一场单相思!"我不知道这个话题是什么时候结束的,一旦一个人抱着必醉的决心喝酒,那么他醉的速度将令人难以置信。只记得后来重复最多的就是这两句:"她来送我就足够了""一场单相思而已"。如果还有点记忆的话,那就是李建国和孙立将我架到了床上,开心、伤感,胃里面难受,天旋地转……

在剧烈的头疼中醒来,整个人特别虚弱,转个身都觉得吃力。窗帘没有完全闭合,有一束路灯的光透进来,照在天花板上。我茫然地盯着那束光亮,想起夏嫄突然出现的一刻,想起给她敬酒时的尴尬,想起她要离开时看我的眼神,如果拍下我的表情,肯定像傻子一样。我沉浸在这貌似幸福的回忆里，时不时被天花板上的那束光拉回到现实中，不知道过了多久，突然觉得特别恶心，我连滚带爬地从床上下来，冲向厕所，胃里翻江倒海般地折腾着，整个人蜷成一团，几乎所有喝过的酒，都随着呕吐流入了下水道，大脑像罩着一个蒸笼，热得发晕。持续的恶心，让我已经吐无可吐了，后来只是抽搐，眼珠都要挣出来了，抹了几把眼泪，五脏六腑呼之欲出，有着准备随时奔涌下水道的气势。我双手紧紧扶着水管，几阵抽搐之后，终于吐起了酸水，牙齿瞬间就被酸倒了，咬合起来特别难受……

不知道吐了多长时间，等起身，酒醉加上长时间的蹲坐，两腿发麻，挣扎着倒了杯水，坐在凳子上，心想着，再也不喝酒了！虽然特别累，但似乎并无睡意，开了门，走向阳台，喝了酒的现场，乱成一团糟，我随意踢开几个酒瓶，靠在夏嫄坐过的地方坐了下来。还有浓烈的啤酒味，又一阵恶心，准备起身靠在栏杆上吹吹风，却发现自己怎么也起不来了。将头枕向水泥台，满目的昏黄，市区的方向，霓虹灯照亮了半边天空，而学校西面，被眼前的楼层挡住了，只有楼下那路边的灯，能照进夏嫄的宿舍，也能照进我的。

第二天，睡到中午才醒，还是有点虚弱，已经习惯了醉醒后那种盛大的虚无。人沉湎于酒色，看来是有原因的，一旦误入了花天酒地的世界，很难再理性地找到其他生活方式的意义。转身看了看孙立，他已经大包小包地在整理行李了。"你这么心急啊？"室友抬头望向我："醒了啊？以为你要睡到天黑呢。我这周末有两个面试，反正学校催得急，准备回去就不回校了。"他有些伤感，我也不无伤感地说道:"没想到这么仓促就要散了!"室友笑了笑,"迟早要走嘛,没事,有建国他们在呢,你们再坚持几天,也该撤了。"我回答:"也是,迟早要走呢!"他将一包东西丢在了桌子旁:"没觉得有多少东西,收拾起来真烦,大包小包的!""你还好,我有这一柜子的书,愁人!"一说到行李我就想到这些书,舍不得丢,搬起来真费劲。"算了算了,赶紧起床,先吃个饭再说!"他这么一说,我突然觉得很饿了,果断起床洗把脸,就奔向食堂。

午休片刻,继续抄诗,算了一下,从第一天开始抄写,今天已经是第二十三天了,还剩六首,正好今明两天各三首,就可以抄完。"你准备抄完送给夏嫄吗?"室友边整理东西边问我,"是的,毕业之前送给她。"既然大家都已知道,我也不再隐瞒。"大有希望,我昨晚看夏嫄看你的眼神,充满温柔啊!"室友真诚中带点戏谑地说。"不抱希望啊,再说了,毕业后不比校园,大家都现实了,指不定连生活的城市也是天各一方。"我感叹道,他却斩钉截铁地说:"这你就不懂了吧,你想,毕业后哪还会有人像你这么单纯地爱她,人都是有感情的,你将工作和她找在同一个城市嘛!"似乎挺有道理的。"反正马上抄完了,希望能感动她,至于以后,只能听天由命了!"我知道这是自己发自心底的一句话,确实,我抱着很大的希望在抄这本诗集,但同时,我又不敢抱多大的希望。偶尔也会幻想她可能因此决定跟我在一起,但更多的时候,我只是很理性地觉得,能让她消除误解并善意地理解我,也算是莫大的安慰。和室友随意聊了几句,就一直默默地抄写着。

晚上,孙立去和朋友聚会了。我正在整理书籍,准备打包。晓玉和三位同学一起来宿舍,我知道昨天晚上自己出了丑,便死皮赖脸地先开了口:"大驾光临啊!你们来,也不叫上夏媛。""啧啧啧,原形毕露了吧,见色忘义!"晓玉说着就拉起旁边的两位,"走吧走吧,师兄不欢迎!"我赶紧说道:"至于嘛,进来,特别乱哈,你们别笑话。"她们笑着一起进来了,宿舍没有任何可以招待她们的,我去楼下买了些零食,没敢再买酒。她们也不客气,将袋子拿起来抖了抖,故意嘲笑我:"要是夏媛来,买的零食比这多吧?""是的!"我就顺着她们的思路回答着,几个人特无语,也不再嘲笑。大家乱聊着,还是那些话题,毕业啦、就业啦之类的,只是频率很高地就扯到我和夏媛了。"要书不?我正要打包了,要不要一人选一本?算我送给大家的毕业礼物。"我突然想起,可以给她们送些书。"真送啊?""这有假嘛,选一本,都在这里,只是我的诗集居多,你们凭兴趣拿吧。"

　　选来选去,拿不定主意,我就推荐了几本,最后四个人分别选了《生命之书》《海子诗典藏》《万物静默如谜》《一个人到世界尽头》,说好让我在扉页写句话,明天再拿给她们。"对了,师兄,你要送一本给夏媛不?"晓玉突然问我,刚准备回答,有位同学就抢着说道:"哎呀,人家有手写稿的诗集呢!""哦哦,我傻了!"晓玉似乎才想到这事。一说不要紧,提到诗集,她们又要求看我抄的诗稿。这次我二话不说,从桌头拿过来就给了她们:"总共有三本,第三本还剩三首没抄,明天就可以完成了。""哇,太感动了!""毛笔写的啊!"她们惊叹着翻了翻,并出声地读了几句。"夏媛太幸福了!""她知道你在用毛笔给她写诗集不?"我如实回答:"肯定不知道啊!你们先别说起,我准备给她一个惊喜!""嗯嗯,不说不说。"之后我们又开始聊各种话题,但很少再提起夏嫄了。

"对了，师兄，后天我们答辩，你要去看不？"聊着聊着晓玉问我，另一位同学抢过话茬："这你还用问啊，就算不去看我们的，师妹的也要看吧？就算你的不去看，夏嫄也在答辩啊！"晓玉又像之前那样："哦哦，我傻了！""我不去。""咦！还不好意思了！"她们又齐声打趣。"真的不去，肯定想去，但是我后天考试，报了事业单位。""哦，那加油考！"大家又开始各种乱聊，直到室友回来，他看起来很醉，那几个女孩子可能觉得不大方便，就匆匆回去了。很晚，我又一个人去阳台，坐在那个水泥台上，怎么将诗稿送给夏嫄呢？如果约她，会出来吗？

四十一

我将离去

离去，离开这有你声息的地方

那永不可及的背影折磨着我的心

诗意江南啊，晴又如何，阴又如何

我宁愿倾盆的雨冲刷着永恒的绝望

我将离去

离去，回到清风明月的家乡

| 归山 |

贫穷算什么，谁理解痴恋无望的悲伤
向苍天，向着万里无云的晴空
我终于承认了永世相隔的殇

对比着看第五德和屺娃的日记，成了我每天的乐趣。我在第五德的日记中发现了一些关于去上海打工的记载，我突然想起二大去世后，他去打过两年的工。堂哥的句子总是那么出彩：

火车如此拥挤，我背上的旅行包被卡在人群之中，动弹不得。有人抱怨，有人甚至骂出了声，但过道里还是无处落脚。什么"寸步难行""最遥远的距离"，这些词语都形容不了春运时期的车厢。对于从西北出来漂泊的我，过年回家显得格外困难，只要能订到一张票，所有嘈杂和颠簸都无所谓了。从无锡站开出已有半个小时，人群艰难地蠕动着，那些刚上车时大动肝火的人们，脸上已布满了疲惫。到达常州站的时候，我离座位还有一步之遥！幸好，是个靠窗的位置。不知道从什么时候起，我开始喜欢玻璃，尤其当它镶嵌在窗户上的时候。在白天的亮光中可以看到整个眼前的事物，你会觉得，整个世界都张开双臂在欢迎着你。而在夜晚，一束小小的光就让它成为一面镜子，你可以看到自己的脸，看到一个自己永远无法目睹的身影映在那光洁的一方天地。每当此刻，我会认真地注视着这个并不清晰的幻象，这么一张无论英俊还是丑陋的脸，他让我在这个世界上独一无二，但他像任何一张脸一样也隐藏着卑劣、荒诞、正义和冒险，只是其中的分量不同罢了。

火车从每个城市呼啸而过，它仅仅是万家灯火中的一个过客，也有许多的人，满脸喜悦地冲下车，匆忙消失在城市的某个角落。在这些黑暗的夜里，在没有亮光的区域穿梭的时候，仿佛我也随着疾驰的列车钻入了大地深处，恍恍惚惚中看到一张微笑的脸，不断地靠近、靠近……我要如何保护好我的灵魂，在走向远方的时候，不被你吸引、阻挡，让它轻盈得像是草原上的风，从来不懂世间的凝重，也从来不懂天堂的诱惑。他仅仅以语言的名义，认真地观察着这个世界，并虔诚地记录下来。

这是一段回乡的路程，第一次失魂落魄地走向故乡的山岗。在这条无数次走过的路上，我失去了我的亲人，我也将失去我的爱情。

同样是在火车上，屺娃似乎记录了更多的生活细节：

"徐州站快要到了，徐州站快要到了，要下车的旅客请准备好行李……"我被这个熟悉的地名打断了思路。一个我从未到过的地方，却住着那个我心爱的女孩。手机震动，是一条短信："诗写得很好，但是，仅此而已。"这是一个月内收到她的第一条信息，我的激动还来不及发酵，就已经被扑灭了，我很清楚地知道不该有多余的奢望。"真巧，恰车过徐州，这个属于你的城市。我还会写下去的。"回复完信息，我打量了周边的每一个人，是否也有这般绝望的冷静？或者，

| 归山 |

　　一年的劳累结束之后，一旦踏上回家的旅途，都是用快乐覆盖了艰辛？

　　"你要做一个不动声色的大人了。不准情绪化，不准偷偷想念，不准回头看。去过自己另外的生活。你要听话，不是所有的鱼都会生活在同一片海里。"大家都说这是村上春树的句子，我不敢确定。当这些话在我脑海里闪现，一种嘲讽的笑不由自主地出现在我的嘴角，都已经在社会上混了这么多年了，虽然跟跟跄跄，但不至于重返校园就这个熊样吧？拿一种少男少女的情怀来装嫩，不是可鄙而是直接让人恶心。我在想，自己曾经不计后果、不顾一切地爱过一个人吗？即使她毫无回应抑或表现出反感，还会经年累月地爱着她，不奢望得到，不奢求认可？或者有些人已经在成长的时光里被感情伤得死去活来，但他还是相信，自己在某一天，碰到某个人，依然紧攥着一腔赤诚毫无保留地去爱一回？当经历将某个人历练到开始伪装，甚至堕入麻木的时候，所有真诚都显得极端可笑。我发现自己真够虚伪，刚才还在说收到短信时很冷静，现在就开始这么多感慨！要有多少次绝望，才能从心潮澎湃到心如止水？人们总是说心会疼，其实最难受的不是针刺，而是酸弱无力，就像用一块柔软的丝布将心包裹起来，慢慢地听着它停止跳动，还要装作很坚强的样子，微笑着对亲人朋友说："没事。"

四十二

这半生终有的一约

你走来

像一次久别重逢

我看见年代久远的陶瓷

新开了莲花

将考试的资料装在包里,匆匆出发,早餐都没来得及吃,因为考点在城市的另一端,怕坐公交误事,直接打了车。这几天并没看什么书,昨天下午抄完诗稿后,兴奋不已,准备临阵磨枪的时间也在反复阅读诗稿中度过。所以,我特意坐在出租车的后排,准备利用最后的时间翻翻书。进考场的时候,头昏昏沉沉的,一看那些试题,就惊出了一身冷汗,只好死马当作活马医了。考试结束的时候,居然没有做完,考了接近二十年的试,这种情况还是第一次!郁郁寡欢地打开手机,向公交站走去。一连串的短信铃声响起,翻开一看,居然有一条夏媛的:"同学,有空的话一起吃个饭,地点你定。"我几乎从地上蹦了起来,狂喜,转身就开始拦出租车。渐渐地定下神来,天意啊,昨天刚抄完诗稿!可是又拿不定主意怎样回复她,试着写了几条,又删掉,才想起看她发

| 归山 |

信息的时间,十点四十七分,而现在已经是十一点十二分了。不容多想,写了这么一条:"夏嫄,对不起,我才考完试。就今天吗?中午或者晚上?"写完又读了几遍,感叹她终于给了一次机会,其实欣喜已不足以表达我的心情了,更多的是感激,终于可以坐在她面前,实实在在的,不是梦,不是幻想!后面又加了"感谢你"三个字就发了出去。

"中午或晚上都可以,你定。"她回复得特别迅速。想都不用想,幻想了无数次的约会,此刻,怎么可能等到晚上?"中午吧,我在回校的路上,十二点半可以不?在哪里等你?"我也迅速地发了过去。"就二食堂吧,可以在那里吃。"我有些窘迫,请她吃饭怎么可以在食堂!"北门口呢?吃饭地点我们见面商量?"怕时间来不及,我信息一发出就催师傅开快点。"好",她就发过来这一个字,却是我等待了三年的。"谢谢!十二点半,北门口,我等你!"我幸福得就像童年时吃到一块久违的糖,也许这是我在江大三年里最幸运的一天,最开心的一天!反复催着司机,他都有些生气了。是的啊,他怎会体会到我此刻的心情,就算开口骂我,我依然是开心的!再一次想起,就是这么巧,难道冥冥中真有天意?我昨天刚抄完诗稿,今天就收到她的信息。车到校门口,十二点过六分,一路狂奔,冲到宿舍先将诗稿装进信封,塞到了手提包里。洗漱,换衣,又一路狂奔到楼下,十二点二十九分,我以百米冲刺的速度到了北门,发现夏嫄不在,又跑到门外看了一圈,是的,不在!转身返回,却看到她从中央大道款款走来,白色连衣裙,裙摆上有淡蓝色刺绣。她远远地向我挥手,我也挥了挥手,才发现自己满脸的汗水。赶紧钻进路边超市,买了两包手帕纸、两瓶水、一包口香糖。

"Hi!"夏嫄微笑着打招呼。"去哪里呢?"我也微笑着,边擦汗边说道:"市区我不熟,惠山古镇呢?""都行!"她的回答和信息一样干净利落。其实从确定一起吃饭的那一刻,我就想到了很多很多地方,但还是不能确定。没想到真正要出发的时候,我脑海里只有惠山古镇。"饿了吧?忍一忍,我们打车过去,很快就到了。"她点点头:"不饿。"门口招揽乘客的出租车很多,就近叫了一辆,准备为她开门,一起坐后面,没想到她一下子拉开前门并说道:"你坐后面吧!"我愕然,多像一个小屁孩啊!出发,一时不知道说什么,短暂的沉默后,突然想起她今天答辩:"夏嫄,今天答辩怎么样?""不好,过了就行。""嗯,本来没多大意思。""懒得说起,你今天考的什么试?""事业单位,文学研究院的,下周末还有一场。你是不是考无锡的学校?""是的,考了几个,感觉不好,等消息。文学研究院倒是挺适合你的。"夏嫄回头,微笑着向我说道。"考得不好,看运气吧。"我还是处在极度兴奋的状态中,但是也很谨慎,我在考虑要不要马上把诗稿给她,从包里抽出信封,又放了回去,算了,还是等会儿再说吧。我们的沉默多过了聊天,想象过无数次和她约会的场景,但从没想到这么突然,这么仓促,也不知道她为什么主动约我一起吃饭,但是从她的神态来看,绝对不像是对我有了好感。从来没有感觉自己那么笨拙过,真正是手足无措而又前言不搭后语的状态,也是第一次和她处在这样的空间,我能很清楚地看到她的发丝,她的面颊,以及她偶尔撩起头发时的手臂。如果不是之前激怒过她,如果不是她那几次犀利的目光,我不至于这么慌张。我深深地体会到,

| 归山 |

在没有相爱之前,"爱"在"被爱"的世界里是多么卑微和敏感。我调整自己的呼吸,尽量使自己平静下来,很客气地问起一些她最近的情况,她一直是简单利落地回答。其实我们说了不过几句话,时间过得不紧不慢,到古镇路口下车,也许用了半小时,也许四十分钟,我并没有关注具体的时间,而是一路猜测着她的想法,也计划着寻找一个什么样的地方吃饭。

四十三

寂静的村庄
寂静的月光
寂静的风吹着牛羊
田野上五谷沉睡

无数次幻想着远方的你
误入这荒凉的寂静
缓缓地走过纵横的阡陌
我也在月色下缓缓地走过

寂静从大地深处升起
只为一次并肩的喜悦

>我们要在月色中相遇
>
>然后走着，走着……
>
>走过五谷相抱的月夜
>
>走向华发丛生的年轮深处

又一次翻开第五德的日记：

冬天，一片荒凉的景象，院子后面光秃秃的山连绵起伏，一直延伸到天际，那些斜铺在山岗或是顺挂在沟壑的田野，全是裸露的黄土。被农人犁过的土地像是小孩子整齐的蜡笔画，又像是小姑娘梳理过的头发。除了零零星星的几块坟地里有干枯的芦苇，生命的迹象都被掩藏在黄土之中。每次回家，晚饭后，我都会沿着山脊线走走。今年，不再像以前那样很平静地踱步，而开始发现到处充斥着她的影子，我在对着大地、对着山岗，轻声地诉说着对她的爱慕和思念，有时候，也会对着空旷的夜色说，对着孤寂的书桌说。

在某个月色轻柔的夜里，我全身充满着强烈而又奇怪的感觉，仿佛我说过的每一个词语，都被这亲切的黄土反射到某个神秘的地方，到达她的面前，她的心里。我慢慢地说着，慢慢地向夜色深处走去，我这平庸的词语无法表达此刻的心意，除了聂鲁达的诗歌：《我喜欢你是寂静的》，再也无法找出更贴切的诉说了吧！我仿佛看到在另一个世界，一个同样荒凉的田野上，我们并肩走着……

你曾经问起过我的理想，曾经赞许过我的真诚，我要凭

| 归山 |

着这些"关心"去理解知足常乐吗?总是沉浸在自己狭隘的世界里孤芳自赏,实际上平庸得不得了,现在想想,我所写的文字并不是什么惊世之作,仅仅因为融入了一个人的辛酸和思想,饱含着一个颠沛流离的穷孩子的真情和苦难。所以,我开始不自负也不自卑,而是有所坚持。我从来不告诉别人我为什么写作,为什么写那么多悲伤和绝望的句子,更不会说起我的思考,关于人,关于世界,也思考那些伟大的诗人在尘世的提灯而行。或许,有人能看懂,有人能懂得在这个诗人不被看好的时代一些写诗的人仍存有良知和责任,也或许,潦倒一生。但不再有因为文字而飞黄腾达的浅薄妄想。

我第一次知道了第五德居然也在写诗,只是他的诗稿也许永远不会面世了。当以诗人的敏感去看他和屺娃的时候,两个人的心迹几乎一模一样:

我爱上她,第一次感觉到一个人在自己世界的神圣。我开始一首接一首地写着诗,开始无奈地在星空下呆坐,开始理解为什么众多先贤能将一个女子写得那么圣洁而超越经验之俗。事实上,她并不是我的知己,至少现在还不是,甚至,也许她连我的哪怕一首诗都不曾读过,她只是突然照亮了我的文字,然而,这就足够了,因为可望不可及的爱,因为卑劣无知的自己,在天地间想她时我的视域突然那么空旷,她在我心里,在我忘记自己的刹那将我的身体充盈,我自此有了非比寻常的能量,我在心里反复地说着我的仰慕,我对着万物说，因此我也开始了与万物的对话。或许她会嘲笑我，但她不知道那种感觉一下子让人超越了眼中所能看到的一切，我一向敬畏于里尔克诗歌的神秘，但是现在，我能在他的文字里自由地游走，因为通向那个境界的门被那个女孩打开了。

　　大多时候我还是要回到现实，坦诚地讲，自从对她产生爱慕后，便日夜渴望着相遇，但我始终提醒自己不要僭越，我的条件不是可以理直气壮地站在她面前的！那种小小喜悦夹杂巨大痛苦的绝望，那种内心仿佛日夜被鞭打的难受，我要说自己幸运还是不幸呢？幸运的是那些呕心沥血的诗和随之而来的灵感带来的更加接近心灵的句子，那些在离殇之外逐渐走向"普世"（如她所说）的诗行；不幸的是一个鲜活的生命在世俗与超越间艰辛地生活着，永无希望地看着他所爱的人渐行渐远。我们每去做一件事或做一项决定的时候，总会有很多的顾虑，就在这患得患失的犹豫中，往往会错失本该拥有的一切。于是，我们暗下决心，一定要鼓足勇气义无反顾地坚持一次，就在我们终于像义士那样自戕式地付出的时候，却发现这是最错误的一次抉择。我们开始怕了，开始承认人生就是无数次阴差阳错组成的悲剧，那些所谓的幸福，不过是苦中作乐或是习以为常。我仰起头，用最无辜的眼神望向天空，上苍要执意把最勇敢的坚持改写成一次玩笑吗？

| 归山 |

四十四

是谁在夜半突然闯入我的梦
繁花似音乐铺展的小径
你打开窗子像打开一扇门
曙光走进来，黑暗走进来
在白天与黑夜的路口
你微闭的嘴唇封住了光阴

到了古镇，她似乎完全变了一种状态，很轻快很随和地跟我走在一起。"夏嫄，我们沿街道走走，这里面吃饭的地方很多，根据你喜欢的口味，我们找一家吃饭？""嗯，不着急，你以前来过这里吗？""是的，来过两次了，有一家书店，我特别喜欢，不过听说这古镇全部是新建的，没什么文化底蕴。"夏嫄很不屑地说："无锡整个的文化底蕴本来要差些，不过古镇的话，全国不都这样吗？到处一个样，全是开发成商业模式的，哪还有什么地方文化！"我想了一下，确实这样："你是不是去过很多古镇啊？""不多，电视上一看都差不多嘛，西塘、同里、乌镇、周庄，去过，全都商业化严重，根本没有江南水乡的宁静。"我很羡慕地看了看她："感觉你很宅的样子，去的地方倒不少啊，周庄我也去过，正好是淡季，还好，晚上在边边角角的位置，叫上船家晃悠了一圈，感觉挺好的。"她嘴角上扬地"哦"了一声，接着说："我去的时候人挤人，特没劲！""嗯，这些古镇晚上去，住那里，清早就走，估计还能有些原汁原味的东西。""西塘、同里、乌镇你没去过吗?"夏嬿问道。"同里去过啊，咱们班一起去的，可惜你没去。""哦，是的，那次我有事，而且之前我就去过了。""难怪呢！乌镇我也去过，说实话，第一感觉就是，乌七八糟的，也许是人太多的缘故，嘈杂得让人心烦。""对，都这样，这惠山古镇听晓玉和其他同学说起过多次，我倒是没来过，挺清静的。"我心里想着，没来过最好，"周末也没多少人，是比较清静！"说着我们走过了一条长长的通道，两边是斑驳的墙，经过一处牌坊，右拐就是一条石板路的街道，左拐是碑林，一些具有历史价值的碑全部集中在那里。夏嬿想去看看，我就陪她一起过去。入口是几处排列整齐的牌坊，全是有关"忠孝节义"的内容，我指着其中一块笑着说："这就是古代常说的贞节牌坊！"夏嬿凑近看了看，"是的呢！你说古代的女人多可怜！"我笑着点了点头。过了牌坊，一块空地上大大小小地布满了碑，有的是篆书，有的字迹不清，我们俩仔细辨认着，基本都是与这座古镇有关的名人事迹。

转回古街，找了一家当地特色的菜馆，二楼，靠窗，可以俯瞰街景。坐下来看了看手机，接近两点，大厅里正在表演地方戏曲，可惜我们俩都听不懂。夏嬿说自己胃不好，点了一些清淡的菜和粥，我暗自想着，怎么跟我一样，喜欢吃清淡的。我从来没有给别人夹菜的习惯，连家人一起吃饭也是，而且第一次坐在夏嬿旁边，我是真没有勇气为她夹菜的，那是过于唐突甚至自以为

|归山|

是的做法,所以我总是指着一些菜品让她多吃点。她也很礼貌地劝着我。一切显得温馨而随性,两个人并不像恋人,当然第一次一起吃饭,不可能是恋人,倒像是多年不见的朋友。不知道夏嫄有没有发现,从踏上古镇的街道开始,我满脸洋溢着幸福!之前反复说着,这三年能和她有机会一起开开心心地度过仅仅一天,我就心满意足了,没想到今天居然真能和她一起行走在这古镇。走出饭馆,一切都显得那么可爱,半阴半晴的天气,时不时有明晃晃的云层飘过,我们沿大街散步,一路上说起无锡的历史,说起一些名人,她对无锡的了解超出了我的想象。路过惠山泥人博物馆,准备进去看看,却发现关着门。看到门口的构造,我想起了一个词,就问她:"夏嫄,你知道建筑上门当户对的意思吗?""还真不知道。""你看,这就是门当,这就是户对。"我指着门槛两侧的挡石、门楣分别说道。"啊?原来是指这个啊!""有人说本来就是建筑用语,有人说现代人附会的,不过更可能是导游编出来的。""是的呢,有的导游特别有才,一块毫无历史根据的废墟都能说得让人膜拜三分!"我们一路遇到什么场景,就聊到什么。夏嫄最惊艳到我的,还是在倪高士祠前。"知道他是谁吗?倪瓒!元四家之一。"她说倪瓒的画时,嘴角上扬,一副指点江山的表情,我看着她出神了好久。等转过街道,是一条叫惠山浜的河,京杭大运河的支流,我们没注意时间,但已近黄昏。许是累了,夏嫄坐在了水边的石凳上,我坐在她的身旁,中间足足隔了一米,她偶尔看看我,又将目光移向水面,移向远处;而我,几乎一直在看着她,侧影,左面颊,发丝,回头的时候,目光所触,我又迅疾地低头或转向别处;我们就这么沉默着,一句话也没有,有

好多次我看到她上扬的嘴角，而那一刻，我自己一定是满脸的幸福。

　　天色将晚，夏嫄提议："同学，我们回去吧。"这三年来，她一开始叫我屺，后来似乎没有任何称呼，最近开始叫同学，我不知道为什么这么叫，也没有问她。"要不在这里吃饭？"我觉得古镇的傍晚应该挺漂亮的。"得回去，我明天一早得考试，一个学校的招聘。""哦，那真得早点回去，那我们回学校随便吃点吧。""嗯，回去再看。"向出口走去，有一棵巨大的银杏树，我们停下来，旁边有介绍，居然有五百年的历史了。"你说人多么渺小，不用说五百年，五十年后，我们都老得不成样子了！"我感叹道。"是的啊，想想都觉得可怕。"夏嫄一副害怕的表情。"要是五十年后还能一起来这里，多好！"她"嘀嘀嘀"地笑着："怎么可能！"我有点失落地说："很有可能！"她又笑笑，不说话。路边停满了出租车，我过去叫车的时候，她示意坐公交，我摇头："你得早点回去！坐出租快些。"有趣的是，当我为她开门的时候，她居然毫不犹豫地坐到了后排，并让出了车门口的位置，想起校门口坐车时她的举动，更觉得她像一个小孩子了。出发，已经快六点半，我们竟一路聊起了星座！只是夏嫄不知道，毕业后我又一个人去过惠山古镇，沿着我们俩走过的足迹，并写下了这首诗：

　　　　当我/重新走上这条街道/仿佛一个身影/从斑驳的墙下走过/和我的影子，一起//我在说门当，说户对/她在说倪瓒，说老照片/临街的窗台，方言参差/像陌生的善意/而石板，数着脚步，和心事/有石桥边的柳枝/垂满诡秘的微笑//那棵五

| 归山 |

百年的银杏树/藏着三叠诗稿/和三年心事/它认识一件白色连衣裙/和你。

四十五

我们相约着此生的错过
如同果实相约着秋天成熟
你在桂花怒放的八月心有所属
我们却相遇在九月的江南
此时蠡湖边上彼岸花开遍
你指着众多采莲的女子
而我只斜倚着舟子写诗

恋人们相约着走过礼堂
我能用什么理由约你一次!
就相约着此生的错过
让雨中的桥头，写尽我的一生

第五屺的日记：

"你喜欢我什么呢？我这么平凡，脾气又臭，又没什么能力……"她说了一大堆谦虚的话。"我也不知道,要是我说你给了我灵感,你能理解吗?"我暗骂自己口舌的笨拙,一个钟情于文字的人竟然无法说明白一份感情。她很无奈地摇了摇头:"屺,我们班、我们学校有那么多优秀的女孩子,她们更值得你去写,也会给你更多的灵感。我真的很平凡……""夏媛!"我有点生气地打断她的话,"我把你看得这么圣洁,你就这么看不起我的诗吗?你以为任何一个女子都可以让我写几行抒情的文字?"她突然很严肃地望着我,眼神中的淡定或者说漠然让人恐惧。我手足无措地低下了头,为自己的冲动无限懊恼,好不容易站在她的面前,怎么就表现得这么卑劣!长时间的沉默,我很害怕,她不会因此又开始不理我了吧?沉默仍在继续,我熬不住了,既然已经这样,便索性将对她的爱和思念一股脑儿道出来,何必谨小慎微地像做贼一样!猛地抬头,眼前竟然是一张空荡荡的椅子,我一下子觉得世界都弃我而去了。从楼上飞奔而下,没有她的踪迹,我狠命地跑着,像一个疯子。她果真生气了?我转身上楼,跌坐在角落里的木凳上,却发现她静静地靠着窗户,望向远方。不知从哪里来的一股力量,牵引着我的身体,向她跑过去。夏媛转过身,我都能听到她的呼吸,而她的话像雷一样轰进我的耳朵:"你是很好的人,但我有男朋友。""怎么可能?"我声嘶力竭地吼道,"我知道你是一个人啊。"她缓缓地回答,"真有!"那清澈的眼神让人无法再去怀疑。我慌乱地说着对不起,慌乱地把目光投向窗外,仿佛整颗心被人从四面八方恶意撕扯……

|归山|

昏暗的灯光照在书架上，那些整整齐齐的图书和桌子上凌乱的稿纸形成显明对比，我揉揉眼睛，蜷缩的身子从床上爬起来，枕头掉在了地上。都说日有所思，夜有所梦，我没想到第一次梦到她竟是这种情形，除了唯一的一次邂逅，我根本没有机会站在她的面前，更别说像梦中那样坐在一起。看看手机，已经是凌晨两点，将杂乱的桌子收拾了一番，关上灯，准备继续睡觉。可是梦境像演电影般在脑海里重现，顿时睡意全无，很浓烈的悲伤袭上心头，这是得多悲剧才会连梦中也这么狗血！

看着他的日记，我忍不住笑出了声。其实我也梦到过橙橙，只是一些碎片，并没有像他的梦这样清晰。翻看第五德早些年的日记，竟然看到了他的孩子气：

早上起来，很疲倦。妈妈问我是不是身体不舒服，我笑着说，做梦给您娶了个媳妇，没睡好。她很奇怪地望着我，然后一本正经地说："你是该娶个媳妇了，你看村里和你同龄的都有孩子了，你谈个女朋友都谈不成！"我赶紧眨巴眨巴眼睛："今天怎么眼皮跳这么厉害呢？""左眼还是右眼？"我一阵高兴，又被我忽悠过去了。不过眼皮跳倒是真的。"左眼啊。"妈妈笑呵呵地说："嗯，左眼好，左跳财，右跳贼，你是要发财了，走路多看着点啊，哈哈哈……""妈，我进城去了。"没等话说完，我一溜烟就从房间闪了出去。其实大家都不过是骗骗自己罢了，无论左右，这心惊肉跳的，能有什么好事呢。

  进城的班车很早就到了，计划好今天去参加朋友的婚礼，一路上静默，同时满脑子幻想着，若是有一天，她能陪我一起回老家，一起读着喜欢的书，一起旅行，一起平平淡淡地走向世界的尽头，那该是我几世修来的福分？或者将有多少温暖的诗来亲吻我的笔尖？幻想只能是幻想，先看看朋友的幸福吧。婚礼如同任何一对新人的，充满着甜蜜，但也杯盘狼藉地草草结束。在这样的场合，我第一次没有留下来与朋友喝酒，而是匆匆走向站台。天空飘起了雪，我却想起上海的一场雨，我在学校的木桥上走过，正好看到不远处她的背影，打着一把蓝白色相间的小碎花纹的伞。那一刻，我们很近，但也很远，远到完全是不同的两个世界。看着那些飘落在车窗上的雪，多像一次单程的求爱。我在想，如果和她注定没有缘分，那么我能做到的，只有让她的美丽永远留在我的文字里，并被某些读者的真诚照亮。而尘世，在我们之间，思念只是一个人的事，我的爱，从一开始就没奢求回报，每一个孑孓独行的日子，孤单和痛苦都与她无关。我向上苍祈祷，只要她能在失意的时候，感受到被爱的幸福，那我所有的感情，便都是有意义的！

|归山|

四十六

当你看到我的诗

看到词语间的思念

某个记忆片断被唤醒

如同黑夜突然照亮了花朵的芬芳

你泪流满面,回到前生

无数次前生,无数次相遇

只因日月的流转,永恒如碎片

只因生死的无常,记忆如遗址

一万次的陌生,一万次的知遇

便有一万次错过的歌声飘落大地

"我们直接去南门吧,有家饭店不错,清淡。"快到学校的时候我问夏嫄的意见。"嗯,我请客!"她很肯定地说。"不用,不至于。吃个饭嘛,你别客气。""至于,你请,我就不去!"看她坚决的态度,我只好答应了。简单地点了餐,我们面对面坐着,反倒是夏嫄有些局促不安。她似乎下了好几次决心,才说出一句话:"这是最后一顿饭!"我愕然地望着她,感觉自己从幸福的漩涡之中一下子被抛向天空,失重,茫然,漫长的眩晕之后被重重地摔在了石头上。长时间的死一般的寂静,她也不说话,我也不知道说什么。等菜上来后,我才脱口而出地问道:"为什么?"话一出,我就意识到,原来她是来让我死心的!"就是最后一顿!"她很认真地强调着。我感觉自己整个人瘫软了下来,目光涣散却努力地望着她,准备从她眼神里找到一些信息。夏嫄目光闪躲,似乎不忍心看到我这样,很勉强地笑了笑:"马上要毕业了,不是最后一顿吗?"我长出了一口气,依旧开始抱有希望地幻想,兴许她只是试探我的态度。没等我开口,她又满脸严肃地盯着我,用很慎重的口气说道:"屹,先吃饭吧,吃完有件事我要告诉你!""我没有什么重要的事,但是我有件东西要送给你!准备毕业离校时送你的,没想到有这个机会。"说着我向她拿出了信封,那一刻,内心一个强烈的声音在催促我拿出诗稿。她很好奇地接了过去,打开,"屹,是你自己写的吗?"夏嫄惊叹着。我说:"是啊,早就说过我会一直给你写诗的,这是我选出来的一些,抄在这三本宣纸本上了!"她有些不可思议地望着我:"毛笔啊!全是毛笔啊!""嗯,昨天才抄完,今天收到你短信的时候,我还在想,抄完得太及时了!""同学,没想到你毛笔字这么漂亮!你三本全部送给我啊?""专门给你写的啊!""太贵重了!我看完还你吧。""难道不可以保存吗?"我有些失落地问道。"不是,觉得你写得太不容易了,我有些承受不起。""你留着才是我最开心的!"她点了点头。

　　也许是之前她那句"最后一顿饭"的影响,本来很饿的我却没有了食欲,我看着夏嫄优雅而有序地喝粥、吃菜,也象征性地吃了几口。其间她又抽出诗稿,翻了几页,很认真地读了其中一些,我不好意思地笑笑:"写得不好!只是想写给你,文笔不好,毛笔字也难看。"她似乎不好做评价："我回去好好看看，有几首你之前发给我过。""嗯，以前发过的估计有二十首左右吧。赶紧吃饭，吃完再看。"她很听话地将诗稿放在桌子上，又开始慢慢地喝粥："你为什么不吃啊？""在吃呢，你那句'最后一顿饭'呛到我了。"她不好意思地笑了笑，示意我吃饭。"夏嫄，喝点酒不？红酒？黄酒？""不喝啊，我不喝酒的，何况明天要考试！""对了对了，你要考试，看我这记性！你平时喜欢喝咖啡饮料之类的不？"其实只是想知道她的生活习惯。"不喝，我基本不喝饮料的，各种类型的饮料，咖啡更不喝。""哦，好吧，我倒是喜欢喝咖啡。""知道，还有，喝起酒来那么夸张！"夏嫄似乎有些埋怨地说道。我突然想起那天晚上她来阳台时我喝醉的状态，不好意思地笑了笑。

其间她又翻了几次诗稿，看我的眼神有些飘忽，有好几次欲说又忍住的样子。我也不知道她看了诗稿后的想法，便直接问道："你是不是觉得写得非常烂？"她赶紧解释："不是不是！""我还是好几年前练过毛笔字，练了两三年的样子，最近抄诗稿，觉得这字真是要让你笑话。""字挺好看的，只是第一次见到这种竖排版的现代诗，感觉怪怪的，你自己发明的吧？"她说着将打开的诗稿在我面前晃了晃。"哪算发明啊，我只是喜欢这样的本子，然后就抄在上面了。你不喜欢的话我用横版的来抄。""嘀嘀嘀，那倒不用，这样挺有意思的。"我突然想起她一开始说的话："夏嫄，你刚才不是说有事要告诉我吗？"她再次目光闪躲又有点不安地说："没什么事了！"想着明天她要考试，我本来要提议回去的，可是看她认真地翻阅着，也不好意思催促，便拿起她面前的结账单，在反面写了一首小诗。她笑着说:"果然是诗人,吃个饭就写起来了。"我只是回应着"稍等!"将几句从脑海中一闪而过的词语记录了下来:

  你坐在我面前/两只空空的玻璃杯/不装酒,不装咖啡/一切浓烈的味道都不要/只装满四只眼睛,和几次心跳。

将结账单递到她面前,像一个孩子初次将自己的作业交到老师手中,不安地看着她。"不错!这么点时间就能写出来,厉害!其实比四只眼睛更多,八只眼睛呢!"她笑着指了指我的眼镜,然后又指向她的。我也笑着说:"那心跳应该是几次呢?"她"嘀嘀嘀"地笑着。

"对不起!屺。刚才吃饭时不应该那么说的,害得你几乎没吃。"回去的路上,刚进校门,夏嫄就这么说道。我知道她在说"最后一顿饭"那句。"没事,我饭量不大,不过还好你再没说'最后'这个词。"她依然笑着,不说话。从南门进去沿大道走几百米,就会经过小蠡湖,晚风习习,水面在灯光掩映下波光微澜,那一刻,好想牵起她的手。走向曲水桥的时候,我分明能听到自己的心跳,"夏嫄?""嗯?""没事,我只是想叫你一声!"她又笑了笑。"对了,你为什么以前叫我屺,后来似乎什么称呼都没有了,现在又叫同学呢?""也不知道,以前叫屺,挺顺口;后来特别讨厌你,觉得什么都不想叫;现在也是,叫同学顺口,叫屺感觉特别别扭!""哦,称呼而已,你想怎么叫就怎么叫吧。我倒觉得叫你夏嫄最好!"缓缓走过曲水桥,突然想起那次在食堂碰到她

| 归山 |

和晓玉，我问为什么那次会很淡定地和我说话，也没有瞪我，她回答："嘀嘀嘀，那天看你表现很正常啊，所以没有讨厌之类的情绪，不然又会用恶毒的目光瞪你几眼！"我立马说道："你知道自己的目光很恶毒啊?!""嘀嘀嘀，是的呢！有好多人说过我要是狠起来目光看着像要杀人。""这我深有体会！"她不好意思地笑了笑。过了图书馆，她说要去工作室复习会儿，并执意让我别去，怕影响她看书。看来她感觉到我也要去工作室了，确实是想陪着她，只好说："那你好好复习！早点休息。明天我送你去考试？""同学，你别这样，最近找工作焦头烂额的，你也好好找工作，要是送来送去的，真就是最后一顿饭了！"我感觉自己太心急了，便说道："嗯，我们都好好找工作，谁先找到就通知对方，你一定第一时间告诉我哈！"她答应着告了别，我简直是一路吹着小曲回宿舍的，何等幸福的一天啊！

四十七

晚风吹过初秋的高粱

我的双手空空

伫立在青青的原野

天空感染着大地

一如无眠者的寂寥

只有轻柔的风落在树上
在明月高照的远方
我将如何感受你的存在
除了几片落叶妩媚地飘过

屺娃的日记：

　　我开始讨厌在学校的日子，渴望相见却无法相见，并排的两幢楼，同在桔园，竟奇迹般地不再碰到。连那些集体活动或是聚会都不见了她的踪影，还真有点独行侠女的风范，即使是三三两两的同学偶遇，她也从容淡然地一笑而过，眼神里不再有灵魂放射的光芒，而是夹杂着冷漠和不屑。我除了浸泡在书本和文字里，满脑子只剩思念和幻想。写好的诗也不再发给她，就那么自以为是地涂鸦着。最伤人的不是被拒绝，而是冷漠，甚至冷漠都可以面对，但大多时候明明伤心欲绝，还要伪装成一个内心完好的人去面对周围的一切，亲人、老师、朋友、同学，任何一个角色里都要显出对生活的热情，我觉得自己可悲而且可怜。每当特别无助的时候，我便去学校南侧的小蠡湖边，在芦苇丛里有一块很大的石头，坐下来，看着湖面的水纹一圈一圈地荡开去又返回来，我熟悉那一抹远山，那一片天空和光影。太阳什么时候从哪个位置爬上来，晨光会投照在哪一块水域，夕阳最后亲吻的是哪一株芦苇，我都清晰地知晓。可是，每当看到图书馆，每当

| 归山 |

知道她每天都会出现在某个楼层,这宁静的水域也不属于我了,思念会逼得人无处退守。最后,是静谧的村庄收留了我,仿佛这里每一寸土地,每一株野草,都能真诚地听我的倾诉,都能安抚我的绝望。

蛰伏在老家很久很久,今天才发现,立秋都过了一周。这段时间的生活完全是发霉的节奏,除了书架上的几排书,没有人见过我这个暑假的面容。

第五德的日记:

妈都担心我是不是抑郁了,劝我出去走走,去找朋友玩玩。今夜月色极美,去院子后面的山坡上散步是个不错的主意。山不高,在连绵起伏的山脉中,这算是最矮的一段尾巴了。信步向山顶走去,很久没有看看村庄的夜晚。倘若生活在城市中的人突然闯入这么一个安静的地方,要是有点月色兴许会好些,但如果正好是四面八方都是黑漆漆的夜,估计都能吓破胆。这条上山的路,从小到大,不知道走了多少回,闭上眼都可以熟悉地落脚、拐弯。山后是一大片田野,在最西边靠近河岸的地方,还残存着一座古堡,小时候觉得那是个非常神秘的地方,听说爷爷很小的时候曾在里面住过,当时是一大家族的人,现在,已经坍塌得不成样子了。除了大概的轮廓,房子和瞭望台化为一片废墟,护堡河依稀还在。在堡子外围,爷爷靠东而居,他的坟头已长满了芦苇,我能在月色中看到那堆土模糊的轮廓。一抔黄土,一段人生!坟的四周，家里今年种着高粱。我的脚步居然有意无意地向土堡的方向移动，月光下的断壁残垣和高粱地，仿佛一条时光隧道或是神秘的陷阱。

　　土堡厚厚的木门早就被拆掉，形成一个破败的"窟窿"，穿过这"窟窿"，慢慢登上堡墙，向西望去，月色皎柔地洒在成片的高粱上，有晚风轻轻吹过，田地里传来隐隐约约的沙沙声。我长叹了一口气，看着这条被我们称为"河"的沟壑，曲曲折折地从群山环抱中穿行而过。如果一个人也能像一条河这么坚韧，还有什么事是可怕到不敢去想的呢？自欺欺人也罢，痴心妄想也罢，我宁愿和她是在等待一个恰当的时机。记得《徐志摩诗传》里有句话说："当诗人臣服于生活的真相的时候，世界是没有诗意的。"仅仅为了诗意，这个夜晚也要属于幻想！我下意识地耸耸肩，感觉世界空阔得可怕，如果她此刻就在我的身旁，就轻轻地靠在我的肩头，那这柔美的乡村之夜，还有什么缺憾！然而，只有墙角的榆树缓缓地摇着头，不时有树叶经过我的身旁，从我的视线里婉转地落下。记得有段时间，偶然碰到她和同学一起走过的时候，那柔弱的眼神多像一片树叶，触碰到我的眼睛，然后轻舞飞扬地掠过地面，向远处飘去。此刻我觉得，这妩媚的树叶，就像是她柔弱的眼神；或者像是她轻柔的手，触掠过我的面颊，指间在我嘴唇上轻轻地一吻，整个月色被她随之而去的手带走了……

　　正好也是一个月夜，看完他们的日记，我突然想去古堡走走。

|归山|

出了门,一阵风吹过,带着一丝凉意,夜色中深一脚浅一脚地到达古堡,向瞭望台走去,堂哥日记里的那个土墩还在,只是比他描述的更矮了一些。仿佛这土墩也读到了第五德的日记,那充满着思念和爱的句子,也充满着绝望和死亡。我深刻地记得有一段记录古堡中他和依诺的情爱,那旁边还抄了这么几句没有写明出处的诗:"我永生永世的爱恋/深入并且辽远/曾幻想能在最为动心的那刻死去/……——但为了什么终于不能。"这个他们曾经初吻的地方,也是分手的地方,那盒日记里他经常潦草地回忆着。另外两盒里应该有更多的感想,可惜已经化为灰烬了!我都不敢想到他,想起这两年所发生的事。

四十八

你站在桥上,当黑夜俯下身来
静谧的湖面,静谧的你
那些桥下的蛙群
要停下来倾听,还是歌唱?

你站在那里,夜色站在那里
只有星辰的脚步轻轻响起
怎样才能不触碰到我的心?

多么安静的夜，多么安静的水
连你浅浅的笑也这么安静

　　曾经在网上看到过，事后永远觉得没有发挥好的三种情况：和女神约会、考试、打架。我想自己在一天之内就经历了两件。从那晚开始，我发了疯地看书，感觉希望在即，是的，必须要拼一把了，既然已经知道她选择留在无锡，既然她开始理解我，那还有什么理由不去努力先把自己的工作搞定呢？除了偶尔跟夏嫄发条信息，剩下的日子几乎全部泡在书本里，虽然是之前讨厌的考试内容，但那几天看起来如有神助，室友已经回家了，所以看书也不用去图书馆或工作室，我几乎二十四小时待在宿舍，除了去吃饭。更令我高兴的是，碰到过两次夏嫄，当然，她不再投来那可怕的目光，而是微笑，眼神中充满着善意。我们俩周末都有考试，甚至，她连续两场，外加一场面试，所以没敢约她出来吃饭，只是想着，等这周考试结束，不管怎么样，我又要去厚颜无耻地约她出来了！
　　已经很少碰到班里的同学，离校的离校，求职的求职。看书的日子过得枯燥而飞快，周末时，给夏嫄发了信息，无外乎一些鼓励的话。我的考试如想象中顺利，发挥得很好，出考场的时候，感觉很庆幸，几年的苦熬，终于等到了命运之神的眷顾，似乎好运气在这段时间都来找我。不知道她考得怎么样，因为第二天还有面试，没敢打扰她。直到第二天中午，掐着时间点，十二点，准时给她打过去电话。"并不理想，等结果吧！""嗯，不着急，总会有机遇来的时候。你回学校了吗？下午去什么地方走走，放松

|归山|

一下?"其实我心里挺心疼她的,多希望一下子工作就搞定了,之前从没意识到求职是一个很痛苦的过程。"才要回来,累啊,下午想睡觉!晚上再看吧。"从她的声音听出来,确实显得很疲惫。"嗯,好好休息一下吧,晚上给你电话!"她"嗯"了一声,就挂了电话。我又投了一些简历,毫无睡意,便开始改起了之前的诗稿。

"同学,我觉得你好可怜,真的对不起!那天我都能感觉到你对我的惧怕。"夏嫄靠在小蠡湖旁边的桥上,向我说道。"何止惧怕,刚看到你的时候心里发毛,尤其你坐在出租车的前面,很鄙视地让我坐在后面的时候,不过开心的是你终于约我出去了!"她纠正我说:"嗬嗬嗬,不是那天,是阳台上喝酒的那天!""哦哦,对的,我一直想知道,为什么你那天会来送我?"她有点不好意思地说:"说了你别伤心,其实不是来送你,是真的来接晓玉的,只是想到你也在。""啊?原来是我自作多情啊?那为什么后来约我吃饭?""觉得快要毕业了,我突然意识到这几年对你很苛刻,我觉得自己特别坏,有些惭愧,觉得该有一个交流的机会,也对这三年的纠葛有个交代。""幸好,你给了这个机会。不然这将是我一生中很大的缺憾啊!""是的呢,人和人之间确实是需要交流的。"听她这么说,我很欣慰,入夜的光影中,她看起来很神秘,我呆呆地看着她,想不起其他赞美的词语。"夏嫄,你知道普赛克的故事吗?""不知道呢!怎吗?跟你有关?""没有啊,跟你有关!希腊神话里的一个故事。"接着我给她讲了丘比特和普赛克的故事,也讲起那次要去旅行的时候,看到她长发飘飘地依在木桥上。她害羞地笑着:"我怎么能和女神比呢!"我想说她就是女神,但觉得太做作了，就只是含情脉脉地看着她。"我们沿湖边走走吧。"她提议。走着走着竟一直绕到校园的最西段，拐入了通往我们宿舍的那条林荫道。

　　我说起几年来钟情于这条林荫道，因为在这里碰到她而让我的世界一下子震颤了。她很惊讶地说："这算林荫道吗？就是一条公路，两边树多了一点而已，不像一般大家说的林荫道啊！""是的，严格意义上可能不算是，但是自从那次和你相遇后，它在我的生活里就是完完全全的林荫道了，而且是最美的一条！"她貌似有些理解地说道："不过这条路晚上挺清静的。""嗯，我在这条路上走了不知道多少遍，只是遇到你的次数简直太少了，有那么三四次，远远地看到你进了园区的门，但是好像你从来没有发现过我。"她有些遗憾地答道："那时候哪知道你这么夸张啊，再说了，我比较宅，晚上除了忙兼职的工作，基本是待在宿舍的。倒是有两次在图书馆门口遇到你，记得特别清楚，一次是我们开学不久，在路上第一次遇到你，我和几位同学，很自然地叫你屺，不知道什么原因。一次估计你更清楚，那时我正生你气，一遇到就是杀人的眼神！"她说完有些歉意地笑了笑。"被你目光秒杀的次数真不少，你不知道，那时候很怕碰到你，但又特别希望遇到你。"回忆这两年和她之间的尴尬，哪会想到此刻竟和她肩并肩走在一起，走在这条无数次渴望她出现的路上。"夏嫄，你知道吗？最近我简直太幸福了，从没奢望过的生活，居然可以一起吃饭，一起散步！"她似乎又有些抱歉："你别想太多，只是因为要毕业了，只是觉得你是可信赖的朋友。"我嘴上应承了一句"嗯"，心里想着，别说朋友，只要不再讨厌，我不相信一个人的心是融化不了的！

| 归山 |

"其实我在你诗里看到了一条反复出现的林荫道，要不是今天你说，我真对不上号。""是的啊，假如早就有机会这么跟你说话，估计很多误会都不会发生，也怪我自己太懦弱了！"她点点头，似乎默认了我的话。灯光有些昏暗，我们已经走到了靠近西门的位置，这里有几处灯是坏的，从我第一次走到这里直到现在，从没见人修过。我看不清楚她的表情，两个人就那么说话间带些小沉默，一直来来回回地走着。有一次两只手碰到了一起，我莫名地兴奋，心里一阵愉悦的悸动，她表现得很平静，只是两个人似乎都不知道说些什么。我看看她，她茫然地看向我："什么？""没什么！"其实我想问夏嫄可不可以牵她的手，但我知道这是世界上最愚蠢的问题。不管鼓多少次勇气，我还是不敢，只是偶尔有几次，两个人的手再次触碰在一起。

"夏嫄，你累了吧？"忘记我们俩走了多少个来回，我突然意识到她应该走累了。"还好，我们走过去就转向桂园那边吧，宿舍关门前我得回去。"因为已经有很多同学离校了，学校整合了一下，夏嫄住到了西操场边的桂园，而我也早已办了离校手续，等过两天退了宿舍，就只能寄住在桔园的学弟那里了。依依不舍地送她回去，看她消失在园区的楼层之中，心里泛起了从来没有过的柔软，感觉整个世界都美好了起来！

四十九

罢了，罢了，还有什么能伤到我的心
你且离去，在这秋意暗涌的处暑
离开我，一个狂傲也写诗的酒徒
我只喝浓烈的酒，只写悲伤的诗

你且离去，诗人正在建筑，正在车上沉思
独留我一人在田野上收割
遍地枯黄，遍地杂草成堆
你匆忙的脚步漫过田野一片金黄
死鱼一样的庄稼，你视而不见

在枯草徜徉的初秋，你且离去
——你且离去，我唯一的姑娘

第五屺的日记：

几天的沉静过后，终于又开始码字，忙里忙外也忙不过一个人的身影来袭。我厌恶黄昏，有太多冷漠的回忆；我憎

| 归山 |

恨夜晚,有一次伤自尊的对白就足以恨透。唯独黎明还残存着一丝幻想。在她的魔咒中睡去,在她的魔咒中醒来,日夜相复,终是逃不过的劫。既无缘相守,何必说破;既又说破,何苦一再自取其辱;既已被辱,何必念念不忘!不见,不贱,便逝如尘埃。却坚持犯贱,坚持落寞。她不懂的虔诚,世人更不懂,写下第一句诗,她已是一生的宗教。眷顾与离弃,都无法改变我的仰慕,所以,我慢慢懂得了朝圣者的心。

每次从楼下走过,都有意无意地看看夏嫄的窗。窗帘像她的神秘,偶尔最晴朗的日子也是半合半闭。我知道,被拒之门外的人总是纠缠于一种渴望。爱就是那么不公,爱着和被爱理应都是幸福的事,可总是爱着的人莫名地卑微,被爱的人无端地跋扈。这扇本来毫无意义的窗,只因为一种情愫就赋予它特殊的内涵。自从不再联系,我总是避开有机会遇见她的时间段出去。郁郁寡欢地吃饭、做事,无论和朋友一起还是只身一人,然后又在微冷的秋风中沿着长长的路灯走过桔园,看着她紧锁的窗帘,看着窗帘背后亮起的灯光,就会很欣喜,知道她就在那灯光下安然地过着自己的生活。有时候也会很怅然,默默地回到寝室,默默地想她,心怀崇敬地开始继续写诗。

依然不紧不慢地读自己喜欢的书,依然故作平静地写写字、上上网,过着不冷不热的生活,饮着不浓不淡的悲伤。也偶尔会出去与朋友聚聚,与兄弟浅酌一番,说起各自的快乐和不幸,说起坚持的梦想和未来的不确定,快乐也有,长吁短叹也有。但从为她写诗的那一天起,生活不再有完整的感觉，始终少了很多很多。从来没有过彼此相惜的幸运，也从来没有过深爱却不相守的悲痛，就是这一开始的一厢情愿，这一直以来的自以为是，给自己挖掘了一个很深很深的陷阱。不是她多么绝情，互相欣赏互相倾心的事本来就可遇不可求，只是我庸人自扰，想当然地将自己的内心世界绑架给她，既然感动不了一个人，见好就收地做个仅仅碰面打个招呼的熟人也不错啊，却一再烦扰到惹她憎恶。怪我迷失太深，怪我沉浸在自己的文字里感动得忘乎所以，也一直坚信用情感铸就的文字总会走入她的内心，可终究是自欺欺人罢了。

　　幼稚地想世人都不懂我的诗稿，唯夏嫄懂；世人都无缘见到我的诗稿，唯她得到自始至终的献赠，然后，欣慰地死去，留与后人一段凄美或者幼稚的故事。千古痴恋那么多，那么令人神往，可惜她的心从不曾照到我黑暗的世界，从来没有在我落满灰尘的思念里驻足。这些虽然用心但粗鄙的句子仅仅是日夜的想念，在她那里，连文字游戏的资格都没有。或许，我只是像佛前的檀香一样点燃了凤愿，而她从来无暇俯首捡起那几柱香火的燃烧，抑或哪怕仅仅是一瞥，也被那大把大把的香烛隐匿了。终于理解仓央嘉措写下"最好不相见""最好不相识"时是怎样的绝望和无助！总以为她也喜欢文字，她也会读着读着就心里一疼。可是她那冷漠的眼睛和词语不断地抽打着我的心，除了这么无望地言说着她的遥远，她的神圣，这一世还有什么能让我的诗歌记下永恒？

　　妄想着每一个黎明来临时能把她忘得一干二净，妄想自己突然间心如止水。后来明白，那样的生活已经成为不可能！

| 归山 |

清晨,从水边慢跑而过的时候,总有几片落叶突兀地飘下。我写下《一片落叶的独白》,这些虽然不仅仅写着对她的痴恋,但或许只有她能读出与众不同的意味。讽刺的是,她从来不会去注意我所书写的每一个字,即使这心无旁骛地与她隔空的对话,也孤零零地留在纸上,留在网页中,留在为她一人准备的世界里。寂然地关注着她的网络动态、她的签名,知道她也要早起跑步,我便有了力量将断断续续的晨跑坚持为每天的必然,明知自己犯傻,明知不可能预测她的时间和路线,却依然一意孤行地认为我们会相遇,不管相向还是擦肩。奇怪的是,一次也没有碰到,我估计她就签了那么个名,根本没付诸行动。但我又想到,只要她跑过仅仅一次,也会在路边留下诗性的痕迹吧。看着香樟树上稀疏的红叶,看着它们在万千绿叶中的绚丽,总以为它们也曾看着夏嫄轻轻地从路边跑过,所以我会真诚地看着那些树,缓缓地跑着步。这周边的一切都曾看到过她的脸庞,那些小草,那些绿叶中星星点点的红叶多么幸福!我火热的心却无法让她冷漠的内心透出一点点亮光。秋风啊,烧着满树的热情,却也温暖不了自己的冷!

五十

　　这么美好的夜
　　这么凉爽的风
　　这么清晰的你
　　走近我的身旁

　　这么迷人的笑
　　这么深情的眼
　　这么模糊的背影
　　远离拐弯的小径

　　你听那树叶的声响
　　多像我的心跳

"同学，带我去蠡湖吧！"有一天夏嬿面试回来，已是傍晚时分，我等在楼下，她脸色非常难看，很伤感地"命令"我。看来面试失利了，我不知道怎么安慰她，不过带她去蠡湖边，是我多少次梦寐以求的！急忙向学弟借了电瓶车，带她出发。出了校门，向西穿过长广溪，之后就是沿蠡湖的公路和自行车道。我骑得很

| 归山 |

慢："夏嫄，没事，慢慢来，我觉得我们马上要转运了！""嗯，就是特别累！""你看看蠡湖，吹吹风！郁闷就消散了。""是吗？反正就是想透透气，你小心点骑啊。""嗯。"我答应着就不再说话，这条路上车不多，傍晚显得很安静，蠡湖边上纳凉的人们也渐次回去了。我一路想象着她坐在后面的样子，蠡湖水波粼粼，她应该长发飞起，忧郁中带些小小的欢乐吧？似乎这段时间的每一天，都是值得期待和珍忆的。经过一处僻静的空地，可以近观大半个蠡湖，停下车，我们俩坐在岸边，她看起来比之前要轻松多了。"夏嫄，你说我们像范蠡和西施一样，在这里归隐，多好！""那都是故事而已，再说了，现在哪还有可以归隐的地方，你前脚刚到，有人就赶过来开发成景点了。"我一想，的确是这样："其实归隐不归隐是另一回事，但是我问你的时候，似乎你真有想过归隐，而且那个陪你的人是我！""嘀嘀嘀，同学，能不这么自恋吗？你为什么喜欢我呢？"问完她自己不好意思地笑了。我坏坏地笑着，看着她，觉得真不好回答她的话，索性就这么一直盯着她。她居然脸红了，低下了头。"现在的你，以后的你，老了的你，有不变的东西，这东西可能让你成为独特的这一个，我不会说，不知道怎么说，那种吸引，那种神秘，反正就是喜欢你！无数次想过老了的你，以及我们。"她听我说完，望向我，欲言又止。我们又一起看着湖面。"你之前来过这里不？"我问她。"来过啊，我都在江大七年了，怎么能没来过蠡湖呢！""不是，我的意思是，你之前来过现在我们坐的这里吗？""忘记了，应该没有，记忆里没有这场景。""嗯，那你记得，是我第一次带你来的！"她笑道："同学，你能不能不这么文艺！""你要是知道我之前来过这里很多次，就

不会这么说了,没有一次不是因为想你,也没有一次没有幻想和你泛舟于这蠡湖之上。""嘀嘀嘀,你会划船吗?""会啊!专门让李建国教我的,可惜从没有机会和你一起啊。"她有点埋怨地说道:"同学,很多事我不知道啊!你仅仅发给我一些诗。""就发了那些诗,换来了几次你杀人的目光,后来我就特别怕触怒你,哪还敢说一些幻想啊!"她若有所思地点点头:"也是呢,是对你太凶!"说着又将目光移向了远处。我差点就问她找工作的情况,幸好想起她就是因为面试才不开心的。"夏嫄,你看了那些诗稿,应该能看出来,我在很多场景都在想你啊!""嗯,明白了,以为只是你的想象,看来那些诗句里出现的地方,你真的去过,并一直想到我。""感动了吧?"我有点无赖地问道。她笑着,不说话。我们一直坐到天整个黑了下来,她似乎完全不郁闷了,想到还没有吃饭,就带她到了石塘街。

"我带你去西操场吧,然后去哪里走走?"吃过饭,进了校园,看时间尚早,我舍不得送她回宿舍,就提议道。"嗯,可以!"她欣然允诺。将车停在路边,走向西操场,人并不多,有几个跑步的,足球场的草坪上三三两两地坐着几组同学。我们走到中间,坐了下来,路灯远远的,天色也是一成不变的昏黄,我向她说起故乡的星空,说起一年四季的璀璨;她也说起小时候在农村的姥姥家,在田野地头的记忆。说起农村,总是温情脉脉的回忆和田野的无拘无束。"夏嫄,没想到我们会同时出现在这里,以前想都不敢想啊!""是特别奇怪,我怎么就和你来这里了呢!"突然想起自己写的一首诗:"上次我们来这里,三天前,我回去写了一首诗,你要看看不?""嗯,你随身带着啊?""没,就在手机上。"我

| 归山 |

说着翻出来递到她面前：

> 春风五万里，繁花竞开/却没有你衣襟的香味//那时候，我们坐在草地上/天空一点一点地变着颜色/有几只蜜蜂恰好经过/在西操场山麓的山茶花中/抽出一丝一丝的风//更远的地方/是黄昏，是雪浪山/是蠡湖水和小提琴/还有你身后的/——整个星空。

"同学，都盛夏了，你还春风啊？还有，山茶花早开过了，操场那边的是栀子花，还有绣球花！那天听到小提琴了？我没注意。"

"对我来说，感觉春天刚来，所以写'春风五万里'；山茶花是第一次遇到你的时候记住的意象，写诗的时候它自己跳出来了；小提琴也是，因为听过《当我遇见你》，那天和你坐在这里，我就很自然地想起了。"

"你看吧，我对你来说，还是想象居多！另外，你这首读起来，体会不到什么感情啊。有些诗的语句很平实，但很有细节感，很能打动人。"

"这样吧，夏嬿，你来起个题目，我现在就根据你的意见改一改，好吗？"

"啊，我最怕起标题之类的。"她看我诚恳的样子，迟疑了一会儿，就点头答应了。

又回忆了一下那天傍晚两个人坐在这里的场景，我很快将诗稿改了出来。她有点不敢确定地问我："《记得西山下》，可以不？"

"太好了！就这个！"不是恭维，这个题目我真的特别喜欢。将自己改了的诗稿给她看。"这样比之前好很多了！"她说道。于是整首诗就成了这样：

　　春风五万里，繁花竞开/你衣襟的香味，遥远//那时候，我们坐在草地上/天空一点一点地变着颜色/有几只蜜蜂恰好经过/在西操场山麓的栀子花中/抽出一丝一丝的风//更远的地方/是黄昏，是雪浪山/是蠡湖水和长广溪/还有一双眼睛/轻吻着薄薄的嘴唇//那时候/多想拉起你的手/和你裙子上的/——整片星空。

"你说我们在一起这样写诗、改诗，多好！"我发自肺腑地畅想着。她说："你太小看生活了！哪里会让你天天写诗改诗啊。"听语气，不无伤感。其实我也知道，真正的生活更多的是柴米油盐，很难在这些琐碎中全身而退的。我们又聊起了童年的许多趣事，也会时不时扯到诗歌上来，多么美妙的时刻！
回到宿舍，我在日记中写道：

　　如果有一天，可以看到你睡着的样子，一定很可爱吧，可以醒来第一眼看到你，那是最美好的诗歌。每天睁眼闭眼的时刻，你总会第一个出现在我的世界，习惯了你的无处不在、无时不在。有时候我会想，上苍给我个机会吧，把所有生命用来换取和你完全相爱的一天，我们彼此守着，以爱人的身份，即使仅仅一天，之后灰飞烟灭，我也愿意。最近总

|归山|

想起庞德的《破晓歌》:"凉冷如铃兰/苍白的湿叶/晨曦中她躺在我身旁。"我写不出这么美好的诗句,只会期望:晨光中你是唯一的存在。

五十一

渭水以北,山上的麦子一夜熟透
母亲也磨亮了她的镰刀
开始收割一年的阳光和雨露
我将带我的女人回家
一同点起傍晚的炊烟
再选一个雨水充盈的日子
扶母亲坐在低矮的门槛上
我们要像儿时那样伏在她的膝头

母亲用尘世最平凡的光亮
照着我们的耳朵

翻看屺娃和堂哥的日记,已经成为我的习惯,尤其像这样思念将人淹没的夜晚。我将第五德的日记重新按时间编序,排好,放回木盒,陷入他的情绪里久久无法回神。堂哥的美好回忆夹杂着失去后的痛感，从这些文字中能读出一种忧伤，一种落寞，看来这么多年他都沉浸在夹杂着幸福和失落的折磨之中。这些日记中的美好场景，开始不断浮现在我的脑海。我开始急切地盼望能与橙橙在麦地里走走，能给她说着这个村庄的故事。如果思念和妄想是一种毒药，我已经深入骨髓。我为堂哥的每一个句子感动不已：

"依诺，从没敢想过你会来这个山旮旯，你会坐在我的身旁。"我和依诺背靠背坐在刚割倒的麦秆上，她没有说话，将头向我的脖子温柔地蹭了蹭。"要是你出生在这个地方，要是我们俩从小一块长大，说不定现在正裹着头巾和我一起割麦子呢。"我傻笑着，望向天空，湛蓝色的背景中飘浮着大朵大朵的絮状云，有风轻轻地吹过。她静静地靠着我，一直没有说话。

我将她的手握在我的手心，看着她紧蹙的眉头，着急地问道："肚子不舒服吗？是不是水土不服？"她眉头凝结得更加厉害，一双眼睛痛苦又极具穿透力地望着我，嘴唇微微翕动，仿佛说了许多的话，我怎么也听不到。真想抱紧她，脑海中闪现着要好好照顾她的想法。实在不忍心看着她那么痛苦，这一刻，突然体会到了心疼一个人的感觉。顾不了那么多了，我心里暗想，拉过她的另一只手放在身侧，然后轻揉着她的肚子。不知道是紧张，还是手心的温度真的高，轻揉过的地方暖暖地回应到我的心里，她脸上慢慢是平静和微笑，像是一场梦境。

也许是堂哥日记的影响，我竟然做了一场清晰而温暖的梦，这是前所未有的："岗娃，你一直说的古堡就是这里吗？"橙橙好奇地拍了拍坍塌的残墙。我突然一惊，那堡墙已经颓败得不成样子，不用说那个见证着爱情的土墩，就是墙体，也七零八落地没有了原来的气魄。我拉起她的手，爬上一段残垣，好像不甘心地寻找着什么，具体是什么我也不知道，是堂哥和依诺坐过的那个"婚床"吗？一座庇护过祖先的古堡，一座承载过爱情甚至信仰的古堡，就在不经意间化为一片废墟。橙橙调皮地拽着我，作势要把我从墙上推下，她自己都东倒西歪地站立不稳了。我故意摇着她的手，使她扑向我怀中，一个轻轻的吻落在了她微闭的眼睑上……

天空下起了雨，我将麦垛东一捆西一捆地堆成一个"房屋"，只能容两个人趴在里面，我紧紧地抱着她，生怕被雨水淋到，我将脸埋在她的长发中，却闻到淡淡的麦草味。"橙橙，从第一次被你的眼神和微笑吸引，我就想起我的童年，在麦垛里打滚的那种开心，那种无忧无虑不惧怕一切的日子。人一生能碰到几个人，会让她在对方眼神中看到自己的童年，看到记忆里最诗意的世界呢？"橙橙紧紧地握着我的手，她的脸背对着我，看不到表情。我轻轻地撩起她的短发，准备吻她的脸，可她总是使劲地将头转向背对我的方向……

"我每次做的大盘鸡大家抢着吃呢！"我有点自豪地说。橙橙眼睛眨巴眨巴地看着我，满脸是不相信的表情。"你还真有点小媳妇的气质，来，帮我烧火，我做给你看！"我将一大捆柴掀到灶台口，对着她惊愕的眼神笑了笑，不自觉地伸出手指刮了刮她鼻子。

她很好奇地探视着灶台下面的窟窿，我将一束柴塞进去，点燃，给她示范加柴的动作，她开心得像个小孩子。我无奈地傻笑，到底是在城市长大的孩子啊……

　　母亲就坐在堂屋的门槛上，我和橙橙分别靠着她的腿斜躺在地上，小时候经常会这样赖着让她掏耳朵。橙橙显得有点害羞的样子，故意揪着我的耳朵不放。妈微笑着揪起橙橙的耳朵，仿佛讲着我小时候的故事。她细心的目光穿过耳洞的时候，我看到妈和橙橙嘴角的幸福。那目光里让人完全安静下来的东西，我和橙橙第一次相遇的时候也看到了，那小小的一束光，让人觉得拥有了整个世界……

五十二

野蛮的季风过后
是踉踉跄跄的江南
将要离开的人
再一次喝醉了酒

雾霾如此隆重
你在哪一站出口？
有人离开，有人涌入

|归山|

有人站在这里
画一座空城

"我有男朋友了。"夏嫄坐在我对面,很严肃地说。今天一看到她就觉得不对劲,坐下来也是沉默的,她似乎考虑了很久,终于坚定地告诉我。"怎么可能?没听任何人说起,大家都知道你单身啊。""怎么可能说起,本来就是最近的事,这又没什么可炫耀的,而且很多同学已经离校了,你算是第一个知道的!""你骗我,你是用这种方法拒绝我吧?""有必要骗你吗?你知道吗,那次我叫你出去,是想告诉你我谈恋爱了,可是我还没来及说起,就看到你送我的诗集,我一下子蒙了,不知道该怎么向你说。现在,只能说,一切都不对,我们相遇的时间不对。说实话,刚开学的时候,挺欣赏你的,但没多久就知道你有女朋友啊,所以从来没有更多的想法。后来你的举动让我厌恶至极,我觉得你脚踩两只船,人品有问题。你说我恨你,其实不是恨,是鄙视,我是后来才知道你们分手了。再后来,尤其是这学期,我觉得自己对你太狠了,大家都觉得你不错,我却一再贬低,所以开始很平和地面对你,但也不可能想到我们俩会有什么发展。直到看到你的诗集,可是,我就是在看到你的诗集之前,仅仅是几天之前,才答应我男朋友的,就是这么巧,他追我五年了,你知道吗?真的我和你一切都不对,时机不对,缘分不对,感情不对。"我一下子像瘪了的皮球,心酸软酸软的,大脑缺氧般空白,感觉一股气被憋在胸内无法流动。我特别委屈地看着她,她继续说道:"是的,这几天我很矛盾,一看到你开心的样子,我真不知道怎么说起。但是,不说不行啊！我觉得自己太自私了，屺，真的对不起！"

　　我完全慌乱了，不知道该说些什么，该做些什么，就那么一直无辜地看着她。一时间想不起伤心，想不起未来，想不起任何画面，似乎世界一下子停止了运转，连她的面容也看不清楚了。紧接着，我才意识到，眼前这个女孩，以及这几天的幸福，如幻象般，要全部撤离我的生活，不是干干净净地撤离，而是让我开满花的内心一下子荒芜了。没有眼泪，没有任何声音，如果说用空洞形容眼神的话，那一刻，连整个身体都是空洞的。从全身的瘫软，到大脑和心脏的放空，一切类似伤心、痛苦的形容词，都失去了颜色，第一次知道，真正的难受是心有余而力不足的虚弱。我很想像一个男子汉一样坐在她面前，想挺立着胸膛，想英雄般地面对这突如其来的消息，可是所有努力都是白费的。当我意识到这些努力时，已经过了很久很久，或者，我不知道多久，可能几分钟，可能几十分钟，对我来说，只是很久很久。等目光终于可以聚集的时候，我再一次无辜地、询问地看着她的眼睛，而她的目光，除了歉疚和坚定，竟然还有些冷漠，是的，她不是在开玩笑，估计我连续的窝囊反应令她感到意外。

　　"为什么？"问出这几个字的时候，其实我知道是多余的，但这几个字不是从我发音系统形成，而是在破碎的内心和大脑中拼接而成的。她有点满不在乎地盯着我："没有为什么！就是缘分。你想，那个时候我几乎不知道你在做什么事。而他五年来一直像朋友一样关心我，所以我们有很好的感情基础，写论文、找工作真的很崩溃，那段日子，我突然觉得需要一个依靠了。而那个时候我还是不了解你，我以为你的感情冲动早已过去了，你不是表现得很平静吗?"我知道她说的都是真实的情况,可能为了让我死心的缘故,她没留任何情面,而是客观地或者对我有些责备地说着她的选择。"从你讨厌我到我们平和地面对,我感觉自己走了很漫长的路,那时候,能看到你的微笑而不是你的鄙视,都已经很感恩了,我哪还敢像一开始那样疯狂!连最后抄写诗稿送给你的行动,都如履薄冰地进行着,谁知道就在我满怀希望抄写那些破玩意的时候,你居然已成了别人的女朋友!"说完,伤心、痛苦、绝望,裹挟在一起席卷而来,有了放声痛哭的冲动。我看着她的眼睛,她似乎有些生气,我知道,对她情绪的判断,这时候肯定差了十万八千里。我突然意识到自己这几年的谨小慎微,不过是自卑和懦弱。"我太自以为是了!我太顾面子了!"我重复了好几遍。她才冷冷地说道:"就是时机不对,你别多想!"

千言万语无从说起,我想问很多的话,但又觉得毫无意义了!想起送给她的诗稿,就问道:"送你的诗稿看了吗?""看了,全看完了。我会珍藏的。""一点都不感动吗?"她终于眼神里散发出了温柔:"我怎么可能不感动,人心都是肉长的,何况你那么优秀、那么真诚!可是时机不对啊,是真的,就在收到你诗稿前几天,仅仅几天,我答应了做他女朋友。感动归感动,但是我得为自己的选择负责!""一切都来得及,你不觉得我们俩像最近这几天这样相处,很幸福吗?""我也不知道该怎么办,就因为看了你的诗稿,我才会和你吃饭、散步,但是感情必须要有选择的,我仔细想了想,这跟感动没什么关系,重要的问题是,我有男朋友了。""结了婚还有离婚的呢!我真的——""同学!"她打断了我的话,"我用五年的时间做出这个选择,不是开玩笑的,大家都觉得谈恋爱是学校生活的一部分,这几年我没有谈恋爱,是因为觉得这是一生中重要的事。我已经做出了选择!虽然这几天让我很矛盾。"还能说什么呢!我知道可以用"阴差阳错"这类词自以为是地认为就是缘分问题,可是我更知道她对我即使有心,也不足以撼动她已有的爱情。我长出了一口气,各种不舍地看着她,毕业之际昙花一现的美好,就这样瞬间坍塌了。

夏嫄看我绝望的样子,也不知道再说些什么。"陪我喝点酒吧!"我说。她点头答应,"喝黄酒?白酒我喝不了。"说完又补充道:"就喝一瓶,你不能喝醉。"我点了点头,醉与不醉,有什么关系呢,反正短暂的幸福之后,她将彻底离开我的情感世界了。她不再像阳台送别那次那样拘谨,而是和我喝着等量的酒。我怎么也没想到今天会做着这样的告别,从在阳台喝酒开始的希望,到此刻喝酒的绝望。"其实那天在惠山古镇,我们俩坐在石凳上的时候,我在想,就那样一直坐着,挺好的!"夏嫄说起的时候,眼神里滑过几分柔情。"以后有机会,再去那里坐坐吧!"她摇了摇头:"以后我们都有各自的生活,不能再去了。屺,你别伤心,你会遇到好姑娘的,那时候由她陪着你,走遍全世界都行,何况一个惠山古镇!""是的啊,我一个人都可以走遍全世界,只是没有你!"说完我就将头转向别处,感觉眼泪快要出来了。

| 归山 |

五十三

终有一天繁华散尽,寂寞开在眉间
开在云雾缭绕的山谷,恰大雁南飞
深秋的山水被荒凉浸染
候鸟南来北往间逝了多少沧桑?

残红化泥,萧瑟的河岸边果实凋萎
只让那山岗的残阳,可望而不可即
这永不停歇的时光,淹了几许旧日情怀?

就连隔天河相望的男女,也有七夕的愿
而你我间的苍白,要历经几世轮回!

堂哥的日记:

不知道有多少人,活在淡忘里。因为人生有一段日子,我们叫它成长,遇到太多的人、太多的事,如果不学会遗忘,小小的心脏将不堪重负。但总有少数的人和少数的事,任岁月如何变迁,都不会在记忆里抹去。有些人幻化为一种病症,不经意间就让你的心隐隐作痛；有些事幻化为生命里绚丽的景色，在某些闭眼的瞬间充满着温暖。就在这一次一次的淡忘里，你总会想，最重要的那个人到底是谁？是曾占据你整个世界的初恋，或许她已经为人夫、为人妻，还是曾陪你走过最艰难的时光，终在人群中擦肩而过的知己，或许她根本不曾真正理解过你的心？抑或是你苦苦相恋却一直没有回应的那个梦中情人，或许她也曾在某个夜里温柔地想起你，只是你们从不曾在恰当的时间相遇？于是，很长很长的时间，你在迷失的状态中消耗着自己的生命，过着邋遢的生活，犯着幼稚的错。之后，有一个人或一件事突然出现，仿佛突然的一道亮光，照着你前行的路，可是她仅仅是为了给你一个耳光，让你清醒，让你整理好自己，去等待那个命中注定的人，然后陪你走向世界的尽头。

很多时候我们渴望恋爱，渴望遇到对的人，不是说一个人过不下去，而是想将生活过得更有激情。我们想找到这么一个人：可以在彼此的目光里，看到自己存在的价值。因为孤独是每个人的天性，这天生俱来的顽疾，不断地威胁着独处的日子，迫使人们去寻找，去发现。即使还没有相遇，就已经沧桑尽染，但依然信心满满地期望机会就在下一个路口。就像这桂花飘香的木桥旁，那对情侣终将离去，那些候鸟终将返回，那一株株无限娇媚的美人蕉也会凋零枯萎。我能在这些最美好的事物构成的场景里闯入，就是我的幸福。一个多月的沉静，我已不再那么急切地奢望在校园里看到依诺，只因为她曾经在微雨中从这里走过，我便习惯了心怀等待地

| 归山 |

在校园享受一个个黄昏。她并不知道我来到了这座城市,并不知道我就在他们校园附近的工地上。我只是在期待着某个相遇的瞬间,值得我一生去回味就已足够,我深知那个瞬间已经眷顾过我了,但仍是贼心不死地想有更多的相遇而已。至于相守,那真会是奇迹中的奇迹,本来就很平庸的我,怎么可能遇到如此的运气!连我们的人生,也仅仅是从上帝那里借来的一段旅行。

我终于知道第五德为什么去上海打工,以及为什么他过了两年就不再去了。我推算了一下,那时候依诺要嫁人了。同样令我感到悲剧的是,即使在同一个校园,屺娃也是那么无望地生活着:

当我意识到这已经成为习惯的时候,已经过去一个多月了。在每个黄昏,我都会骑着单车环蠡湖一圈,然后在长广溪的吊桥上,静静地发呆,看着暮光轻柔地搂住了整个湖面,有星星点点的霓虹灯渐次亮起,终于是岸边的万家灯火,将幽暗的水面映照得泛黄泛亮,我就在这波光粼粼的水边,想一个人,有时候也会有几个词语来敲响内心的沉静。这一个多月,阳光火热,近些天零星地下过几场雨,有点秋天的味道了。我的骑行装备也越来越多,从简单的头盔和骑行衣,到防晒防雨的专业用具,如果思念也可以这样靠"装备"免疫的话,我想我已经百毒不侵了。此刻,天色有些阴沉,我靠着单车,单车靠着护栏,一起等待夜色的降临,不时有飞鸟掠过。长广溪散步的人特别多,我每次会选择没有人或者人特别少的地方坐下来，可惜我不会游泳，也没有小船，不然像泰戈尔那样整天漂流在湖中，任意东西地让诗意泉涌，还能再抱怨生活缺少什么吗！

　　不知道哪来的兴致，我将车子锁在木头护栏上，往树荫和草丛里走去。小路曲曲折折地通向一座狭长的木桥，站在桥上，四周是整片整片的芦苇，围着一块形似三角形的水域。在桥的尽头，是几棵桂花树，远远地就闻到香味。树下密密麻麻地挤着美人蕉，在风里晃动腰肢，有几株胆大的，婷婷袅袅地占了大半的小路。没发现这一隅还藏着这么好的景色！我信步悠悠地过了桥，在美人蕉掩映的桂树下，有一排长椅，一对情侣坐在上面，忘情地激吻，等我看到的时候已经离他们很近了，只好无视地走过，但愿没有影响到他们吧，或者，那一刻，他们眼中根本不会有任何多余的事物存在。可是我觉得，我粗鲁地闯入了这个宁静的世界，就像冒昧地出现在夏嫄的生活里一样。那些所谓年轻的日子，那些懵懂的时光，遇到喜欢的人，我们会义无反顾地撞向她的生活轨迹。可是，爱情远没有想象中那么简单，至少不会是一厢情愿。这么简单的道理，却要多次受伤之后，才能慢慢地体会到。当我们终于明白如何在感情中保护自己的时候，已经在遍体鳞伤中将单纯和真诚丧失殆尽。于是，当再次遇到喜欢的人时，不再有义无反顾，不再有赤诚赤真，而是盘算着该不该靠近，该不该去认真地付出。

|归山|

五十四

莫非天意
在这么一天
在离别之际
突然一无所有
剩下自己

偌大的校园
孤零零的我
和孤零零的你
相遇

"夏嫄,马上毕业典礼了,到时我来帮你拍照吧!"越说感情的事越觉得自己窝囊,想到还有十来天就毕业了,又一阵心痛,便提议去参加毕业典礼,可以跟她拍一张照片。"你们这一波都已经离校了,你再去参加典礼,不觉得奇怪吗?我最近有很多考试和面试,不一定在啊。"她这么一说,我突然想到我们俩工作都还没有着落,心心念念要跟她在同一个城市,没想到今天被迎面一击。"对了,你男朋友是咱们学校的吗?""本科同学,扬州读博呢，还有两年就毕业了。""哦，那你工作找在无锡不是异地吗？"我刚才还以为她男朋友是我们学校的。"就说有天意啊，本来还担心呢，结果无锡找工作一塌糊涂，最近扬州有几场考试。"我暗暗骂了自己一句，傻逼。自己还在那里幻想着和她同在无锡工作，还在幻想着更多可能的场景，可是她却已经开始在扬州找落脚点了。"你知道我准备和你生活在同一个城市的，一直以为你无论怎样都会留在无锡，现在计划去扬州了也不说一声！"我是真的有些埋怨。"同学，你不是说自己这次考得很好么，有机会就留下来。再说了，就算同一个城市，你觉得有意思吗？"伤痕累累，就无所谓伤心了，知道在她的世界已经没有我任何余地，如果说，明知道她已有自己的爱情，而我还要执意跟她在同一个城市，确实是件痛苦且搞笑的事，因为无锡尚可理解，而扬州，我从没去过的城市，也从来没有想过要生活在那里。但我心里马上有一个想法，不管结局如何，我要去扬州找工作！明天就去！一想到以后不再是单独的我和她的关系，而是我和他们，就有种说不出的尴尬。兴许，我该祝福，该从此消失。

  但我一点都不甘心，我开始在仅有的那点时间想象着以后可能相处的方式。"夏嫄，你的生日是7月4日吗？""是的，你怎么知道？"她有些惊诧地问我。我颇为得意地答道："一直默默关注你的，能不知道么！我从晓玉那里打听到的，去年那时候我正好在海南，给你寄了一张明信片，收到没有？写的宿舍地址。""啊？真没收到。咱们那破信箱，我从来没用过。再说了，这年头谁还写信啊！""好吧，以为你收到了。看来我自以为是的时间太多了。"我说着突然想起一个场景，便问她："以后每年给你过生日，

| 归山 |

好吗?"她明显不乐意:"肯定不行啊,你想想,以后你也得有自己的感情吧,怎么可能每年给我过生日!""不管你怎么想,既然你已经有男朋友了,我也不奢望什么,之前不是也一直给你写诗么,以后就做你的朋友吧,或者做你们共同的朋友,我知道很可笑,对我来说很难,但我是诚心这么想的。""同学,你又太理想化了,你以为你是金岳霖啊?再说了,哪有那么高的境界,我可不敢耽搁你!""你别想太多,我知道我不可能达到老金那境界,所以才提出每年给你过生日啊,不管以后你在哪里,我在哪里,一年就这么一天,应该可以吧?"她好像也觉得没有什么不好,"以后再看吧,我相信等你遇到适合你的人,就自然不会这么想,也不会再来给我过生日了。"我心想,等着看吧,反正一切都很遥远,如果这一生真的没有机会相守,那每年有这么一天,也是我的快乐。

  人们常说祸福相倚,确实如此。当我准备和夏嫄惜别的时候,却有了一段那么幸福的日子;当我信心满满地畅想未来的时候,她突然之间成了别人的女友;而昨晚得到这一晴天霹雳般的消息后,今天一大早就查到一个喜讯:非遗保护中心笔试成绩,我第一名,他们招两个人。文学研究院的成绩前几天就出了,我第四名,残酷的是只有前三名能进入面试。喜悦过后不久,就发现这一结果是一种莫大的讽刺,就算有再多的机会,夏嫄,她很有可能去扬州了。或许只有我一个人留在这个城市。我当然不会就这样放弃了,所以,接下来更多的是关注扬州的招聘,甚至之前没考虑过的文案、策划类的企业职位,也开始海投。两天之后,就是毕业典礼,兴冲冲地去给她拍照,也准备豁出去贼胆实现跟她拍张照片的贼心，现场一看，却发现她根本不在。急忙发信息问，才知道她在扬州面试。失落中我给其他同学拍了几张照片，就早早地离开了。中午，夏嫄打来电话，很开心地告诉我，她在扬州某高校的面试顺利通过了！替她高兴的同时，也无限伤感，她终于搞定了毕业后的第一件大事，或者说，人生中的两件大事都搞定了：恋爱、工作。而我，却一下子失去了目标的重心，一直想着她会怎样拒绝我，但从没想过，如果她恋爱了，我会怎么做，而现实却让我去面对从没想过的事情！

　　投出去的简历并没有回应，我又不敢直接去扬州寻找机会，因为手头的钱不多了，这个时候不可能向家人要钱。有一天，早早地起床，准备吃了早餐开始继续找工作。在食堂门口，又碰到夏嫄，她也知道我无锡的考试结果，算是希望在即了，说了一些加油和祝福的话。我们俩坐在食堂的椅子上，虽然见到她还是一如既往地狂喜，但真不知道该说些什么。问起她为什么还在学校，她说："我在学院的兼职还有一些收尾工作，可能要等到放暑假，也就是说还得上一周的班。"我们班除了我和夏嫄，所有同学都已经离校了。偶尔遇到学弟学妹或者老师，都觉得自己特别不好意思。想起之前有几次送她去上班，便说道："从今天起，我每天来接你下班吧，也送你去上班。"她不可思议地看着我，强调："我有男朋友了！"我很坦然地回答："是的，我知道。我只是接送你，只有五天！""不行，这样算什么！"我怒目而视，第一次，我用这么过分的表情盯着她："我不能成为你的恋人，朋友总可以吧？朋友不可以，同学还算吧？这辈子就有机会接送你这五天，不行吗？仅仅接送你！"她一下子被震住了，呆呆地看着我，很委屈的样

| 归山 |

子:"这对你不公平!对谁都不公平!""你觉得连面不见就公平了吗?"她再次以征询的目光看着我,我坚定地盯着她。"好吧,你有事的时候就说一声,不用来。""嗯"我突然间眉开眼笑得像个孩子。

五十五

最漂亮的花都是有毒的花
世间所有人都要走过这花园
你和陌生人漫步而过
我和陌生人漫步而过

淡紫色的花丛啊
玫瑰中的罂粟
那来时的路方向迷失
那离开的路荆棘密布

世人都要在这花园装满痛苦
谁把那果浆洒在你裙子上
谁就把痛苦为你尘封
谁就怀抱着你任花香淹没

第五德的日记：

"哥，哥！你懒死了。"我睡得正香，突然被小妹吵醒了。大大家两个孩子，除了岗娃，还有妹妹子兰。许是知道我回家了，她一大早就来找我。子兰一把推开门，咯咯地笑着，我骂道，"你个死女子，我正瞌睡呢！"子兰也不管我骂她，伸手就过来拉我，大冬天的，外面特别冷，任谁走一趟手都会是冰冷的。"哥，赶紧起来，四大叫你一起去赶集，帮忙买年货。"她一副我不起床就不罢休的样子。"还早呢，过两天再去，我们家也要买啊。"我不耐烦地说着，想转个身继续睡觉。"不行，我三哥今天中午回来，顺便在盘龙乡街上接一下他们。"子兰不依不饶地又来扯我的胳膊，这鬼丫头，真拿她没办法。"都多大的人了，每次不都直接回家吗？今年怎么还摆起少爷的谱了！"我无所谓地骂着。"起来起来！哥，我三哥带嫂子回来的。家里没什么可招待，不上街怎么行！"她一急就说出了实话。

我"噗嗤"地笑出了声。"啊！我说四大这么早买什么年货，不就儿媳妇么，动这么大干戈，不会今天就杀猪宰羊吧。"我故意调侃道，也顺手拿过炕头的衣服，嘴上这么说，心里蛮高兴的，弟第一次带女朋友回家，肯定要好好表现嘛。"哥，你还说呢，要是你家嫂子来，二大二妈不也这样！"子兰是个心直口快的姑娘，虽然上了大一，说话还是不经过大脑。她刚说完，就感觉不对劲，马上一脸无辜地望着我，像犯了错的孩子。比我还敏感，我心里想着，说道："子兰，什么嫂子不嫂

| 归山 |

子的!""其实她人蛮好的,你到现在还没有说你们为什么分手了。"子兰嘟着嘴,像是打抱不平的语气。我故意抬起手要打她的架势,"没完没了了还,去,让四大先热一下车,我马上到。""切,不问了。"她边说边不情愿地出了门。

老三下了车,后面跟着赵娜,淡绿色羽绒服很是显眼。她之前来过一次,所以我们都认识。她倒是很热情地先打着招呼:"叔!哥!"四大很慈祥地笑道:"赵娜,我们这里很冷吧?"赵娜羞怯地笑着:"真的冷啊!"她边说边搓着手,我将备好的军用黄大衣递过去:"裹上吧,待会坐车更冷。"老三脸上现出一丝愧意:"回家就好了,家里暖和,让你受委屈了。"说着将大衣披在了赵娜身上。我在一旁微笑地注视着,他们竟然有些不好意思。"我们赶紧回去吧,你们忍一忍,半小时就到家了。"四大说着就跳上了车,我坐在四大旁边,让他们去了车厢。寒风吹打在脸上,我裹了裹身上的大衣。赵娜是个不错的姑娘,长得蛮漂亮的,一眼就看出来是真心实意跟老三过日子的那种。我不由地想到了依诺,爱情是长满刺的玫瑰,不来个遍体鳞伤,便不会体会到甜蜜和不易。

同一天屺娃的日记:

我从窗台上取过手机,一看,关着机,可能昨晚喝醉酒,睡觉前关掉了,不知道给夏嬃发过去的短信有没有回复。开机,一直静悄悄的,我失望地去了堂屋,大大、大妈已经在喝早茶。我洗把脸随便吃了点东西,就朝四大家走去。三轮车突突地冒着热气，四大像是已经等候多时了。去往盘龙乡的是盘山路，虽然铺了层沙，但是下了雪还是挺难走的，幸好今年的雪迟迟没有落下。一般腊月二十的时候，人们还没有计划好该买的东西，说是去购年货，其实我心里清楚是因为三哥带了女朋友回来，所以我们是去买菜和小吃之类的。四大称了好多菜，买了几箱饮料，又称了些瓜子和花生，令我特别意外的是他居然选了几瓶红酒！四大是地地道道的农民，一直没发现他的心细，或许他知道老三在读研，带来的女朋友也是研究生，在大城市生活的孩子，该是比较讲究的吧，所以买几瓶红酒？

我偷笑着，脸上不自觉地表现了出来，四大可能发现了，有些不好意思。"屺娃，现在年轻人好像喝红酒的多，我不会选，你看这几瓶怎么样？"我应声道："四大，咱们还是喝白酒的好，有气氛，红酒嘛，我也不懂，看这价钱，应该蛮好吧。"他也不解释，将红酒包好放到了车厢里。早些天，三哥曾说过可能带女朋友回家，因为他们都在海南，我没见到过，自然不知道是什么样的女孩子，不过，能和我们这类人一起谈恋爱的，应该十分靠谱吧。

即使穿着羽绒服，身上还是有些冷，我和四大待在一家小商店里，堂哥去他同学那里喝茶了。从县城来的班车还没有到达，我拿出手机准备看看时间，竟发现是夏嫄发来的短信。"屺，谢谢你的心意。我还是那句话，诗写得挺好的。但是感情，我真的暂时不想。江大有很多优秀的女孩子，你应该将眼光放宽一点。"我突然感觉很失落，似乎天气一下子变得更冷

217

| 归山 |

了,四大在和别人说话,没注意到我的情绪变化。该怎么回复呢?都说在喜欢的人面前手足无措,我是真正体会到了。

思考良久,我回复道:"夏嬚,昨晚那几句诗不是我写的,不过我特别喜欢。我曾经说过,你之于我,就像茅德·冈之于叶芝那样,为什么不能理解呢?那一首首诗不是随便可以写出来的,我为你一直在写。"这次她回复得特别快:"诗人都是多情的,你也不例外。我很荣幸能给你灵感。所以,一直在听同学说起你的诗,感觉你写得挺好,不过我真没怎么读过。我们仅仅可以做朋友,希望你以后遇到自己真正的缪斯。"我估计早在一开始就吓到夏嬚了,在根本没有单独相处的情况下,就直接向她说着我的仰慕,她肯定以为我是花心大萝卜。也罢,来日方长,只要可以做朋友,总会有看到我真心的那一天!

班车停到了门口,赵娜从车上走下来的时候,我想到了夏嬚,想到她给我的震撼和人生顿悟,世间总有令你敬畏的事物,也总有某个人在你心目中神圣不可替代。

五十六

这一生
等一个人

多么痛苦

少年白了头

这一世

恋一个人

多么孤独

落花流水独木舟

而我这一生啊

只为忘记一个人

多么幸福

那几天，基本为特定的时间段而活，早上等她一起吃早餐，送她上班，晚上接她下班，一起吃晚餐，然后去校园走走，送她回宿舍，有时候，中午也会在一起。而其他时间，我都用来关注扬州的招聘。仓促间，就到了她彻底离校的日子，而我还是前途未卜。本来已经做过很多次心理准备了，知道终有离别的那一天，可当这一天真正到来的时候，还是无法控制自己的情绪。早起去帮她拿行李，因为她住在桂园，走过去要好长一段路，而且，正好要经过桔园楼下的那条林荫道。这么早地走在这条路上，感慨万千，曾经不知道来来回回地走了多少遍的路，曾经遇到她的路，也是终于两个人一起散步的路，虽然短暂，但那么美好，如今，又剩我一个人，或者说，就算一个人，连这样走的机会都没有了，就算偶尔还能回校走走，也绝不可能再有夏嫄的身影，再有她紧

| 归山 |

闭窗帘的宿舍。她找到工作后完全变了个人似的,时不时很轻松、幽默地说一些对社会的看法,也很坦然地跟我相处着。而我没有告诉她,不管找什么样的工作,我下定决心要去扬州了,所以直接没有去参加非遗保护中心的面试。

经我再三请求,夏嫄终于答应我送她去扬州。"没想到我们俩第一次一起坐火车,是这样的场景。"我有些伤感地说着。她笑了笑:"挺好的,这种普通车有旅行的感觉。"整节车厢人不多,我向她说起这几年放假回家时的狼狈,当说到一个小时还挤不到自己的座位上时,她不可思议地惊叹着。那天不知道为什么,自己话特别多,可能觉得这一别,就再也不可能这么相处了。我说着堂哥和依诺的故事,说着老木和蒋米的故事,她总是提醒我别太悲观。"夏嫄,你说我们会不会像我堂哥那样,我一直等你!""瞎想,这么优秀一个小伙子,肯定会遇到一个好姑娘的,你就是太沉浸于自己的幻想了!同学,你一定要知道,你过得好了,我也开心。""你不在身边,有什么好不好的呢!我没有去参加面试,准备在扬州找工作了!"我忍不住说了出来。她立马震怒了,又是那种杀人的目光:"第五屺,我要和你绝交!你这人太不靠谱了。"说完她气得发抖,将喝空的牛奶盒狠狠地攥在手心:"你要干吗?你说你要干吗?"唯一一次,我一点都不怕她的这种眼神,而是同样盯着她:"不干吗,因为你不在无锡,你在扬州!"她似乎一下子心软了:"我何德何能,你这样何苦啊!""我愿意!我说过要和你生活在同一个城市,不是闹着玩的。"她喏喏着说不出话来。

周围的人都在看着我们,我有些不好意思,就示意她不能像吵架一样,她也发现自己情绪太激动了,去卫生间洗了把脸。我们似乎刻意不再提感情和求职的事,她问起我一些旅行的见闻以及经验,我在讲怎么找露营地,怎么搭帐篷,怎么选择路线,说着说着就随口说了句:"以后带你出去走走,你就知道了。"说完我就意识到又要尴尬了,果然她不好意思地看着我,我赶紧解围:"旅行嘛,又不是必须只有我们两个人。"车上的时间过得飞快,我觉得没聊多久,就已经到站。一路送她到她男友的学校,她似乎想到了什么,停了下来:"同学,你既然今天不回去,就先找住的地方,我知道旁边这幢楼就是学校的宾馆。"我看了看她指的地方,并没有理会,而是问她:"你男友的宿舍是不是到了?"她又指了指前面的一幢楼:"那就是了!""好吧,就住在这学校,以后你经常出现的地方!"说这些话的时候,我的表情一定特别痛苦,她执意等我登记住宿后,说了一些安慰的话,就离去了。站在窗口,看着她转向那幢宿舍楼,我忍不住叫了一声:"夏嫄!"她回过头来看我,我无奈地说:"没事,就是想叫你一声!回去吧。"等她再次转身,我全部的感觉只有一个词:心痛!记得以前听到"心痛得无法呼吸"时,总觉得仅仅是一句歌词,一种情绪的表达,此刻才知道,原来它真真切切地,是生理的疼痛!

去楼下买了一瓶酒,两包烟,准备好好"放纵"一次。躺在床上,几天来的不舍、痛苦、委屈,一下子聚集在心头,泪水夺眶而出,那一刻,终于再也不用强忍着骗自己了。跑进卫生间,打开水龙头,哗哗的水声伴随着我的号啕声,在这没人的地方,哭吧……

虚脱般地躺在床上,点了一根烟,感觉整个世界对我来说无所谓了,管它明天是什么样子,这一刻,我只想休息。打开酒喝

| 归山 |

了几口，觉得没意思，昏昏沉沉地睡了过去。突然一阵床响的声音传来，我迷糊中醒来，整个房间黑漆漆的，看来早已是夜晚了。床响的声音越来越大，我仔细辨认了一下，不是自己的床。头疼欲裂，我摸过床头的烟，却听到一个女人的叫声，销魂而夸张，我才恍然大悟，原来隔壁房间在做爱。起身关了窗子，但那女人的声音一阵紧过一阵，比之前更加夸张了。我莫名其妙地愤怒，拿起拳头就向墙上砸去，就在拳头要落下的刹那，突然意识到自己的无聊，便收了回来。顺手将烟和火机装进兜里，提起酒瓶就出了门。余怒未消的我，重重地摔上了门，"呼"的一声，在午夜的楼道空荡荡地散播开去，消失于墙壁之中。我才意识到自己没有带手机，也不知道丢在哪里了。下楼，大门锁着，两扇铁栅门用锁链串了起来，登记处的灯黑着，整个楼道特别安静。我不知道哪来的直觉，径直走向门口，从门缝里挤身出去。

这个校园对我来说是彻底陌生的，我不知道可以去哪些地方，只好沿着宾馆的楼一圈一圈地走着，一根接一根地抽烟，也一口一口地喝着酒；不知道走了多久，腿都开始发软，突然想起夏嫄的男朋友就在前面的宿舍，就向那幢楼走去，所有的房间都是黑的，只有路灯明晃晃地亮着，我又沿着这幢楼一圈一圈地走，时不时地冒出杀了那个男人的念头，然后又可笑又可悲地骂着自己，有时候自言自语地说着一些话；等意识到一包烟已经被我抽完，又打开另一包，开始沿着楼下的马路往更远的地方走，就这样几乎逛完了整个校园，脚和膝盖都开始疼痛了；继续坐在那幢楼下，喝完的空酒瓶立在我身边，我坐着坐着又是莫名的怒气，起身将酒瓶一脚踢开，它却又滚了回来；抽完第二包烟的时候，整个人困得不行了，或者说醉得严重，只好向宾馆走去；等要准备钻过铁栅门的时候，才发现那条缝隙早已钻不过去，原来出门的时候锁链缠了一圈，而现在居然缠着三圈，缝隙太小；有气无力地叫了几声，没人反应，便一屁股蹲在地上，靠着栅栏门，地板的冰凉一下子传遍了全身，只是觉得头特别晕，整个人没有力气，就那样，渐渐睡着了……

五十七

当我坐下沉思
双手抚摸着木纹
顿觉生命的脉动
扼住了我的喉咙
像初次相遇的震颤
空气幽兰般忽近忽远
难以触摸的顿悟啊
仿佛一个生命在突然间觉醒

我从不渴求命运的眷顾
世事却如幻如梦如九月的云烟
不断改写每一次相遇的瞬间

| 归山 |

>　　无法相知的一生
>　　无法相爱的一世
>　　却要用生死轮回的痴念
>　　停停走走

第五屺的日记：

　　夏嫄还是像往常一样沉默着。我渐渐地发现，在这即将毕业的大半年，她不再是那种杀人的眼神，而是有着很大的善意，甚至是温柔。或许这剩下的半年我能继续用心地为她写着文字，即使我也用沉默应对她的沉默，也许她还是会懂我的心意。至少，上苍不是太刻意捉弄的话，我们还会有很多的邂逅，会有很多一笑而过的偶遇。"我每次都会来这里的，很清静的地方，一般没有人……"一个男孩的声音从转角处传过来，我抬头望了望，是一对情侣，慢悠悠地向我坐的长凳旁走来。长凳是木条拼接成的那种，在依依亭旁边，紧邻着小蠡湖，凳子旁边茂盛的芦苇遮住了湖面。他们还没有发现我，这么美好的环境，就留给他们吧。正这么想，那个男孩似乎瞥见了我，很郁闷的表情，估计他是专门来找这个地方约会的，结果，我特别扎眼地坐在这里，影响了他预想中的二人世界？我下意识地笑了笑，起身向靠北的那块石头走去，一条小路掩映在垂柳之间，这才是更隐秘的所在。那块石板上清晰的纹路和木凳上的居然有些相似，只是触摸起来是冰冷的，我经常会看到石头开出花来的说法，自己也会经常想到，有没有另外一个世界，另外一种神奇的存在，看着我们就像看着一朵花那样，或者像我们看到物体上的花纹那样，也若有所思，若有所悟？

在这里坐了整整一个上午，有些饿了，想起一直想要看的《一个人到世界尽头》，去食堂正好经过图书馆，顺便去找找，看能不能借到。"夏嬿！"在台阶上，远远地就看见她从图书馆大门走出来，我有点欣喜地喊了一声。她慌忙地抬头，应了声"Hello"。有时候的奇妙，真的让人无法相信。你心心念念地想遇到一个人的时候，怎么都遇不到她，但是当你无意识地只是牵挂着她的时候，又会经常遇到。昨天刚在桔园那里邂逅，没想到今天又会在图书馆门口相遇。我的心一阵狂跳，莫非缘分就这么降临了？我们又是微笑着擦肩而过，虽然我笑得有点仓促，她笑得有点尴尬。其实我特别想停下来，想多说几句话，或者，只是停留那么一点点时间，一点足够让彼此仔细看一眼的时间。可是我总是那么慌乱，那么六神无主、机械地迈着步，朝着和她相反的方向。本来就很少碰面，我从来没有勇气向她多说一句话，更没有勇气转身与她同行，就在这懦弱和遗憾中，短暂的一瞬成了回忆里的永恒，成了我日记里不断书写的片断。每次的擦肩过后，我总是心有不甘地回头，但是这次，在即将进门的地方，我直接停住了脚步，看着她远去的背影，慢慢地消失在马路的拐角处。她会不会感觉到，有一双眼睛，在默默地注视着她前行的身影？

"你应该出去走一走，趁着这个暑假，趁着还没有琐事缠

| 归山 |

着你不能出行。你需要体验一次在路上的感觉,遇到一些人,看一些风景,你会想明白很多你平时想不明白的事。驴友的生活态度和热情,是你不可想象的,他们的生命充满着力量。也能让你发现真正的自己,和你真正想要的。去选一条好的路线,约一帮人,上路吧。"阿坤斜靠着天台的水泥护栏,很慎重地对我说。我们俩第一次这么彻底地聊起自己的经历,聊起人生规划,当然,也聊到感情。我很意外的是,他没有安慰我失去的爱,也没有劝告我对夏嫄的坚持,而是很理性地让我去旅行,似乎这是最有效果的解决方式。"你曾经计划过那么多次,可是每一次都有借口放弃掉,如果这次你还不能下定决心,我实在看不出你还能有什么机会,也很怀疑你所谓对感情的执着、对理想的坚持。虽然说走就走被大家传得很庸俗了,但是对于你,还真得来这么一次!"他很认真地劝着我。我想起他说过自己的户外经历:"难道骑行?徒步?难道你也要去?""对,骑行,或徒步,真正的旅行!我今年去不了,我是在说你,我自己更犹豫。但有一天,我肯定会去的,不是这次。你现在不知道自己对夏嫄到底是什么样的感情,你也不知道你到底要做些什么,你到底需要什么。也许你会反驳说,你自己比谁都清楚。但依我看来,你现在根本只有迷茫的自信。你需要寻找一下自我。""我是一直想来一次说走就走的旅行,可是总在等待对的时机,总在等某个人,其实我也知道有那么多的驴友可以一起,甚至,一个人都行……"

五十八

这个城市
灯火辉煌
我坐在街角
没有你

天空淡淡的一颗星
仿佛从遥远的梦里
传来笛声

人潮汹涌
没有你

这段日子疯狂地投简历,穿梭于无锡和扬州之间,更多的时候,徘徊在扬州的街头,很多次拿起电话想打给夏嬿,但每次都重新装回了兜里。也许,不应该再打扰她的生活。扬州,这个完全陌生的城市,毫无归属感。而无锡,虽然毕业后还住在学校,住在学弟的宿舍,但已经不再有任何归属感了,或者说,走在校园里,已经毫无生机和乐趣。

| 归山 |

有一天，我正在网吧查询一些招聘信息，郭老师打来电话，她是之前我在书院兼职时的领导，一直特别照顾我，电话一接通，就问起我找工作的情况："第五屺，你面试过了吗？结果怎么样？""郭老师，我没去参加面试，最近在扬州找工作呢！""啊？怎么回事？怎么不去参加面试？你不是一直在无锡找工作吗？怎么突然跑扬州去了？""面试的时候有事耽搁了！感觉无锡没什么机会，跑来扬州试试。""你真是！这时候什么事情比工作重要，多好的机会！我以为你都已经搞定了，还准备趁你没入职叫过来帮帮忙。""郭老师，什么事你说呗，我现在一点都不着急找工作了。""书院最近活动多，还有许多书目要整理，许多文章需要写，你文字好，又熟悉书院的情况。""那我回来，边帮忙边找工作，反正等面试的时间没事做。""这样吧，你回来就到书院，我有个想法，跟你商量一下。""嗯，好，我明天就回来！"

"哎呀，第五屺，你真是，怎么不去面试？""没来得及！"我一脸无辜的表情。"这种事你都敢耽搁！"她很惋惜地责备我，"是这样的，你知道，进书院需要事业编，不能直接招人，你再参加一下各个学校的考试，能录取就想办法把你借调过来，我觉得你离开书院太可惜了。""啊？这样也可以啊？我很惧怕进中小学，而且普通话太差，估计考不上。""哎呀，你这孩子，试试嘛！当然，如果有其他好机会，你就去争取。""嗯，谢谢郭老师！我不急，等机遇，边到这边帮忙边找工作。""我就欣赏你这一点，沉得住气！反正不能影响你的大事，有机会随时说，你也可以完全以工作的心态在这里上班，我以自己的权限，给你尽量争取工资，帮忙租房也没问题，可是没有任何保险，编制也要你自己努力！"

我很感恩地望着她，在我最无助的时候，有这么一个人给予长辈般的信任，内心一下子充满了温暖。

但是，我对扬州还是无法死心，事业单位和报社的招聘大多早已结束，后来我索性更加广泛地投着简历，只要能先在扬州安定下来，个人的发展慢慢等机会就好。什么事业，什么前途，什么兴趣，在这时候已经显得很苍白了！终于等到一家互联网公司的面试，而职位竟然是：旅游体验师！我一直心心念念地想去文学研究院之类的单位或是大学，没想到最后向我伸出橄榄枝的，竟是旅游行业。问了一下通知面试的工作人员，如果面试成功，工作主要是写旅游类软文。

我兴奋地都忘记自己在上班了，等郭老师问起的时候，才发现自己的失态。马上走出办公室，拨出了夏嫄的电话，她没有接。我悻悻地回到办公室，向郭老师说起通知面试的事，她很支持："旅游、写文章，你的两大爱好！简直为你量身准备的，这次要好好表现啊！你不用做手头的事了，好好准备吧！"我再次感激地谢过她。因为从无锡到扬州坐车要好几个小时，将他们预定的面试时间从上午改到了下午，准备第二天一早就出发。直到晚上九点多，夏嫄才发过来一条信息："屺，打电话什么事？""我接到面试通知了，明天来扬州面试，旅游体验师，很意外的工作。""好事情，加油！一定要成功，早点休息。"我只是觉得，自己过于热心，过于自以为是了，她的信息显得那么冷漠。"嗯，明天面试完来找你！"我看着写完的这条信息，又默默删掉，重新写到，"会努力，谢谢！晚安！"发了出去，她只是回复了一句"晚安"。不管怎么说，总算有机会和她在同一个城市了，控制了一下自己

| 归山 |

的情绪,将几篇文章拷到 U 盘,准备带着,然后开始想象面试的各种可能。

面试比想象中顺利多了,因为我的一些旅行经验和文字功底,他们特别满意,开出的薪酬也是我之前不敢想象的。公司在郊区,环境很好,约定半个月之内就去报到。我觉得这对于我来说简直是天上掉馅儿饼的事。一出门,看了下时间,才两点半,准备先去看望一下夏嫄,再回无锡,就给她打电话,可是依然没有接。我不甘心地坐车去她们学校,在校门口一家咖啡厅消磨时光,等待夏嫄的回复。

过了五点,还是没有任何消息,我忍不住又发了一条信息:"夏嫄,我面试通过了,半个月之内就可以上班!你有空联系,请你吃饭。"还是没有任何反应,接近六点,她才打过来电话。"同学,祝贺你!终于可以放心了。""是的啊,我就在你们学校门口,请你吃饭?""不行,今天真有事,等你来上班,我请你,好吗?"等了一下午,我有点不甘心,就追问到底什么事,可以晚点再吃饭,她终于说了实话,正好给男朋友过生日。我觉得那一刻说什么都不重要了,客气几句就挂了电话,又是一个人失魂落魄地走在大街上,不知道走了多久,觉得特别饿,找了家牛肉面馆,吃了两口就再也难以下咽。不想回忆那晚是怎么度过的,我再一次留在了扬州,在一个小旅馆里熬了一夜。早上起来,不想出门,也不想回去,脑海里一直的念头就是去见她,特别特别想见,快到中午的时候,又发了一条信息:"夏嫄,昨天没回去,我还在扬州,中午有空一起吃饭不?"这次她回复得特别快:"真的对不起,我去男朋友老家了,下周才能回来。我欠你一顿大餐啊,你来上班了我一定请你!"真正的心碎是不能用"心碎"来表达的,我再一次肯定,我恨这个城市!

想起刚毕业时送夏嫄来这里,自己差点崩溃掉。明明知道在不远的地方,我心爱的人和别人睡在一起,而自己一个人走在马路上,那种感觉生不如死。我在一刹那终于明白:自己没有那么大度,可以视若无睹地看着她和别人在一起;也没有那种境界,可以毫无奢求地爱着她,关心着她;也突然意识到,自己不可能在同一个城市心如止水地去守候着夏嫄,就算我慢慢地能达到金岳霖的那种精神境界,但是,任何一个人,都不可能完完全全地模仿别人的生活,也不可能去重复别人的人生。我恨这个城市!打通那家公司的电话,说了句:我不来了!

回到无锡,郭老师特别生气:"第五屺,书院是舍不得你走,可是你也不能胡来啊!"我一脸无辜地看着她,许久,她似乎渐渐平息了怒气:"好吧,你先在这里上班,再等机会,这两天抽空租个房子吧,单位给你报销。"那时候没想到,我再也没有关注过任何招聘,郭老师的一句"等机会",居然让我在书院整整待了两年。

五十九

当中秋突然锁上了门
关我在狭小黑暗的房间

| 归山 |

  当陌生的面孔一再舞蹈
  那美丽的少女铺开月色
  你这众女子中最后的天使
  依然不肯来临

  每一个月圆之夜
  都有孤绝的琴声绕梁
  我看见晨星清冷
  晨星对着树梢不断地言说

屺娃的日记：

  "淮南皓月冷千山，冥冥归去无人管。"辗转就到了中秋，当月亮快要出来的刹那，天变得阴沉沉的，夜黑得出奇。我一直觉得，月亮就像一扇门，或者一扇窗，在漆黑的夜晚，她是人们通往天堂的唯一渡口。而今年，大好的晴天，在毫无征兆的瞬间就变成了多云，将月色恰当地、严严实实地遮上了。我和孙立、李建国、阿坤，还有众多的同学朋友聚在阳台上喝酒，这形式上的赏月一点也没有降低大家吹牛的气氛。阿坤如约保守着我的秘密，他再次力劝我出行，徒步或者骑行，去体验一次在路上的感觉，好好想一想自己的处境，在那种状态和环境中，人可以看清好多事，包括该舍弃的，该坚持的。我知道他是为我好，有好几个朋友蠢蠢欲动，一副我不去他们也要去的架势。其实自上次阿坤说了之后，我一直在留意，一直在关心那些经典的线路。我已经有一种强烈的感觉，或者说有一股强大的力量在吸引着我，告诉我必须要出发了。

很多时候，人生需要一次叛逃。不是因为懦弱和妥协，而是因为麻木和迷失。在同一个环境待久了，难免会有惰性，或者处在同一种状态之中，渐渐失去了自己的本性，忘记了自己的初衷。很多人就在周而复始的生活节奏中，沦为行尸走肉，偶尔一些难忘的事，一些感人的场景，也淹没在平庸琐碎的光阴里。几个要好的朋友开始提醒我，我喜欢的夏嫄只是想象中的一个影子，而恰恰在某个很巧的时刻我将影子投射在了她的身上，所以，这注定是一场虚妄的单程恋爱，不会有现实的回应，更不会有想象中那么诗意相守的日子。但是，我深知自己渴望的生活，即使在最困苦的时候，我也知道需要什么，需要如何淡然而又不失自尊地面对眼前的一切考验。如果这些精神的东西不被人理解，如果夏嫄永远不会想到我对她、对两个人的诗意想象，那我所痴恋的那个影子，注定虚无缥缈地在幻象中给我反复的折磨。难道我喜欢的真是一个想象中的影子，而并不存在于现实之中？或者我仅仅是将一切诗意的东西很偶然地投诸某个人身上，就无限夸大地放纵她在我心里的位置？但是，为什么这么多年来，这个影子从不曾出现，只有碰到夏嫄的时候才像光一样照亮了我的眼睛？相反，为什么那么多坠入爱河的人并没有找到这么神圣的一个影子，而让他们体会到自己的渺小和崇高？我开始坚信，或许有些人一辈子都不会碰到那个撞醒灵魂的人,就像有的人一辈子不会死去活来地爱一场一样!我只是在渴望着,两个人将平平淡淡的时光煮成诗意横溢的生活,醇香但不会酩酊大醉。我知道有那么少数的人有幸度过了这样令人艳羡的一生,而之于我,仿佛只是幻想在现实中的宿命,总是阴差阳错。如果生命只能如此凄凉、如此无望和毫无生机、毫无个性的话,我宁愿一个人到世界尽头。但我总是抱有幻想地等待着,那个命中注定的人,一个微笑、一个眼神,就点燃了我生命深处的激情,开始义无反顾地焚烧。

老木和岗娃几天前就回去了,他当然没有见到夏嫄,我甚至连试着约她一次的勇气都没有,何况是见朋友呢!他和岗娃一直在说着我的自由和洒脱,一直说着我的敢做敢当,甚至说起过像"浪子"一样的不羁和义气,只是从没想到过我会这样为一个女孩而畏首畏尾。我能说什么呢?其实自己狗屁都不是,除了自命清高地码几行字,就是故作高深地谈谈人生;除了能在简单的生活中苦中作乐地装装糊涂,就是东奔西跑地瞎折腾。而那些所谓的拿得起放得下,不过是无可奈何或是力不从心罢了,如果有能力,早就将实现梦想的路打点得妥妥当当了。可什么又是梦想呢?我知道人们所执着的许多事并不是值得的,但什么才是值得的呢?或许我现在的生活混混沌沌,再也装不出智者风范了。那么,真相在路上?真的来一次说走就走的旅行?旅途上会不会是无尽的孤独、无尽的绝望?我是一个惧怕孤独的人,后来慢慢知道,几乎所有人都惧怕这个,当然是精神上的孤独,只是许多人从不去想或来不及想而已。至于一个人的独处,那应该叫孤单吧？每个人都渴望认识自己，都希望弄清楚自己需要什么，自己活着的意义，所以每个人的潜意识里都渴望着孤独；但灵魂的空旷和寂寞能瞬间吞噬人的生命，所以每个人又都惧怕并逃避着孤独，这恐怕是人与生俱来的悲剧吧。

　　黑暗的中秋夜，借着酒劲，我天马行空地乱想着。不知道什么时候，阳台上只剩下我和李建国。我们俩斜躺在石桌两边的椅子上，望着天空，偶尔扯两句所谓的人生，后来竟迷迷糊糊地睡着了。在冷风中醒来，天空变得格外晴朗，用月明星稀来形容此刻是最恰当不过的了。向对面看去，李建国的椅子上早已空空荡荡。天际那颗最亮的星是启明星，接近了地平线的位置。我已经有好多次这样的幻觉，所有星星和树木花草，都是有生命的，它们以自己的方式在言说、在对话。于是，我会向一株小草，一湾水域，或是整个星空，说出自己的心事，仿佛它能将这些话带到我希望带到的地方去，带到某个人的身边。只要我经过的地方，都会有我的言语，像风一样记录着我的足迹，若是有天意，我相信夏嫄也会走过这些地方，即使是其中的一小段，她也会感受到我曾虔诚祈祷的心。或许有一天，我们还能一起走过！

|归山|

六十

　　我们还能经受起几次苍老？
　　　这枚小小的种子
　　在掌心听懂了你的情意
　　　像生命在春天的觉醒

　　　她来自澳大利亚？
　　来自一位朋友遥远的问候？
　我仅仅知道，她来自你的双手

　　烟花三月下扬州。我又来到这个城市，第一次给夏嫄过生日，已经毕业一年了，只是心情平复了许多。

　　夏嫄变化不大，还是之前的穿衣风格，只是举手投足间更加干练。她坐在我面前，笑靥如花："师兄，你怎么这么憔悴？"毕业后第一次有人说我憔悴，我也第一次意识到自己大不如之前活泼了。听她这么称呼，觉得很奇怪，就问道："你怎么叫我师兄？从来没有人这么叫过我！"她"嘀嘀嘀"地笑着："毕业后我和晓玉聚会过几次，和她说起你时，一直这么叫你，我突然发现这个称呼挺不错，就顺口这么叫了。""好啊，那以后可要尊敬兄长啊!"我开玩笑地说,她不屑地撇了撇嘴。因为一直有联系,并不觉得陌生,也并没有一下子就谈起这大半年的经历。她只是再次关切地问起我的工作和计划,以及有没有再碰到喜欢的女孩。看得出来,她过得很幸福。我其实都没有什么可说的,因为自己的日子平淡如水,甚至可以说枯燥乏味,很长的一段时间,只是将书摆在桌子上或者床头,并不知道在看什么,几乎每本书里都有一张她的照片,说是当书签用,其实更多的时候是看着她的照片发呆。

我将几本书拿出来,放在她的面前:"夏嫄,这是我之前给你提到的书,送你做生日礼物,别笑话寒碜哈。""师兄,太感谢了,我就觉得自己该读点书了。"说着她分别拿起并读着书名:"《荆棘鸟》《情人伊尔玛》《林中路》《一个人的村庄》《木心诗选》,这本知道,怎么其他的都不知道?"她手里拿着《木心诗选》说道。我知道之前打电话时都提到过的,便说:"和你说起过,可能你忘记了!""是的呢,国外的作品我读得特别少,有时候你说了我也记不住。""没事,抽空看看,这两本是小说,都是写爱情的;这本是海德格尔的,哲学,我读了很受启发;这本是散文,很有意思,我读着会想起老家;木心的不用介绍了,现在到处都是。"她略显崇拜地看着我:"师兄,你不去做学术,可惜了,看的书可真不少!"我只好说:"下班没事干,我又不喜欢看电视、上网,所以就翻翻书,只是特别想你!"她似乎有些同情地看着我,"你不能再这样了,你看我什么都不会,不读书,脾气又臭,好姑娘多的是,师兄,对我,你应该放下了,何必这么折磨自己呢?"我也不解释,就那么微笑地看着她。"对了,你去年寄给我的明信片收到了,毕业离校时看了一下信箱,居然在。后来要跟你说起,一直忘记了。"说着她从包里拿出那张明信片,上面是大海。"哈哈,总算没有白寄。我突然想到一件事,如果你和我一起去旅行,注意,是必须去的情况下,你会选择哪里?""日本,富士山。"她想都没想就回答道,不过答案让我觉得很意外,因为我想去的地方特别多,但从来没有想过日本,我以为她会说国内的某个地方。"你不喜欢西藏吗?""喜欢啊,可是我怕高反,怕小命都搭进去了。"她说着调皮地笑了笑,之后似乎又想起了什么,问道:"你去海南专门旅行的吗?""是的,我骑行环海南岛去的。""啊?真酷!我一直想去看看大海,所以看到这张明信片的时候,特别喜欢!""我也觉得你喜欢大海,因为你的空间里为数不多的几张图片,全是这一主题的。"她笑了笑。我不无憧憬地说:"如果有机会,多希望能和你一起去!"她只是说了句:"不合适!"

我们又扯到读书。"我这半年读书效果很差,不像以前那样读着读着就会激动不已。"她有些惭愧地说:"你还好,一直在读书,我这半年几乎一本书都没读过,感觉自己太差劲了。""这不给你送了很多么,回去抽空翻翻。我们俩怎么像开批斗会的一样!"她"嘀嘀嘀"地笑着。"不过,我最近买的书比读的书更多,以前买一本,回来就赶紧读,现在买了搁置在书架上,就觉得读完了。"她回答:"是的呢,最近听到好多学生也这么说。以前的人,藏书万卷,读完想读就没有了;现在的人,买几百本就觉得自己牛得不行,其实大多买来搁在书架上,从来不读,却以为自己已经读书破万卷了。""你这怎么像批判我的!"她赶紧解释:"哪会!你是认真读书的,别谦虚。"我刚准备问她有没有什么可推荐的书,结果她抢在我前面开了口："师兄，我突然想起，给你带了个小礼物。"说着就拿过身边的包翻了起来。"我来给你过生日的，你还送我礼物啊？"她拿出一个盒子，像戒指盒那样的："我找不到包装，就随意找了个盒子。你猜是什么？"我故意开玩笑："啊，戒指？你要向我求婚吗？"她撇了撇嘴："师兄，你正经点，是红豆，一个朋友从澳大利亚带过来的。""进口的啊，只要是你送的就好！"我说着很意外地看着她，她似乎有些不好意思："你别多想，就是觉得送给你更好些。"我点点头。

　　将准备的生日蛋糕拿出来，和她一起分吃了。走出餐厅，凉风习习，果然三月的扬州别有风韵。夏嫄工作的地方在瘦西湖畔，因此我也将房间订在那附近。沿着湖畔走过去，到她宿舍估计有半小时的行程，我们决定散散步，不去坐车。湖畔行人稀少，有一处空旷的湖岸，连续成行的垂柳也在这里留下空白。我们坐在岸边的木质长椅上，夏嫄的长发不时被风吹起，我又说起她在学校时的一些场景，总是长发飘飘的记忆居多，"你们男生好像都喜欢长发的女生，不稀奇"。她似乎并不觉得有什么可值得回忆的。我们又像在惠山古镇的石凳上那样，沉默着，只是离得很近，不再是那么远的距离。我可以清晰地看到她的耳朵，她扬起的嘴角，还有时不时就眨巴一下的眼睛，有一刻我头脑里闪现了一个词：亲她，之后满脑子只有这一个词在催促着。我已经无法注意到她的表情了，也无法想到其他的事，突然间，就亲了过去，亲在她的左面颊上。夏嫄估计没想到我会这样，惊慌失措地吼了一句："我这么相信你！"说着"呼"地一声从长椅上站起来，大步向前走去。我赶紧追了上去，"夏嫄，对不起！"她不说话，继续大步向前走着。我再次说着对不起,她终于恶狠狠地瞪着我,边走边说:"我这么相信你,你怎么可以这样?"我一下子有了豁出去的想法,于是就大声说道:"就是想亲你!你生气了我还是会想,你嫁人了我仍然会想,就算老了,要死了,还是想亲你!"她怔了一下,突然气呼呼地转过身,坐在了旁边的长椅上。

我站着,没敢坐下,她很委屈地望着我:"你知道吗?我男朋友在家等我,他知道你今天来,知道你给我过生日。他相信我,我也相信他!""我没有欺负你的意思,那一刻心里全部的想法,就是亲你!""你还说!"她又很生气地看着我,我坐了下来,她下意识地往旁边躲了躲。我没有说话,她也沉默着,但两个人时不时会目光相遇。沉默着坐了良久,我才说道:"就这样一直坐着,挺好的!"她"噗哧"一声笑了出来:"你还开玩笑!师兄,你以后绝对不能这样了。不然我再也不理你。""好!"不知道是惭愧,还是失落,我只回答了这么一个字。"我得回去了,这世界有太多事是能做不能做的问题,不是想做不想做,我理解你的心意。只是你知道,你这么做不对,真的不对!""理解,以后不会了。"我看起来像保证似地说道。"师兄,我原谅你了!只是我真得回去了,你看都十一点了。"我点点头,无限伤感地陪她走向宿舍,走完这最后一段路。

送她回去,又剩我一个人,那一刻,我觉得自己一分钟也不想待在这个城市,于是到酒店退了房,连夜回了无锡。

六十一

一水之隔
隔着芦苇和曼殊沙华
春恋不到秋,秋分已至
听雨轩旁的蝉鸣渐衰
谁在街灯下孑孓独行?

一雨之隔
一池秋水的涟漪,风声四起
湿了的石桥,湿了的风
湿了的伞和湿了的纱窗
残荷向晚,向着朦胧的天空
夜雨敲窗,敲着蒙尘的烛台

我走过的地方,雨水漆黑
雨水落下的地方,桂花微醺
落英缤纷的黄昏,遇见秋天
遇不见你!

| 归山 |

第五德的日记：

　　世界就是这么奇妙，那段日子每天都可以看到依诺，而最近这段时间，不用说看到正面，连她的背影都没有出现过。渐渐地，我每天晚上的散步也不仅仅停留在她宿舍楼下的那条道路，而通常会往更远的地方延伸。在一座桥畔，有一条紫藤缠绕的长廊，靠中间的位置，是一座亭子。一开始我会在这里小憩片刻，后来在那里发呆的时间越来越长，甚至超过了在依诺宿舍楼下晃悠的时间。

　　每次从这座桥上走过，我就会想起古装剧中才子佳人的相遇，在江南的拱桥上，两个人慢慢地从桥的两头汇合到中间，不是惊艳便是回眸一笑的百媚柔情，从此开始了一场生死绝恋。偶然一次，我踱着步子从桥拱的台阶上走下去时，想到了席慕蓉的《一棵开花的树》，其实桥旁并没有特别的树，除了几株垂柳和桂树，那棵"长在你必经的路旁"的树，不知道有没有鄙视我的眼拙？

　　直到今夜，我想起了《石桥禅》，这个佛教中感人的爱情故事，不经意间就从脑海中闪现："我愿化身石桥，受五百年风吹，五百年雨打，五百年日晒，只为你从桥上走过。"不知道那个女孩等了五百年的匆匆一瞥之后，是如何有勇气再等五百年的触摸的，但是那个为了看她一眼而等待千年的男孩，更让人觉得爱情的伟大。当然，这仅仅是一个故事，一个禅。或许它本身在告诉人们越有执念的事情往往是越不值得或者越不可得的。

中秋刚过,下起雨的夜,有些微凉,我才注意到这个亭子叫做"听雨轩",真是没有辜负它的好名字。坐在长条木凳上,看着雨珠斜斜地落入水面,那荷叶上也有了清脆的音乐,是个听雨的好地方!桂花开得正酣,经过雨水的洗涤,在湿润的空气中更加香气扑鼻。我靠着柱子,惬意地伸展双腿,听着雨珠在荷叶上的协奏曲,也是难得的知音。或许我真是走入了一个误区,都说爱一个人,最大的付出是只要对方过得好,并不是必须要在一起。我一直以为这是极不负责任的托词,或者是无能为力之下的高调,如果真爱,就想办法在一起,所谓的和别人在一起幸福自己也会快乐,简直是流氓逻辑。可能自己一直是一厢情愿的想法,忘记了感情是两个人的事,如果相爱,自然要相守,如果仅仅是一方的痴情,到最后也只能是彼此祝福。

　　原来两个人的相遇、相爱是那么困难的一件事,有时候觉得一切顺其自然,只是因为这个过程中心甘情愿地付出了许多,没有什么是上苍无缘无故会赐予的,你足够用心,一切才能水到渠成。更多时候,足够用心也仍然一无所有,就像南辕北辙的故事,地球虽然是圆的,但你要有足够的耐力和运气才能绕回来。于是,你所遇到的一切,往往在你懂得珍惜的时候已经离你远去了。我不知道能坚持多久,能承受多少绝望和心酸,或许,我的真诚还不足以让上苍安排依诺再度倾心,也或许,我只是在经受一段迷失和折磨,为了遇到更好的机会。当我开始对自己产生怀疑,这算不算是对所谓坚贞的一种嘲讽?

| 归山 |

　　为自己爱慕的人做着浪漫的事，是幸福的，我只能这么认为。爱与被爱可能永远不会对等，但彼此回应着，还有什么奢求呢！你思念着一个人，可能对方也正思念着你，这已经足够。我在这里听着雨声，如果依诺也想到我，那是何等荣幸的境遇！我就这么写下去，就这么不抱希望地记录着我的虔诚，难道缘分不会照顾一个心灵虔诚的人？习惯了等待，心灵会无比强大；若是习惯了绝望，任何一次小小的惊喜都会成为一种感动。

六十二

我爱你

没有任何事可以证明

直到我原谅了你不爱我

直到四季都没有了花期

直到杳无音讯成为唯一的消息

我活着

人们都想起了残缺

直到残缺也成为一种美

直到死亡成为一个人的样子

是什么让他突然奔跑起来?
他原谅了一切无关的事物
即使你站在那事物的中心

　　一身黑色配着火红长风衣的夏嬿,显得有些疲惫,我们聊了很久,我觉得她的状态有点不对劲,"夏嬿,你这么跟我在一起,你男朋友怎么都不问一下?""他知道你在给我过生日,而且他在忙。他们几乎每天做实验,有时候我们一周都见不到一回,打电话也只是说说事情,比如在忙、要睡了之类的。""哦,我还以为你们每天在一起,这样不是挺孤单么,都没人照顾你。""我不需要人照顾,这样不挺好么!其实大家不都这样吗?时间久了,都是过日子,哪有那么多情情爱爱的!""我当时应该留在扬州,可以陪你玩。""嘀嘀嘀,那像什么样子!男闺蜜吗?""可以啊,陪你吃饭散散步总比老是一个人好吧?对了,如果我在扬州,你觉得我们会这么友好地坐在一起吗?""应该会吧,你在也好,我有个忠实的靠山啊,还可以帮忙,我也会介绍我的同事给你,有几个女孩子,可漂亮了!"她半开玩笑半认真地说。我不置可否,想说介绍她自己就可以,其他的无所谓,但觉得老这么说没意思,就忍住了。还是去年过生日时吃饭的那家餐厅,为这一天,整整等了一年,我都等得有些麻木了,除了过生日,不会去找她,我遵守着这个约定。

　　和夏嬿谈起木心的诗,她眉飞色舞,一脸崇拜:"我喜欢这老头子,太帅了,风衣、礼帽、拐杖,典型的绅士。哪像你,不是休闲就是户外。"我有点尴尬地笑道;"我穿正装的时候你又看不到,再说了,你让我这年纪戴个礼帽,拄个拐杖,多奇怪!"我边说边模仿着老人走路的动作,逗得她哈哈大笑。"师兄,你应该学学木心,那么简单直白的句子,但是看着很有感情,很注重细节,你的抒情太多了,但并不感人!""是的啊,要是感人的话,当初你就选择我了!"她蹙着眉:"我说的真的!""嗯,我也觉得,所以现在都不写诗,准备沉淀一下。""对!你看他的诗,老了写的才厉害!"我开玩笑说:"等着吧,我老了更厉害!"她有点嘲笑我的表情,不知道怎么就突然转了话题:"对了,师兄,你知道雨崩吗?""知道啊!一直想去那里。""就说你应该知道,我们学校有一个和你一样经常旅行的老师,单身,四十多了,但是特别乐观,自己有辆吉普,他今年暑假要去雨崩徒步。""啊?厉害,我一直渴望有辆牧马人,他是我的奋斗目标啊!"

"我也喜欢那种车。我这体质,自驾坐车还可以,跟你们一样骑行徒步,想都不敢想!"我看她好像有去旅行的想法,便问道:"你是不是想出去走走啊?""嗯,很想,感觉自己太宅了。师兄,你知道吗?每当想到旅行这个词,我总会想到你!"我有点惊喜地望着她:"走嘛,暑假一起出去。"她没有直接回答,而是继续说:"我也想去雨崩,去西藏,或者去海边,我第一个会想到你,但是,我也清楚地知道,不合适!""有什么不合适的,旅行的时候,有些驴友不也是异性么!""那不一样,你觉得我们俩可能会像普通驴友那样吗?如果晓玉也去,或是你已经有了女朋友,我们一帮人去,或许还可以。"我苦笑了一下,觉得她顾忌太多了。

我们又说着其他的事,不知道什么时候就扯到了死亡。"其实你不会想到,那时候我知道你有男朋友后,自杀的念头特别强!"

她显得有点害怕地打断我的话:"师兄,你胡说!你怎么这么不爱惜自己?你还有家人呢!""是的,所以现在不是好好的吗?"她紧张的表情一下子轻松了。"后来我想,不管能不能和你在一起,不管你在哪个城市,只要我还活着,肯定会一直关心你,有人关心总是好的啊!"她愣了一下,反驳道:"你不应该这么想,你会遇到好姑娘,然后开始自己的生活!"我没有理她的话,继续说:"我完全理解我堂哥的选择,其实我不可能选择自杀的,我得看着你很幸福地过着,但如果你死了,我定不会独活,一定不会!"她彻底愣住了,许久才缓缓地说:"那我一定要活得好好的。"我分明看到泪珠在她眼眶里打转。她突然将头转向窗外,瞬间又转了过来,眼泪轻轻地落了下来,落在手背上,落在桌子上。我赶紧将纸巾递过去,她擦了擦泪,充满柔情地看着我,说了句:"我何德何能!"

过了一会儿,她又说道:"师兄,你还有家人,以后不许胡思乱想,还提到自杀之类的!""为什么那么多关于殉情的爱情故事,大家都称赞有加,而我说到这个,你就觉得不可思议呢?我曾经尝试向亲人说,我爱的人已经有男朋友了,所以我会选择单身,至少近期内,他们暴怒,大骂我不孝!我随便找个人成家就是孝顺吗?可是那样的话我自己肯定过得很痛苦啊!也是在欺骗对方。"夏嫄很镇定:"我理解你,但你也要原谅他们,毕竟他们都是普通人,我也是。谁不希望自己的孩子结婚生子,享天伦之乐,这世界纯粹的爱情不是必需的!""是的,这世界普通人太多了,有太多同名同姓的人,也有太多长相相近的人,但是就没有一个思想一样的人吗?有爱情,就结婚,就生子;没有遇到或错过了,就单身;没有任何一个人有必要为传宗接代或享天伦之乐而成家啊!虽然这世界大多是。"她无奈地看着我。

"你看木心不也一辈子一个人么,虽然我不知道他的情感经历。所以我觉得你应该也理解我。说实话,我现在最多的想法,就是等待,不管有没有机会,如果直到我们老了,很老了,你还是有自己的生活,那我就搬去你居住的城市。行将就木的时候,应该都平和了吧,我可以陪你散步,陪你吃饭,像即将毕业时那样。"她又眼泪汪汪的,似乎还在惧怕我说到自杀,所以很认真地对我说:"如果你真这么想,那前提是我们好好活着!""嗯,所以你别再劝我找个姑娘之类的,我也希望自己可以这样。以后不管什么情况,即使你结婚了,即使有了孩子,或者我们都老了,我还是每年来给你过生日,好吧?"她深深地点了点头,撒娇似地回答:"师兄,你对我太好了!"

晚上出门,下着雨,我就穿了一件长袖T恤衫,有点冷,不自主地耸了耸肩。夏嫄看着我,若有所思地说,"师兄,突然想起要给我爸买件衣服,你陪我一起去?""嗯,去哪里看?"她指了指拐角的位置,拿出伞,示意我拿着一起过去。"昨天看天气预报,多云,没想到下起了雨。"我有点不好意思地说道。她只是催促我快点走,不然商场关门了。进门,是一家中国风的男装店,她扫了一圈,迅速地拿下几件,让我去试。"你爸跟我一样高么,让我试?""嗯,差不多,赶紧试,人家要下班了!"我拿起衣服迅速钻进了试衣间,她一副总指挥的架势,三两下就搞定了,一件中国风的短风衣。"对了,你男朋友是不是特别高?你当时是不是嫌我矮?"我一米七五,她一米七的个头,穿高跟鞋的时候都显得比我高。"嘀嘀嘀,是的呢,你加油长,长不高永远没希望了!"说着调皮地看着我。然后从袋子里拿出衣服,很霸道地说:"穿上!"我迷惑地看着她,她再次命令我:"穿上!给你买的。"我特别不好意思,便说:"那我将钱给你吧!"她皱着眉头,瞪了我一眼,"至于吗?你说你连自己都照顾不好,出门外套都不带一件。"我穿上外套,她打量着,"这么帅的小伙,自己不会打扮自己!"我傻笑着,幸福得都不知道说什么了。"师兄,你是不是像上次一样,准备半夜回去?"我点点头:"被你猜到了!""就知道你会这样,我帮你订了房间!"我又一次受宠若惊地说了声谢谢,觉得不应该再说给钱的话。她将我带到宾馆,就匆忙回去了,执意不让我送。

六十三

我停在这里,等一场雨

等一片绿叶慢慢枯黄

飘荡在季节交替的腹地

那里野花开遍,荒草模拟入侵

我停在这里,等一场雨

竹影清斜,埋伏在月色深处

| 归山 |

  天凉如水的夜不断退守

  雁阵点点,秋意阑珊

  九月的菊花不香,北风不大

  你住在秋分的一滴雨中

  我停在这里,等一场雨

屺娃的日记:

  人过于沉浸在自己的内心,就会有两种情况:一种是觉得被世界遗忘,另一种是觉得遗忘了整个世界。被世界遗忘,是因为自己孤独的心不曾找到一个停泊的港湾,只能在幻象中流亡,在预设的情境里将自己放逐。遗忘了整个世界,是因为精神富足,并有值得为之付诸一生的事,或是有一个惺惺相惜的人,完全不需要多余的嘈杂和认可。或许,我是被自己流放而无法自拔的那个孤独者,总是以为凭着多看的几本书,或是弃却世俗杂念后对事物的感悟,就可以超脱欲望而进入一个空灵的所在,物质很少而精神辽阔。可是我依然不能,依然会时常觉察这个世界的冷漠。对于夏嬿,只能感恩她点亮了我诗歌道路的灵感。但是,当我写出那些日夜的思念时,我还是渴望着与她的相遇,然后顺其自然地相爱、相守。这种让人无法沉静的渴望,根本不可能将我带入多么高尚的境界,像那些不求任何回报地爱慕一个人的事,我很难相信会在这个世间存在，即使我经常故意将自己标榜得多么伟大和无私。如果让那些年将迟暮的痴情者们说句问心无愧的话，他们的不求回报，恐怕只是人在晚年的绝望，和终于不再奢求的淡然吧？

我开始计划一场旅行，就像我突然很沉静地在这里呓语一样！

第五德的日记：

那夜，一场雨，让我的这段日子特别平静，我特别坦然地想着自己的所作所为。其实每个人的人生，都比任何一部小说精彩，都能动人心弦。那么，我写的这些诗歌呢？它所捕捉的某种精神状态或是某种情感，或许反复地在生命里出现，在同一个人身上，年轻或者年老，抑或在不同的人身上，天南或者地北。所以，我想将这些句子记下来，它不能感动所有人，也许仅仅感动着那么几个人，因为他们也有着共同的情感和幻想，即使连这少数的几个人也难以碰到，那么，这些词语至少是感动着自己吧！最近这段简单到平庸的日子，我不想再关注任何的惊心动魄，任何的扑朔迷离，我只关心这颗平凡的心，到底该怎样面对爱情，面对生活？这个世界有着太多的悲剧，太多的感动，在任何一个角落，都有可能发生着令人匪夷所思的事。如果没有人觉得一场雨、一片小小的落叶有什么可以令人唏嘘的，那么我坐在这里，回想着过往的点点滴滴，并盼望与那夜同样的雨声，有多少意义呢？

|归山|

六十四

孤独是心灵的堰塞湖

她平静、美丽,也弥散着悲伤

淡蓝的湖水漫过胸口

像漫过一条残破的木船

孤独很美,如诗歌的花园

我轻声说起

空气没有皱纹

孤独很狡猾,如塞壬的歌声

她成就灵魂的弦音

也是生命的猎手

  一阵急促的敲门声,我从床上一骨碌爬起来:"谁啊?""师兄,开门!"原来是夏嫄。和她约好一起吃早餐,然后她去上班,我回无锡,但因为晚上失眠严重,也忘记上闹铃,居然睡过头了。开了门,我像个孩子一样,傻笑着堵在门口:"我还在睡觉,房间特别乱,我先洗漱收拾一下?""车快到点了啊,你赶紧洗漱,我帮你收拾东西。"我慌忙说："不用不用,你看电视,我自己来,很快的。"我不再堵着她,跑到床头拿起遥控器,塞到她手中:"稍等啊,我洗把脸。"看她点头我就冲进了卫生间。洗漱完毕,习惯性地摸摸口袋,发现钥匙不在,便喊道:"夏嫄,帮我看看床上有没有钥匙?"她"嗯"了一声向床边走去。

"师兄,你赶紧找个嫂子吧!"我奇怪她怎么突然说出这句话,回过头来,夏嫄红着脸。"为什么?""嘀嘀嘀,一直单身也不行啊!"我没理会,问道:"你找到钥匙没有?"说着径直走向她身旁,突然看到被子掀起后的床单上一滩乳白色的液体,我看了看夏嫄,她脸上满是羞涩和不知所措。"啊,这是什么?"我脱口而出,突然觉得自己问得不对。她站在那里一动不动,脸更加红了,哭笑不得的样子。我过去将被子翻了翻,发现被子上也有几小摊乳白色的东西,更加紧张,将被子提起来,一个挤瘪的酸奶盒掉在了床上,我一下子"哈哈"笑出了声,夏嫄也"嘀嘀嘀"地笑着。我意味深长地看了看她,她明显不好意思地躲到一边去了。"你刚才敲门,可能我着急开门,仓促中把你昨天留给我的酸奶挤破了。"她也不回应,只是催促我:"师兄,你快点找钥匙!"出门的时候,我问她:"你为什么看到刚才的场景就催我找女朋友?"她脸红得很厉害:"你有完没完?"我郑重其事地对她说:"夏嫄,我知道你的想法,是的,大家都觉得爱情、婚姻与性是不可分的,但我觉得一切都要以爱情为基础,我过了靠荷尔蒙谈恋爱的年龄。"她笑得很勉强:"你厉害!什么叫靠荷尔蒙谈恋爱?""你不觉得现在好多人,尤其大学里面,都是靠荷尔蒙谈恋爱吗?"她貌似瞬间理解地点了点头。两个人连早餐都没来得及吃,就分头出

253

发了,夏嫄上班,我赶车。

回到无锡,大雨中奔向书院,郭老师和其他几个同事都说衣服看着特有型,为此我得瑟了一下午。正好是周四,这一年来我们俩联系的时间约定了似的,基本是每周四,通常在网上聊聊天,有时候我也会给她打电话。刚毕业的时候,我还是没有租房,不得已,书院将一间闲置的办公室让我临时住着,在这狭小的房间,最大的幸福就是每周和她聊天的那一刻,我坐在桌子前,几乎所有的注意力都在屏幕上,那可是一周以来积聚的情感!我照常给她发了信息:"夏嫄,谢谢你送的衣服!大家都夸好看。""看了天气预报,无锡明天特别冷,你在那边照顾好自己,这是我对你的要求!不是提醒!""嗯,你也是,多贤惠的姑娘,可惜不是我的。""师兄,以后不要这么开玩笑,我喜欢听你说文学,说旅行。""嗯,上次给你的书,丢的丢,没看的没看,你怎么好意思!这次的一定都抽空看完哈。""好的呢,之前不是主要看摄影的书么!""唉,可惜我的拍照技术太烂,有时候看到的风景真想和你分享。""知道就好!你真该好好练练了,那么爱旅行,摄影技术不好怎么行!"她开始给我讲了很多单反常识和拍照技巧,没想到那么专业。

"师兄,我跟你的交往,我男朋友,包括我的父母,他们都清清楚楚,我很坦诚,所以他们都理解,我视你为知己,相信你也信任我。我们是最好的朋友,多希望你是女的啊!那样就不用顾忌很多尴尬的事情了。但是,你也要考虑自己的生活,赶紧找个姑娘把自己嫁了,你一直一个人晃荡着,多让人担心,我相信你的父母也和我的想法一样。我有我自己的生活,我相信你也会遇到你的幸福，从此开始新的生活。但这并不影响我和你的友谊，如果你遇到一个大度的姑娘，她会理解我们的交往，即使不理解，你我也问心无愧，重要的是你要好好的，过正常人的生活。假如有一天因为你有了女朋友而不方便联系，我也完全理解。但你肯定也会相信，即使我们不联系，牵挂也不会变！知己是一生的，但爱情不一定，婚姻更不一定，所以我们是幸运的。"许久没有她的消息，以为她去洗漱了，没想到发过来这么长一段话。如果这一生真的没有缘分相守的话，以朋友的心态，甚至以亲人的心态，一直彼此关怀着，也许是唯一幸福的选择。我不知道她身边的人怎么看我，也不知道那些人是不是真的理解她，但是她对我不断"骚扰"的谅解和宽容，确实让我感动、惭愧！

夏嫄又说起奥黛丽·赫本，说派克关心她一辈子，但从来没有过分的表现。我知道她在提醒我知己与爱情的微妙关系，是的，她比我坦然多了，只是，她忽略了，一开始我就寄寓着相守的希望，所以，我总是有着自身难以超越的局限。我说起派克送给赫本的胸针，半开玩笑半认真地说，假如你结婚，我也送一枚胸针。

六十五

秋风来敲门的那个夜晚
天空满是跳舞的星子

|归山|

　　　　马群在我的内心奔跑、停留
　　　　它们枕着壮美的夜色入睡

　　　　背靠桔园，临水筑起一座城
　　　　我那想象中建造的城邦
　　　　我美丽的王后
　　　　我没有能力为你加冕

　　　　唯你素面孤高而圣洁
　　　　我要将渴望写在天空

　　　　世人都将忘记我，在疲惫中
　　　　它们看不懂夜空的一切
　　　　只有你，即使你不经意抬头

第五德的日记：

　　恰当的自我牺牲是一种高贵的品质，即使可能要承受很多的委屈。但是，当过于自虐的时候，全世界都会想着法来成全你的牺牲。我不知道为什么将自己置于这单相思的境地，如果没有感情的困扰，那么在江大这几年，读书、写作、旅行，应该是很有趣的生活。但事实上自己总处于颓靡和不自信的状态，也总是莫名其妙地感觉到生活的无能为力。或许我太自以为是了，以至于总觉得我的行迹能存留于任何一处经过的自然场景，比如一片树叶、一湾湖水，或是一盏路灯……而结果只能是，任何地方，任何人，我只是一个过客，仅此而已。

就像我从没注意过上海，也从没注意过有个华东师范大学，而如今，竟然朝夕生活在这个校园里。靠近校门，有一栋宿舍，依诺就在其中的一间，朝朝暮暮地打发着读书的日子。

屺娃的日记：

桔园后侧和东侧是从学校西侧的长广溪分出来的支流，在北门口直直地转了个弯，沿中央大道的方向，途经图书馆，流进小蠡湖。这条支流形成了半环绕的状态，像臂膀一样半抱着整个桔园。岸边一侧是一丛一丛的芦苇，另一侧是人工草坪。因为已经是秋天，虽然不像北方那样肃穆，但依然能感觉到几分萧瑟之气。下午，阳光很好，有许多人在水边拍照，他们叽叽喳喳一阵后，又消失在某个拐角处。我铺了一本书，坐在草坪上，看阳光反射在水面，试着用手机拍了几张照片，效果像颓败的土墙，灰暗中布满着苍白。

有一群蚂蚁浩浩荡荡地经过我的身旁，我试着用一张纸隔断它们的去路，以为它们会原路返回，被阻断去路的那几只却拐了一个很小的弧度又向之前的方向狂奔而去。我突然有些愧疚，兴许也有那么一双手，或一种未知的力量，也这么逗乐子似的随意和人类玩玩，却耗费了我们巨大的精力和时间。人的怜悯真是来得奇怪,但也许,这些蚂蚁根本不懂被堵上的路是走不通的,它们只是尝试着去完成群体中的某一项义务。打开背包,将一小块饼干捏碎,撒在它们周围,这些小家伙立马分组行动,开始了它们的运输任务。不知道这算不算它们的大餐,算不算天上掉下来的馅儿饼?总之,看它们忙碌而有条不紊地将食物扛走,是挺有意思的事。

一整个下午,我或坐或躺,看着阳光从浓烈到淡泊,终于暗成了一道昏黄的山脊线。接着是跌跌撞撞闯入校园的夜色,因为路灯的缘故,这些夜色显得苍促而没有活力。期间,有人经过,有人拍照或是也坐下来看看书、打打牌,来的来,走的走。只有我一个人,像回到自己家里一样安然地待在这里。等入夜,索性平躺在草坪上,望着天空。遗憾的是,除了眼前我能看到的这两幢男生楼,西侧的两幢女生楼我是看不到的,当然,更不可能看到夏娴的宿舍了,她的宿舍在一楼,正面被几株香樟遮盖着。除了小蠹湖和夏娴宿舍前面的那条马路,那条我认为是林荫道的马路,我停留最多的地方,就是桔园旁边这一小块草坪了。虽然在南方、在城市,不可能看到像北方、像老家那样密密麻麻的星空,但是在晴朗的夜晚,也会有依稀的几颗星挂在天空,而靠近市中心的那半边天,是永远不变的暗黄色。

不知道躺了多久,依稀可见整幢宿舍楼差不多都熄灯了,起身数了数,开灯的还有三间。整个园区的门每晚十二点都会上锁,这样除了叫楼管开门,很多人采取的方法就是翻围墙,其实算不上围墙,只是用铁条围成的栅栏,每根铁条的顶端做成长矛状。我曾经和同学讨论过,防贼是防不了的,倒是对很多酒醉而归的同学造成潜在的威胁。我小心地搬开其中被弄断的一支,侧着身子就可以钻到园区内了,这是整个园区的同学都知道但不说出来的"出入口",可以说是楼管和同学之间心照不宣的"秘密"。回到宿舍,室友早已沉睡了,我躺在床上,胡思乱想,看来又会是一夜无眠。

六十六

　　童年的故乡
　　天色黯淡下来
　在这里,我学会第一个词语
　　学会爱情,学会忘记
　　学会站在高高的山岗
　　大声呼喊,大步离开

　　这不是我的故乡啊
　　谁攫走了我的心?
　在陌生的城市,独自过夜
　　你在远方摇晃如星辰

| 归山 |

> 对于永恒，我一无所知
> 对于纯洁，你得天独厚
> 故乡是诗人永远的伤口
> 你在，痛；不在，也痛
> 但这痛苦是回乡的唯一路口！

在无锡这两年，没回过家，只有妹妹子兰路过的时候看过我一次。她非常喜欢这个书院，也非常喜欢我的办公室和窗外的风景，但当她看到我逼仄的宿舍时，还是显出意外而心酸的模样。有好几次，岗娃和老木要来，想到自己的狼狈样，我制止了。大大和大妈不会上网，只有弟弟或妹妹回家的时候，会给他们看我的照片。他们一再催促我赶紧成家，对我的工作倒没有什么要求。偶尔，我也会在电话中解释为什么我还没有恋爱，以至于他们对夏嫄有些怨言了。开始，我试着以子兰为例解释夏嫄的选择，他们似懂非懂，但是再也没有抱怨夏嫄太狠心之类的话。我也曾无数次幻想过带她回家，给亲人突然的惊喜，结果只能是仅仅停留在幻想阶段。大妈甚至准备张罗着在老家给我找个媳妇，当然她也提到过橙橙，被我严词拒绝，她才取消了这个念头。

两年来，我只在书院做着我的事，读着我的书，听了不知多少场讲座，办了不知多少场活动，但是，我从来不是主角。除了夏嫄，我再也没有和任何人谈过诗、谈过人生和哲学，也再没有和任何人说起过夏嫄。上班之余，也会在节假日去附近偏僻的地方走走，剩下的时间，全蛰伏在那个狭小的房间里，看书，写日记。有时候，我也会一个人，或黄昏，或清晨，在会议室大声地朗诵自己的诗，当然，整座院子都没有任何人影，唯一的听众是我自己，或者，那些椅子和桌子。如果说这样的生活偶尔有一些光亮的话，那就是和夏嫄的联系，但是我们的联系相对于我每天的时光来说，也特别少，她有自己的生活。大多数情况下，我们像亲人那样，彼此说一些最近的趣事，我也给她说说我读的书。她很少主动打电话，但是应我的要求，夏嫄会发信息告诉我一些她的"重大"收获，比如她拿到驾照了，比如她开始学摄影，也比如，她梦到了我，但具体内容忘记了。我几乎不写东西，诗歌、散文，都不写，感觉一动笔就要沉浸在爱而不得的伤感或是对她的幻想中去，那只是一个人的呓语，算不上写作，所以，仅仅以写日记的方式记录着生活的点滴，羞于谈及所谓的诗词歌赋。在书院所有的活动之中，我只是一个服务者，或旁观者，看着他们精彩的演讲，有时也会激情澎湃地想象自己是否也有功成名就的那一天。而什么是功成，什么是名就？目前看来，我视为人生中心的爱情，也不过是懦弱和情感泛滥。或许，唯一可做的便是读书。

  这两年，只见过她两面，也就是给她过的两次生日，当然，那短暂的两天是所有日子中最幸福的。甚至很多时候，我都觉得，所有日子都是在消磨和等待，就为了一年中的那么一天。这两年，很多朋友和同学都已成家，但我除了捎红包给他们，没有参加过任何人的婚礼，包括晓玉、孙立和李建国的。记得我曾给夏嫄说起，似乎全班只剩下我们两个没有结婚的了，她很鄙视我的说法，认为我一直自命不凡却总是拿着世俗标准评价自己，比甘愿沦落世俗的人更可恶。刚毕业的时候，我还会继续一首一首地写着诗，写完马上就发给她,一开始她还客气,后来便将诗稿批判得一无是处。是的,也只有她才会这样当头棒喝,让我渐渐清醒过来,渐渐走出了泥沼,因为那时候的写作,总是在幻想中自以为是地抒情,词藻华丽但矫揉造作。她总是说:感情的积累已经有了,别着急,在练笔和阅读中寻找表达的感觉和技巧,要想成为大家,就别急功近利,文学不需要娱乐。我想,她希望的是:厚积薄发!

五月份,夏嫄告诉我,明年她可能要去北京,因为她男朋友的工作已经签到那里了,所以会一起过去。上天又跟我开了一次玩笑,那时候我正计划去扬州,无论工作或是创业,我觉得两年的修为已经让我可以坦然地面对他们了,也完全可以生活在同一个城市。但是,如果将扬州换为北京,这个我一直没有好感的地方,不管是魄力不够,还是压根混不下去,总之心里是极其抵触的。反复思考之后,觉得无论在哪一个城市,不可能朝夕相处,那么即使在不同的地方,甚至不同的国家,每年给她过个生日,完全可以啊,于是渐渐地有了回老家的想法。一开始,当我纠结于无锡、扬州、北京这些地方时,总觉得个人与城市,也是需要缘分的。后来,我才意识到,不是哪个城市的问题,而对夏嫄来说,或者对她的爱情来说,我永远只是局外人。

于是,六月份,我做出了最后的决定:回老家。虽然陇西是一个小县城,没有多大的发展空间,但那里有我的父母,而我所钟爱的读书和写作,我想它们对地方并不怎么挑剔。如果用两年的这一点积蓄,再向朋友借点钱,开一家咖啡厅,精心打理,应该能养家糊口吧?于是给夏嫄写了一封长信后,我就踏上了回家的旅途。

六十七

我爱纯粹的你
长发飘飘的午后
灰白色长裙吹起了风
吹起了柔软的微笑

我爱纯粹的你
"锅盖"刘海的黄昏
洁白羽绒服盖上了冬
盖上了淡淡的蛾眉

我爱纯粹的你
青春的忧郁
老去的容颜

我爱着纯粹的你
写着纯粹的诗

| 归山 |

第五屺的日记：

  不知道为什么，最近的生活充满着深深的悲剧情调，有时候甚至会一个人呆呆地出神，真不知道自己哪一天就突然离开这个世界，是不是真有来世，是不是真有灵魂？那几日，奔走于宿舍与工作室之间，不参加任何活动，除了写论文，除了发呆，除了想夏嫄，还有几次去北门口那座木桥，在夏嫄斜倚的栏杆旁走走。我知道很快就要毕业，很快就要离开这里，很快，各奔东西。路过她们的工作室，也经常关着门，没有见到过夏嫄，没有见到过晓玉，所以无从知晓他们的活动。似乎大家都沉浸在毕业季的紧张中，孙立、李建国、阿坤三个，都已经开始求职，谁也没有发现我情绪的异常。

  有一天，中午，无锡的天气已经热得到处开着空调。为了整个下午能在工作室完成论文定稿，头一晚熬了通宵的我，早上好好地睡了一觉，中午才去食堂吃饭。一出门就是满身的汗水，走入那条林荫路，一阵微风，顿时觉得舒服了许多。等吃完饭，才发现忘带U盘了，唉，大热天的，真会折腾自己。我心里默默地自嘲着，向宿舍走去。刚拐进园区的大门，就与夏嫄迎面相遇，我声音很小地"嗨"了一声，她却招呼都没打就问："你生病了吗？"兴许我的憔悴有点吓到她，我不好意思地摸了摸自己的胡茬："改论文，熬夜，所以……"我勉强地笑了笑。她面无表情地说："加油！""嗯，你也是！"照面的功夫，我们就聊了这么几句。

  我再一次确定，临近毕业，她似乎对我温和了许多，或者说，显得很宽容。我不再像以前那样，因为她的一次善意而激动不已,因为我知道,那仅仅是善意。迅速爬到二楼的楼梯口,透过窗子可以看到她向那条林荫路走去,灰白色的长裙,在行走中,应和着微风的节奏轻轻地舞动着。她不会知道我在远处看着她,更不可能回头寻找在某个隐秘处的我,但是我很幸福地,看着她,渐渐消失在拐角之处。

改完论文,接近晚上八点,毕业前的大事终于搞定了,兴奋激动中连吃晚饭的想法都没有。我很自然地从楼道晃悠了一圈,夏嫄所在的工作室,门锁着,灯黑着,是的,没人。又重新回到桌子前,打开QQ空间,感觉好久没有看过了。忍不住去了夏嫄的空间,她居然新传了几张照片。打开,第一张,是那天看到的木桥上的照片,白色衬衣,淡蓝发白的牛仔裤,随风飘起的长发,微笑清浅,我盯着傻傻地笑了笑,"普赛克!"说完吓了自己一跳,看了看四周,确定只有我一个人,再放心地回过头看她的照片。"你知不知道普赛克的故事呢?"我心里这么默默地问着。

开始翻看后面的照片,除了几株花和空荡荡的木桥、水面,剩下为数不多的几张照片里没有她的身影。"真吝啬,就传这么一张!"我心想。算了,不能太贪婪,能看到这张已经很幸运了,我偷偷地保存下来。进入她的相册,除了这几张照片,仍然是前不久的那些风景照和一张穿白色羽绒服的照片。她肯定喜欢大海,我在想,因为那些风景照里一半以上的都是海面。而那张穿羽绒服的照片,我老早就保存在自己电脑和手机里了。在校园里,前年冬天,很多次碰到她穿着这件白色的羽绒服,那时她的头发并不像现在这么长,留了像"锅盖"一样的刘海,头发直直地垂过肩膀,在末梢的位置,向内微卷着。两年以后,她会是什么样呢?

六十八

> 我将启程
> 到达你居住的城市
> 临水三尺的木桥上
> 空无一人
>
> 我不断转弯,转弯
> 用生锈的钥匙叩你的窗

夏嫄:

  这两年来,我甘愿沉默,中断一切与你有关的幻想,消磨着琐碎的日子,进而热衷于苦行,似乎这是唯一摆脱痛苦的方式。可是,当有个叫"灵魂"的东西不得不找上我,让我拿起笔,我便走到了一处陷阱,无法回头,随时有可能沦落。我需要和你一次长久的交谈,不仅仅是会面。只有在你这里,我一切灵感和对人生的渴望才能被激发出来。或许,你也需要一次长久的交谈,在旅行中,因为我们的人生不该就这样日复一日地结束了，虽然这是我自以为是的想法。有很多很多话，很多很多我觉得有意义的交谈，不能再装在心里，不能浅尝辄止地认为我们进行了灵魂的对话。梭罗说，所有地方都可以是瓦尔登湖，那是因为他已经在那湖畔获得了纯粹意义上的生命。而我们，至少我，还需要去寻找那一片湖，和你一起！即使归程后你仍然只能是朋友，即使你终将成为别人的妻子。但此刻，你是独立的。

　　对我来说，那最幸福最痛苦的时刻，都来自你。痛苦的原因，你我心知肚明。幸福便是孤独的时候和你聊天，感觉是来自精神的陪伴，虽然我更多的时候选择沉默，那也是怕打扰你的生活，所以太多的时候，我像荒野上受伤的野兽，独自面临茫茫长夜。你不会懂这种孤独，我也无法表达，除了所谓的诗。而诗歌也变得粗浅，在长久地纠缠于对你的抒情之后，只浅薄为一种呓语，一种自以为是的表达。无论感情还是我视之为生命意义的诗歌，都卡壳了，成为这尴尬年龄段的一道坎，怎么也跨不过去。我不知道还能做些什么！那虚伪的感情？那为了责任而承担起的传宗接代？我是个懦弱的人，十恶不赦的人，发疯地迷上你，又发疯地被迫离开。原以为，慢慢地，我可以开始新的人生，谁知道却逐渐令生活更加绝望。那一切沉静下来或是孤独的时刻，依然是你的形象在蚀心啮骨。我一错再错，令自己无地自容。

　　我开始害怕回老家，害怕独处，害怕任何一个长夜，这一切都威胁着我，让我的心备受煎熬，让你越来越浸入我的世界。孤独的时刻，你是唯一的陪伴，来自灵魂深处的，或

| 归山 |

者某种神秘力量的牵引。我宁愿不要这纯粹的孤独，虽然它是写作的良药，但我也想过平平凡凡的日子。可是，一旦反观自己生活的状态，怎么可能不会陷入孤独？

希望有一次和你同行的旅途，是因为希望一起体会在路上的那种状态，那完全是另一个自己，有超脱性的、有存在感的生命。无论在车上、徒步或者骑行，有你在，一定能给我太多的顿悟和灵感。如果我们生命中的瞬间因为诗句而永恒，我更愿意那所有的瞬间都有你在身边。那传说中的高原和湖，传说中的故事，还有一步一步亲近的雪山，都将因你的存在，成为烛照我灵魂的原力。我也无数次说过，那种感觉到自己与天地融为一体的时刻，你不在是无意义的。

本来，从今年开始，我以遗书的心态写着诗歌，写着小说、游记和回忆录，就仿佛每一刻在向世界告别，其实是在向你告别，因为对于我来讲，你比整个世界更居于我生命的中心。我以为自己将神话写为史诗的宏愿就要成为遗恨了，直到你有几次说起旅行。我在那一刻被希望照亮，觉得有机会突破自己了！余生，可以遥望着你的幸福，完成我的史诗，那我最敬重的诗人海子没有完成的杰作。你无论如何也想不到和你一起旅行对我的意义，那所有尘世的渴求，婚姻、长相厮守，在你当时拒绝的一刻，我就知道永不可求了。连遥遥地陪伴，我都无法做到，两年前，决定放下的那一刻，真以为自己要成金岳霖了，可是深知仍然无法朝夕相伴，即使去陪伴着你们而非你！现在，我几乎确定了我的命运，那诗稿，将会是我的妻子，仿佛它们就是你的化身一样。我不想欺骗，不想隐瞒，不想伤害，但我也不能让自己的灵魂受委屈，遇见你已足够让它委屈，难道还要为了家庭、伦理之类的，自己逼迫它忍受更多的委屈吗？我觉得，对悲剧的一生来说，诗稿，足矣，如果没有你。

　　我不奢求更多，如果此生必须要错过，给我一次旅行的记忆，好吗？我以我的诗歌向你担保，我纯粹的愿望，没有任何的目的。只希望用真实的自己陪伴真实的你，陪伴这一生不可替代也不可或缺的一次旅程。给你送的书，《遇见一些人，流泪》，并不是书的内容有多好，只觉得看着那些简单的故事，你可能会突然想到我，想到我在你面前的心态和渴望。尤其是莎乐美，那个神奇的女人，她成就了里尔克，也成就了尼采，而成就他们的方式无一例外都是旅行，你可能想象不到旅途上那种渴望灵魂陪伴的孤独。而莎乐美与里尔克的旅行，使他的诗歌终于走向了成熟，成为捕猎心灵和孤独的大师；与尼采的旅行，让他在 10 天的时间就写出了《查拉图斯特拉如是说》这部经典之作。请你理解，我列举的这些事，是想让你感觉到，你之于我，有着怎样的非凡意义，并不是出于我自私地想完成写作的冲动。而是，只有这样一次旅行，才让我有理由觉得此生无憾地去度过那些没有意义的日子，虽然因之而来的写作是必然发生的。

　　另外，我还要坦白我的想法，如果说渴望这次旅行，没有一点点私奔想法的话，那是骗你的。我说出这最隐秘的心理，是因为这份想"私奔"的心永远都会有，即使你成了家，即使我们都老去。但是我也深知尊重你，会以你的幸福为幸

| 归山 |

福。所以，以知己的心态、驴友的身份去旅行，这是我最高的修为。当我爱上户外或者说旅行的时候，你就已经成为我生命最内在的向往。因为我真正意义上的旅行，是开始骑行、开始徒步以后，在旅途上所有的荒凉之地，像在故乡的原野一样，也像我独自一个人沉静的时刻一样，你成为唯一的存在。不管同行的人是谁，不管同伴们有怎样的热闹，当突然进入了荒凉，当夜空下我一个人独自坐着，我会怔怔地出神，会放空和发呆，那一刻，生命才是生命，即使你不在身边，我也觉得你在任何我能想到的地方，与我同在。

一颗心要怎样才算真诚呢？一个生命要怎样才算悲剧呢？我已看到了一生的苍凉，为你疯狂，为掩饰这疯狂和永不可得的悲痛而行走于世间，也为了和你长久的相处，内敛而谨慎地保持着所谓"朋友"的界限。我是卑微的，因为在你世界里的可有可无；诗歌是卑微的，那些词语都被你的魔法溶解；生命是卑微的，只能渴望着、写着，背后是永久的绝望。我已经不知道该说什么了，似乎你的心可以狠下来否定我的一切。我只是觉得，你是独立的，我也是独立的，两个灵魂远远地望着，似乎都很大度地说，错过，挺好的。如果你对我所说的一切，只是回答，不！我宁愿像徐志摩那样，消失在来看你的路途上。这不是不负责任，你不懂一个人苦到灵魂里的感受，那种绝望。如果注定各自天涯，如果命运刻意捉弄，我愿一世是兄长，遥遥地陪伴。来世，上苍会有交代。我想再肯定地说：像灵魂、生命、孤独这类字眼，在目前的世道中提及，是令人羞耻和尴尬的，唯独对你，一点都不，只有神圣。

　　我不要你的回信，不要你的决绝。希望来扬州的时候，像那次你让我带你去蠡湖的场景，你很平静地说，走吧，去西藏，或者任何地方。我会说，走吧，出发！我自以为是地幻想着……

　　祝福你！

6.25 第五屺于无锡

六十九

　　我们用什么坚持着对天空的仰望？
　　四季如聚如散，如尘世的冷暖
　　当中秋以相叠的浮云掩上了皓月
　　当重阳以遍野的秋风扫乱了登高的步伐
　　你听桂花的呜咽，香樟的羞语

　　星空依然稀疏地挂着孤独者的救命稻草
　　水声安静，水声寂寞地回到太初的混沌
　　连灯火通明的城市也如号啕大哭的疯妇人
　　那传说中的少女将在何处生根，何处发芽？
　　将在何处虚拈着野菊花亭亭玉立？

看着屺娃和第五德的日记,不知道什么时候就睡着了,一大早就醒了过来。懒得起床,顺手从床头拿过来一本书,胡乱翻着,其实也不知道在看什么。"我的手会越来越老,可是你会变得年轻……"最近将手机铃声设置成了这首歌。拿起一看,是一个不认识的电话。一大早就骚扰,接起电话准备开骂,却听到对方急促地说老木和蒋米出车祸了。

"什么?怎么可能?很严重吗?"

"唉!残忍!直接跟大货车追尾了,两个人都没有抢救的机会,太惨了。"

"别骗我!"我这样说着,实际上已经感觉到事态的严重性。

"孙子才骗你,这种事能开玩笑么,唉!狗屁的天理!"

"我马上下来,你是蒋鹏吗?"

"是的。"

他挂断电话的时候,我还没反应过来,出车祸了?没抢救机会?葬礼?上天真他妈会玩!我瘫倒在炕上,好好的一对人,说没就没了。人生真他妈窝囊!不知过了多久,我终于意识到,他们俩永远地离开了。多少人胸怀壮志,信心满满地为自己的生活打拼着,可是谁也不知道下一分钟将发生什么。难道我们只能时刻地庆幸,活着就好?!不知道过了多久,我从炕上滚下来,全身乏力,脑袋昏昏沉沉的,不知道自己是怎样走出院门的,看不远处的校园里来来往往的同学,多么鲜活的生命!老木前天还给我打过电话,也是那天,他们刚买的车。两个人准备趁暑假自驾川藏线,他还开玩笑说,车可以坐四个人,但是不带我,他们要去无锡接屺娃,要是能接到夏媛,这日子就顺畅了。当时我还骂了一句"狗日的!"此刻,我抬头,恶狠狠地看向天空,晴朗得有点变态,阳光有些毒,我又一次重重地甩出一句"狗日的!"

突然想到还要赶去宝鸡,他们就是在那附近出的事。赶紧上网订火车票,我能赶上的最早车次仅剩三张无座,是的,无座,又有什么关系呢?如果毕生都是无座的火车票,只要能好好活着,也是极其幸运的事啊。在车上又给屺娃打了电话,才知道老木和蒋米是在大半夜从家里出发,一路经天水,在快到达宝鸡的时候,撞上了一辆大货车。安全带是系着的,只是可能老木夜里行车,太困,没把握好速度,现场不是用"残忍"二字就可以形容的,整辆车从大货车后面钻了进去,车前面几乎撞没了,前窗和车盖错位到了车的中尾部,俩人的胸部以上直接被撞得血肉模糊,还提什么抢救!

听屺娃说起的时候,我的心像拳头一样紧了又紧,当我在列车的过道里号陶大哭的时候,那些人紧张又有些怜悯地看着我。列车"咣当咣当"地行进着,我一支一支地抽着烟,夜色中偶尔闪过几盏灯,鬼魅似的消失在黑暗里。我突然想起老木和蒋米曾经说过,等他们有了车,第一件事便是走川藏线。屺娃还专门说起过一定要带上他,他讲过藏传佛教的故事,讲过仓央嘉措的故事。不管怎么样,这俩人朝他们向往的生活迈出了第一步,虽然他们在一瞬间就离开了这个尘世。我相信,他们一定会以自己的方式,以那一世或者灵魂的方式,走在他们向往的路上。

赶到宝鸡的时候,他们俩已经被火化了。出殡当天,老木所在的学校为他们举行了追悼会,校长致悼词时泣不成声,我几乎什么都没听进去,只觉得两股热泪从脸庞冲下来,裹挟着悲痛和无望……在出殡的途中,屺娃跟旁边一位同学感叹:"唉,人一辈子,活啥呢!""是啊,人一辈子,太可怜了!"他们俩说着,我一句话也说不出来,巨大的悲伤和虚无感在周身蔓延。看着长长的送行队伍,其中一半以上是他们俩的学生。老木教的小学,蒋米教的初中,那些孩子有的一路哭着,有的帮忙拿着花圈类的纸火,更多的表情凝重而沉默地跟在我们后面,或许,他们只是被这悲伤的情绪感染,并不知道生离死别的真正滋味。

蒋米还有个上大学的弟弟,也就是蒋鹏,而老木,是家里的独生子。他们就这样在尘世像玩笑一样一闪而过,留下他们的父母亲友,留下我们这些兄弟,落在长久的悲痛里。我参加过很多的葬礼,即使是第五德的,也没有像这次一样,痴呆、沉默、泪流满面却出不了声。当唢呐响起的时候,看着他们的亲人一抔一抔地向墓坑添土,没想到我们是以这种方式,做着最后的告别。哭声和唢呐声,此起彼伏,我和屺娃呆呆地看着眼前的这一切,眼泪也不流了,反倒是橙橙,跪在地上,号啕大哭。在一片火光之中,那些花花绿绿的被我们叫为纸火的东西,有花圈、有纸人、纸马、有纸钱、冥币,当然还有写在纸上的祭文,都化为漫天的纸灰,从我们身边飞过,旋即打着圈向山头飞去,在苍茫的天空飘散……

之后的日子,我们陪着老木父亲,他很少说话,偶尔跟我们喝几杯酒,我也是平生第一次见到,一夜白头,是真的会发生。直到大约过了一周,他父亲订了一桌酒席,请我们几个过去吃饭。大家沉默着,不知道说些什么,他喝了几杯酒之后,终于大哭了起来,我和屺娃拉起他的手,还是说不出话来。我老早就知道,老木是不婚主义者，也是彻彻底底的丁克思想，而且蒋米的家人坚决反对她和老木在一起，为此蒋米曾和家人大动干戈，却从没考虑过照顾家人的情绪。对于这个偏僻的西北小县城来说，不婚和丁克，无论如何，家长是接受不了的，尤其是老木的父亲中年丧妻，只有他这么一个儿子相依为命，所以老木和父亲的关系并不十分融洽，但还是特别孝顺，尤其他们父子可以像朋友一样喝酒，不知道有多少人羡慕！直到后来蒋米怀了孕，他们就这样留给世间一个小生命。

当然，我和老木，包括身边的很多朋友，以及他们的同事，都觉得这两人天造一对，简直是神仙伴侣。对于他们生了小孩的事，大家倒有些不理解。现今，所有的事都要划上句号了。

坐了很久，老木的父亲才说起了当天晚上的事情。他们大吵了一架，原因是老木和蒋米刚买了车，就一起出远门，准备一路从西安、郑州、徐州、南京开到无锡，跟屺娃汇合后，自驾川藏线。"他们出去玩，这我支持，可是孩子还小，他们以后再去啊！"我偷偷看了看屺娃，他满脸的愧疚，似乎他们俩出事是因为他。他喃喃地说了声"对不起"。老木父亲看着屺娃："你有什么对不起的，我也没有什么对不起的啊，你说他们玩就玩，我大半夜的，发什么脾气，命啊，都是命啊！"说着又哭了起来，看着平时那么开朗的一个老头，现在哭天抢地地在我们这些小辈面前老泪纵横，真是满心悲苦却一点不敢再劝他喝酒了。这一夜之后，老爷子再也不愿意我们陪着了，或许，我们在，他更加伤心。是啊，之前可是一帮小鬼敲竹杠似地找他的好酒喝，现在那个喝酒的主心骨不在了！而且从此以后，永远不在了。

| 归山 |

七十

如果你爱我，或总有一天会爱
请让孤独绝望都来找我，夜晚如此静谧
让一切不幸的事在昙花里开放
让花香漂浮于星空
让北斗七星因着这香味而不断下沉
让南方的雨水和北方的烈日都来这里相聚

如果你不爱我，永远不会
请拿起你的刀，砍我的头颅
让我的骨骸浸泡在水里，仿佛一条鱼
让我的血肉化为灰烬，塑你的形
让叶子和根须散发出亲吻的气息
让一棵树从此拔地而起

怕信件丢失，给夏嫄用 EMS 发出去了，之后既没打电话，也没发信息，她除了给我推荐一本书，也没有更多的联系。7月15日，很多学校已经放暑假了，在家翻书，突然收到她的短信："师兄，你来扬州吧，我有重要的事告诉你。"我马上回复："你收到信了？"她的回复只有一个字："嗯。"以为她要答应一起去旅行，瞬间各种激动，也怕她变卦，回了条"这周末就来，到时联系"后，再也没发任何信息。那天正好是周四，将户外装备检查了一遍，顺便给她买了一个小背包，算是出行的礼物，订了第二天的火车票，就带了全套旅行装备匆匆地出发了。

一下车，远远地看到夏嫄，黑色九分裤，白色衬衣式样的坎肩。她也看到了我，在出站口招着手。我几乎是跑着到她面前的。"师兄，你这是干吗？"她完全没想到我会这身打扮出现。我开心地笑着："你不是收到信了吗？"她有些愕然："可是没说要跟你去旅行啊！"我一脸茫然地望着她："不是去旅行啊？"她摇着头："肯定不是啊！"我一下子蔫了，忐忑地猜想着，那会是什么事呢？

下车时已是中午，很饿，她说要请我吃大餐，不知道葫芦里卖的什么药，只疑惑地跟着她到了一家餐厅。"师兄，你够矫情的，以前自己就来找我了，这次还让我来接！"从见面到现在，她一直显得很开心。我才想起，她还不知道我辞职了。"我从老家来的，坐了二十三个小时，你看下车时间这么迟，不是怕你等得着急么！""啊？那你从陇西来的？一个多月都不用上班啊？""我辞职了！""以为你早就回无锡了，你怎么辞职也不给我说一声啊，这么远让你来，真太坑了。不过你也坑！口口声声说最关心我，这么大的事居然瞒我。""在无锡和老家不都一样么！准备这次告诉你辞职的事来着。何况，难得你叫我，在火星都会来赴约啊！"她蹙了蹙眉，有些生气了。

坐下来，我就问到底什么事。她却一再催促我吃饭，看我吃饱了，才正色中不无喜悦地说："师兄，我要结婚了！"我一下子没反应过来,看我这么镇定,她似乎有些意外,带着歉意继续说道:"一直说要结婚时第一个告诉你,没想到是最后一个告诉你的,真不知道怎么开口。"我终于反应过来了,但是,没有一点点喜悦,而是悲伤。

这一天终究要来!

这一天终于来了!

她看着我表情僵在那里,有点撒娇地说:"师兄,你要开心!这是我的喜事,所以也是你的。"

"嗯嗯。"

"你答应我。必须好好的,别胡思乱想,要祝福我!"

"嗯嗯。"

"你踏踏实实地对待你遇见的姑娘,必须要幸福!"

"嗯嗯。"

我坐在她对面,苦笑着,或许我的表情从没有那么扭曲过。这一天还是来了,这一天终于来了。

"嗯嗯。"我又机械地重复着,才发现她早已没有说话了,眼泪还是不争气地流了下来。夏嫄重重地叫道:"师兄,你别这样!"我继续用僵硬的表情做出了微笑的动作,不再说话。她又一次说道:"师兄,你别这样!"我将身旁的登山包理了理,将登山杖取出来又挂了上去。"没事,我去洗把脸。"我终于意识到自己像个傻逼一样,说着就冲进了卫生间,我呆呆地看着镜子中的自己,眼泪唰唰地流着,我没有发出任何声音,用大把大把的水冲洗着泪水,擦干,眼泪又重新流了下来,我反复冲洗着……没有悲伤,没有失落,似乎这一天早已料到,我只是单纯地管不住自己的眼泪。不知过了多久，夏嫄在门外叫着"师兄！""马上好，等我一下。"我分明听到自己的声音在颤抖。她"嗯"了一声，响起了回去的脚步声。我又匆匆地洗了把脸，擦干，用双手反复按摩着眼眶，其实她早就看到我奔涌而出的泪水，只是我还是想掩饰一下，还是想微笑着面对她。

重新坐在她面前，我故作镇定地从包里拿出那个小的登山包，"送给你的，以后出去玩用得着。"她收也不是不收也不是的样子，我直接放到她面前："以为这次会用到！"说完感觉自己又要流泪了。我强忍着泪水，看向别处，夏嫄一直目不转睛地盯着我。

"一直以来，我觉得自己就是别人口中的备胎，可是我不在乎，现在连这个资格也没有了！"夏嫄"呼"地一下站起来，生气地看着我："师兄！你说什么呢?!"她脸色特别难看，眼神锐利地盯着我。"你一直说自己跟别人不一样，说思想，说灵魂，没想到你居然也这么想！像我们这样的关系，一生都是，恋人可能分手，可能陌路，可能因琐事争吵不断，可是我们之间，我不希望是这样的。我们是彼此最信任的朋友！信任，你懂吗？""是的，我理解！但是，我爱你！爱情的爱。"她气呼呼地看着我，又一下子坐到了椅子上。

"夏嫄，我曾经想过，假如我和你，像金岳霖和林徽因，那是何等的境界！或者像赫本和派克，那也是面对残酷现实时，很理想的状态。甚至，我也想过萨特和波伏娃，如果能像他们那样，此生无憾了！"

"你老是这样，总沉浸在想象中，而且自己又不折不扣地往想象的方向发展，他们是他们，或者那仅仅是故事，你是你，我是我，你为什么不以我们俩的性格和处境去想呢？"她一下子戳中了我的软肋，是的，我总是沉浸于幻想，但是我和她之间，除了幻想，还有什么呢！

"我觉得你应该去尝试接受别人，这世界好姑娘太多了！"看两个人沉默着，她说道。

"夏嫄，我再强调一遍，好姑娘多的是，但是你，是唯一的你！"

七十一

我拒绝所有国色天香
我不拒绝你

出了老木家，屺娃直接去了学校。即使毕业后找了工作，也没有回来，我甚至忘记他有多少年没回过家了。有一次，他又寄来了日记本，他在电话里说特别地想家，我当然希望他能够回来一趟。我翻看了老木出事前他的一篇日记：

在老木家小睡了一会儿，就赶紧起身去赶车。这次回来，没好意思打扰更多的同学朋友，老木当天要去学校，所以也不能送我们去老家。该聚的聚了，该聊的聊了，不管多久的离别，一场酒，就已经足够。陇西变化特别大，从文峰到县城，沿长安路走，以前的一片田野，现在变成了一幢幢的楼，除了几家制药公司，大多数是住宅小区。云田路口也变得焕然一新，那家马路中央的最牛钉子户也不见了，一眼望去，就可以看到渭河桥。但是我一点都兴奋不起来，当所有城市，变得都像是一个娘胎里生出来的时，感觉是一件很悲哀的事。就像所有的古镇，千篇一律的商业街；所有有点历史底蕴的城市，都有鼓楼、钟楼，可惜只留下这么一个名字和孤零零的建筑，周边全是清一色的高楼；每个城市除了地名，外貌实在差别不大。崭新的市中心或城中心，"藏污纳垢"的郊区和贫民区，悲苦喜乐，轮番上演。

一点发的车，每天去老家的只有这一趟中巴车，21座，赶上人多的时候，装50个人都没问题。没办法，像老家这种穷乡僻壤，所谓的领导是不可能驻足的，顶多到沿公路近的几个村晃荡一圈，所以，哪有人会管交通有多不便，路有多烂。至少在我成长的这三十年里，别说国家领导、省级领导，连市领导的一个影也没出现在我们村子。我和岗娃十二点就赶了过来，大多数座位已经被占了，乘客将自己的包或衣服放在座位上，就代表着这个座位是他的了，然后可以很放心地去买东西，或者转悠一阵子。我们占了最后一排靠窗的座位，停车的路边就有一家牛肉面馆，喝了酒第二天吃碗牛肉面，简直是莫大的享受，在外地的时候，想起最多的，也是陇西的牛肉面。到点出发，车上果然有接近四十个人。唉，很多人觉得超载违法、应注意安全之类的，其实我们更关心的问题是：回家！车过渭河桥，开始上山，透过车窗看着这个越来越陌生的小县城，心里五味杂陈。

翻看了几篇日记，我有一个惊喜的发现，他和夏嫄之间似乎有了大的进展，似乎有了很好的关系。他连聊天记录都写在日记本上：

"夏嫄，一直在想，如果有一天你突然孤身一人，多好，我可以来找你，以爱情的名义。或者垂垂暮年的时候，搬来你居住的城市，以朋友的名义，一起散散步，一起回顾一下这一生，度过最后的人生时光，多好。可是，我是懦弱的，度不过这未知的、不可把握的等待。所有的都成为幻象、虚无。我累了。"

"师兄，我相信你会遇到一个懂你、珍惜你的人，你们会幸福的！"

"别用这种方式劝慰我，放心吧，我只是心里特别难受，特别绝望，想说出来，除了对你，无处可说。等回去，无论过得怎么样，那与你无关，我也会控制好自己，尽量不打扰你。既然写作和等待都如此荒谬，我也不刻意寻找所谓的意义了。你在还是不在，能不能见到你，那是命运。我只能继续在幻想和现实之间找我能够生存下去的支点。原谅我的打扰和纠缠。"

"别这么说，你要健健康康，也要生活得充实幸福。我相信上帝爱你，我们会成为最恒久的朋友。"

这是我决定回家之后,跟她的一次对话。当然我没有明确地告诉她,我要辞职了,要回老家。看着她的祝福,我写了一段很长的话,准备发出去,后来却仅仅保存在了手机里:

"如果让我们此生永远错过,就算让我下地狱,让我生不如死,我也不会相信上帝,不会相信他爱我。我不是虔诚的人,所以一切不好的事,我都理解。但是就因为我和你一起站在上帝面前,还是错过了,我就不相信任何所谓的神圣。我太累,太绝望,想说的太多。对你所说的所有不好和负能量的话,是因为视你为知己。可是,我深知不该向你说这些的。我是有罪的,可耻的。想大哭一场,想睡好久,别笑我的懦弱。这世界除了荒谬,就剩这么可怜的一点真诚。即使你鄙视我甚至无视我,那也改变不了我对你的心意。我只是在绝望中很自私地期待着你的爱。你别管我,我得说出来,心里特别难受。你就当一个神经病自言自语好了。"

多看几篇之后,我才知道,喜悦只是暂时的,他们俩似乎要永远错过了。不管怎么说,能看到屺娃要回家,而且是辞职回陇西,这是天大的好事!

|归山|

七十二

在梦里,和你相守
故乡的一间老屋
我们并肩而立

有人听到你的名字
听到八十一首痴恋的诗
他们让我傲视一切世俗的眼神
带你私奔

阴差阳错啊,折磨着我
这生不如死的日子

　　我大口大口地喘着气,攀登华山的艰难果然名不虚传,我的背包越来越沉,双腿无力。夏嫄走得更辛苦,她满脸汗水,绝望地看向我。前面有许多人,将我们远远地抛在身后,回头,放眼望去,山下一个人都没有。我将背包卸下来靠着路旁的铁链,拿出水壶递给夏嫄,她有气无力地喝了几口,就一动不动地坐在台阶上。我想:应该重新买个包,可以放水袋的那种,这样登起山来就方便多了。尤其是夏嫄,她实在走不动,我将她的小包拿过来,绑在我的背包上,这样她连水壶都没办法带了。我想着坚持过这段,应该就适应了,于是伸手去拉她,而她摆了摆手,自己站起来,示意我往前面走。奇怪的是,背着两个包,反倒感觉没有之前那么重了。我在想,要是再有一根登山杖就好了,都怪自己走得着急,两个人都只备了一根。我将自己的那根递给她,她坚决不要。于是我放慢了脚步,两个人并肩攀登着一层一层的台阶,而台阶之外,就是万丈悬崖。夏嫄突然将手伸过来,挽着我的臂膀。我惊奇地看着她,准备要拉着她的手。她说了句:"师兄,别多想,我只是特别累,我们就这样走!"

  回到老家,已是深夜,大门栓上了,我使劲地敲着门,居然没人应声。夏嫄紧紧地靠着我,显得很害怕。我再次敲门,院子里终于亮起了灯光,透过门缝,很刺眼。我握了握夏嫄的手,特别冰凉,她面无表情地看着我。许久,母亲才从里屋出来,她并没有直接开门,而是停在了院子中央,问我和谁一起回来的?我激动地说,是夏嫄,我终于带她回来了!母亲并不高兴,而是盘问着:"她不是要结婚了吗?""不,她跟我回来了!"我确定地回答。母亲不说话了,我又一次将夏嫄的手握了再握,像安慰她似的,她还是面无表情地看着我。不大一会儿,母亲终于打开门,路灯的反照让我看不清楚她的脸,她将自己的身体堵在夏嫄面前,死活都不让进门。我焦急又伤心地握紧夏嫄的手,另一只手去推母亲,她还是坚决不让:"这孩子不属于我们家!她不能进门!"夏嫄并没有生气,也没有说话,还是面无表情地看着我,就在我走神的一刹那,母亲关上了门,将门栓上得死死的。

| 归山 |

"花儿离不开黄河,阿哥们你就愁啥呢?阿哥们你就没愁头,要放开嗓子了唱呢……"我意识到是手机铃声在响,郁郁地拿出来一看,是夏嫄,问我在什么地方,她在车站找不到我。我从一长排椅子上起身,头被不规则的背包硌得疼,看了看,是第三候车室,于是告诉她,背起背包向入口走去。夏嫄急匆匆地走进来:"耽搁了一下,你吃饭没有?""吃过了,以为你不过来了!"我还是有些迷糊。"呃?你刚才睡在哪里?怎么脸上压成这样?""背包,在候车室靠着背包就睡着了。"我忍不住打了个哈欠,她鄙夷地抿了抿嘴,我指了指不远处的空位,两个人坐了下来。给她说起刚才的梦,她笑道:"真是日有所思夜有所梦啊!不过你那第二个梦,不觉得奇怪吗?看来是天意!"我有些郁闷地说道:"连梦也这么悲剧!"她"嘀嘀嘀"地笑个不停。

当检票广播响起的时候,有多么的心痛!我宁愿两个人就一直在候车室那么说笑着,而不是各奔东西之后,从此生活便没有交集。进站的刹那,夏嫄也有些伤感,她喊"师兄,拜拜!"的时候,我终于忍不住,一把将她拉过来,拥入怀中,她没有挣扎,更没有抱着我,而只是说:"师兄,别这样,你会毁了我们的交往!"我知道这将是此生最后一抱,也是一生中唯一的一次拥抱。伤感、绝望、不舍,也许所有词加起来都不足以表达那一刻的心情,我只能说出一句,"回去吧!"就大踏步走向检票口,没有迟疑,也没有回头。但我深知,不是我决绝地离开她,而是她彻底拒绝了我,世界随之离我而去,或者,她从来就没有陪伴过我,那扇虚掩的门却永远地关闭了!

我原先以为,只要一直有她的消息,只要能和她在同一个城市,甚至在同一个星球,只要她过得幸福,我就能固守着一个人的生活,等待老去,等待上苍各种可能的眷顾。但是,我错了,两年前,当我知道她有了男朋友的时候,我连同住一个城市的勇气都没有,我连君子之交淡如水的胸怀都没有;两年后,当我知道她要嫁人的一刹那,我就明白了什么是现实。一首诗可以用三个字就写完几十年,一本小说用四个字就可以到达多年以后,而一个人的生活,只能是日日夜夜的漫长,是周而复始的绝望和折磨。

七十三

秋天爬过芦苇荡,爬上你赤裸的双足

枫叶红透,桂树绿如初夏

一阵微冷的风将月色掀入水中

你的倒影和秋天的倒影相互依偎

我坐在石凳上,听秋天从身旁走过

屺娃一再交代,这次回家,绝对保密,所以他连我都没有告诉具体哪天回来。通往盘龙乡的班车会经过邻村,下车后还要步行半小时才能到家,许是他大包小包的,实在带不了,还是给我

| 归山 |

打了电话。去县城接他,然后一起坐车回家,从下车点到家里的半截路,他执意要步行,我们大步并小步地奔向家中。一路无话,快到村口的时候,他突然很激动地说:"岗娃!我突然想起路遥《人生》里的高加林,真有扑向土地痛哭一场的冲动。"我只是拍了拍他的肩膀。

大和妈估计是看到我们进村口了,没几分钟都从地里赶了回来。听说我们还有行李在邻村,大决计不让我和屺娃去取,他骑上摩托车就出发了,妈一直责备也不打个电话,也不让接一下之类的。当屺娃说出辞职时,她很惊讶地看着他:"没什么事吧?怎么就辞了,你不说工作挺好吗?""想回来,离家近些!""唉,当初你不离开多好,现在回来都不知道干什么了!"妈可能觉得自己的话语有些责备,马上说起了另外的事,最多的还是问晚上吃什么、现在饿不饿等等。我和屺娃在吃完牛肉面后匆匆忙忙地买了一些煮火锅的原料和菜,让妈去准备晚餐了。

美美地睡了一觉,醒来已是晚上七点,奶奶一直念叨:"两家人围在一起吃火锅,这样才好!这样才好!"屺娃有些哽咽了。是啊,哪里是两家人,那个家只有他一个了。奶奶也发现自己说得不对,"一家人!一家人!"我们喝了几杯酒,是屺娃带来的茅台。"咋还不如咱们的陇花呢?"我笑着打趣。"岗娃,你就是喝陇花的命!"屺娃说着又给每人添了一些。长途奔波又加上几年不聚而喝酒太猛,没坐多久屺娃就很疲惫了,我陪他去了那个一直为他留着的小房间。

聊了不多几句,他就想睡觉,便拿出最近的日记让我看,自己翻个身的功夫就梦周公去了。我翻开一页,是他抄下来的聊天记录:

"夏嫄，我今天去参加一个诗歌朗诵会，参加的诗人特别多，有几位倾心相谈，直至此刻。我们连夜爬山去等待日出，坐在山头的时候，瞬间心怀感恩且敬畏虔诚。我后悔曾经的放弃，后悔没有认真做好自己该坚持的事。对人生意义的认识，仿佛无数次的日出，可惜从来没有人每天守望黎明。我需要机会，给你说出我的思想、我的情感、我的初心。那些很多未知的、理所当然的场景，都是幻象。只有一起体验过的时光，才是彼此理解这神秘世界的钥匙。或许互补，或许同行，或许所谓距离前提下的关怀，这种种可能，都会让彼此不断地向更好的自己靠近。"

"你对诗歌和文字的坚守近乎信仰。人生没有后悔，你所选择的都是基于当时最迫切或真实的期盼。师兄，疯魔或成佛虽然可以造就绝伦的存在，但是对生命来说太艰苦。我想你父母更希望你是平凡的人，我也更希望你平凡一点。除非你找到和你一样信仰大自然的伴侣，那一天你才真正有所归属。我是你的幻想，放下吧。"

翻开另一页，是一篇日记：

对我来说，很多场景，你不在是无意义的，其实人生哪有那么多的意义，仅仅是被抛在尘世的孤独体。但你是潜藏在我世界的分享者，我想把很多场景分享给你，似乎这是孤独的良药，也是唯一显得有意义的事。在身边，我用话语分享；更多沉默的时候，我写作，或对着空旷的地方说，仿佛

| 归山 |

你无所不在。在这个提及"灵魂"就觉得无耻的时代,我唯一敢对你说,甚至觉得说起来是很自然的。无论你和谁在一起,无论以后会如何,你对我来说,是不可替代的存在。爱情很简单,所以很难相敬如宾;婚姻很琐碎,所以很难从一而终。而你之于我,是一直无所不在的"分享"者!所以,不要用纯粹世俗的角度,去分析我的心,去说"放下"之类的词。于生活来说,你幸福就好。于人生来说,你和觉得幸福的人在一起,是我最大的愿望。如果那个人是我,我有着快乐的幸福;如果那个人不是我,我有着痛苦的幸福。唯一肯定的是,你得幸福!我说的这种幸福,是来自灵魂的愉悦。

翻看了一会屺娃的日记,睡意全无,索性关了灯,也关了手机,在炕上胡思乱想着。慢慢地,有一个想法清晰起来,并逐渐形成一股强大的力量逼迫着我,是的,我要告诉她这想法,不能留下遗憾。于是在午夜,重新开了灯,趴在桌子旁给橙橙写起了信。

七十四

终有一天
我将老去
这世俗重压的虚妄

活着，是劫难

　　悲剧在内心不断上演

　　　你遥不可及

　　　信仰遥不可及

　我听着时光吃人的声响

　你看着绝望缠住的眼睛

　　　一切不可把握

　　　你遥不可及

　　生命被时光切碎

　谁在行走？谁在迷途？

　谁在市声里独自消亡

　　　我将老去

　　　一切安慰

　　　终是幻影

　　　你遥不可及

　　国庆，又一次在火车上晃荡着到达扬州，夏嫄的婚礼选在10月2日，我知道她忙着各种准备，丝毫没有打扰。1日晚上，当晓玉、李建国、阿坤还有其他同学聚在一起的时候，大家用奇怪而不可言说的表情打量着我，我若无其事地问着他们毕业后的情况。直到聚餐时喝酒，他们还在谨慎地问我要不要喝点，白的还是啤的，而我淡定地告诉他们，刚毕业就戒了。看我不喝酒，李建国忍不住说出了大家的担心："老屺，怕你难受啊，所以我们得看着，你悠着点。"大家一起笑着附和。阿坤开玩笑说："不抢亲就行，不过实在要抢，兄弟们也会帮你！"我回答："酒真戒了。"

第一次，我在同学聚会的场合没有喝酒，一开始挺不习惯，后来，看着他们酒醉时的各种夸张举动，我是理解的，但我也意识到，多年来自己在酒桌上的放浪形骸，该是多少人眼中的跳梁小丑！大家喝得不亦乐乎，不过这次换了角色，李建国和谢晓玉都已各自成家，像毕业时我的荒唐举动，不过这次是建国，他和晓玉喝酒的时候带着壮士一去兮不复还的悲情。看着他们，我想起那天晚上攥着酒瓶和夏嫄碰酒的样子，当时自以为豪气冲天情真意切，现在才明白，她该是有多么厌恶我的举动！聚餐结束，看大家意犹未尽，我就请他们去唱歌。"还是老屺实诚！"阿坤开着玩笑，大家也并不客气。

这帮人麦霸级的特别多，我还是一贯的风格，没准备唱，其实五音不全，不敢唱。他们执意让我开头，李建国醉得不行了，手搭在我肩膀上："兄弟，你喜欢的女人明天就要结婚了！你不来一曲吗？"这家伙，伤起人来真真诚！我豁出去唱了一首自己写的民歌，用花儿的调子："山路八十八道拐（哎），半夜走过（我）打喷嚏；你若恓惶就爱我，你不爱就别恓惶；打完喷嚏继续走（啊），这八十八道拐，月亮出来我想妹妹……"唱的时候一直想着夏嫄，心里针扎一般，而他们笑得前俯后仰，因为从没见过我唱民歌，歌词也是很有地方色彩并有些搞笑的。

回到宾馆，"噗通"一声就跪在地上，我不知道自己怎么想的，就那么很自然地，跪了下去。窗外是茫然的夜，窗内是黑漆漆的墙，那张床柔软地镶嵌在房间，但我觉得今夜，它不属于我。跪坐在地上，满脑子是对夏嫄穿婚纱的想象，累了的时候，整个人跪伏在地，想了很久，还是不知道自己为什么要这样。后来什么都不想了，整个人空空的，全世界空空的。原来不喝酒也能醉得这么真实，我想，我彻底向现实屈服了。一只玻璃杯有多坚固，只有摔碎的那一刻，你才知道……

他们的婚礼在教堂举行，我们过去的时候，两个人站在门口迎接亲眷。新郎果然很高，1.85米左右，他站在夏嫄身旁，看起来那么幸福！我特意打量着他，不知道他是不是意识到，那个不断"骚扰"他女友的，就是我，四目相对，他竟毫不避让，10秒？20秒？我看到了坚定和坦然，确实是值得托付一生的男人，这是我的直觉，夏嫄是幸福的！大家都在打招呼，说着祝福的话。我径直走向他们俩，站在夏嫄的身旁，将手机递给了晓玉，然后望向新郎："你好！可以和你们拍张照片吗？"他点头："当然啊！"夏嫄略微有些尴尬，晓玉拍照片的时候，脸上满是诡秘的笑，等我拿过手机一看，上面只有我和夏嫄。只是夏嫄那么漂亮，穿着婚纱的她纯洁中带些妩媚，而我穿着那件她送的风衣，憔悴不堪。晓玉得意地给我比划着手势，我会意地冲她笑笑。

我将一个小盒子塞到夏嫄手中，说了一句"送给你的！"之后没有说任何祝福的话，我说不出口。她特别惊讶地看着我，估计不好意思打开，只是捏在手里，说了声"谢谢"。盒子是她送我红豆时的那个旧盒子，素雅，算不上精致和漂亮，但她肯定能明白其中的意义。至于送的礼物，是的，是一枚橙花胸针，我也嘲笑自己的模仿,一点创意也没有。只是她不会知道,那是我用手头几乎全部的积蓄订制的,胸针盒子却被我换装红豆了。

等阿坤打电话找我的时候,我已经在火车站,早就订好了回去的票。他们婚礼一开始,我就从侧门悄悄离开了。

七十五

  当我爱上你
    当我听懂了市声和梵音
      当我出生,入死

  生,要生在何处才能与你相遇
    死,要死在何方才能一起轮回?

我把信连夜发了出去,因为写完已经是凌晨三点,橙橙不可能回复。当在迷迷糊糊中听到手机的响声时,我一下子从炕上蹦了起来。虽然我怕她又一次拒绝,但我还是抱有希望的。她的回复很简单,只是让我叫上岄娃一起到城里聚聚,好几年没见他了。至于我说的感情,并没有提到一个字。

我们几个人就约在老木家附近的一家川菜馆,我和岄娃先到。蒋鹏进来的时候,我大感意外,他很不自然地问候我们。这两年蒋鹏跟我们走得近，时不时在网上聊聊天，但是现实中的聚会，还真是第一次。"两位第五哥！"橙橙一进门就笑嘻嘻地打着招呼，蒋鹏立即"横眉冷对"地骂了起来："县城里混的到底不一样，你看橙橙姐进门问都不问我一声。""你个鬼头，几乎天天见，事情多得很！"橙橙哈哈大笑，屺娃应了一句"活该！"蒋鹏紧接着说了一句："哥，你看橙橙越来越漂亮了！"屺娃打趣道："爱情滋润的，能不漂亮么！"橙橙瞪了蒋鹏一眼，又有点不好意思地看了看屺娃。

记得以前屺娃说橙橙会遇到好人的时候，老木还说过"肯定的，好姑娘怎能让你这狗淞糟蹋！"人生真是如过眼烟云。大家寒暄了几句，就开始狼吞虎咽地吃了起来。"屺哥，你和夏嫄还是没能在一起吗？"橙橙突然发问，屺娃有点愣住了，他还是像之前无数次那样苦笑着摇了摇头。我不敢问橙橙什么，她今天看我的眼神怪怪的。蒋鹏已经在县城工作了，他喝起酒来是一把好手。所以还是和以前一样，吃饭只是小小的开幕，我们所谓的聚，都是要喝酒的。推杯换盏之间，自然说起几个人这几年的经历，大家都按部就班地生活着，蒋鹏有了孩子之后日子过得平淡而幸福；屺娃长久漂泊在外终于痛下决心要在老家发展了，他说起老木和蒋米的川藏之行还没有实现，也想起这几年心心念念地想开一家咖啡厅，就索性辞了职，准备来一次长途旅行，然后在陇西开一家旅行主题的咖啡厅。

我们都笑他还是这么理想化。"是啊，理想还是要有的，万一实现了呢？"大家爆笑，笑完却是长久的沉默。"老木他大怎么样？身体还好吗？"屺娃忍不住问橙橙。"还能怎么样呢？身体还行，

| 归山 |

精神状态一直不好！"橙橙边说边叹气。"我们明天去看看他吧！"屺娃提议，大家都点了点头。继而又开始喝酒，我和蒋鹏、屺娃自然要猜拳，但奇怪的是橙橙执意要加入进来。我好几年没见过她喝酒了。不知不觉已是晚上十一点，四个人大醉。"去看老木和蒋米吧！"屺娃莫名其妙地提议，橙橙立马瞪大眼睛："屺哥，你醉得不轻啊！""是真的去，去他的坟头。"橙橙惊疑地看了看我，"走就走！"她似乎是在说服自己。"走吧，我陪你们去！"蒋鹏或许也想去看看他姐姐，所以他说得很笃定。

"我也去，你们三个喝成这样去，我不放心。"橙橙显得非去不可的样子。我和屺娃大骂："你一个女孩子，去什么去！""你们让我去！屺哥，我决定要和岗哥在一起了，你就让我再疯一回。"当听到这句话的时候，我酒醒了大半，立马跑过去看着她。她并不看我，而是看着屺娃，屺娃似乎不知道该说些什么，反而转过头来看着我。橙橙也有点懵，她也转过头来看着我："我说要跟你在一起吗？""是的，刚刚说完！""是的，我真是这么决定的！"我第一次从她的眼神里看出了柔情。"带我一起去！"这个时候无论他要去哪里，我肯定会带上她的，何况是去看老木和蒋米。"走！一起去！"屺娃和蒋鹏倒显得有些过于平静，他们脸上的开心并没有用话语表达出来。

我们打了车，司机坚决不上山，只好让他把我们放到仁寿山路口，老木和蒋米的坟在半山腰。令我们惊奇的是，路边有一家纸火铺竟然还开着门，旁边还有两家商店。我们买了一些纸火，一大摞冥币。另外买了一箱酒，给屺娃五花大绑般地背着。看着大半夜这么奇怪的四个人，这么奇怪的"装备"，拦下的出租车司机们打死都不敢送我们上山。一气之下，大家决定徒步。但是拿着这些东西，还有一箱酒，特别重。四个人东倒西歪地时不时栽个跟头，幸好屺娃的状态稍微好些，他将那箱酒安安全全地带到了墓地。

"兄弟，我们来看你了！"屺娃的话悲凉而伤感。如果真有灵魂，我估计老木和蒋米看到我们这醉样，恨不得抽几个巴掌，确实，我们醉醺醺地大半夜来祭拜，显得太不尊重死者了。可有什么办法呢，他们俩走得离谱，一点也没想起尊重一下我们啊！将买的花圈和一些纸火架成一堆，点起了火，我和屺娃将冥币一张一张地分开丢到火堆里，蒋鹏从身上抽出一包烟，"哥，抽几支外地烟吧！"说着将烟扔到火苗里去。我们四个打开酒，每个人倒了一半在他俩的坟头前，谁也没有哭，也没有跪在地上，就那么喝了起来。风吹过来，有些冷，火势渐渐地小了，那些纸火快要被烧完了，我们索性从附近找来干树枝，生起了篝火。

"不知道你们在不在，不知道你们看不看得到，陪你们喝点酒。"屺娃边说边将空瓶立在旁边，又继续打开一瓶，朝我和橙橙问道："晚上生这一堆火，我们会不会被警察抓走？""他们睡得早去三阳川了，烧到他们床头看管不管，这里一堆火，谁会管啊！"我们忘记了蒋鹏就在公安局。我们几个就这样在坟地的篝火中喝了一夜酒，其实喝的酒并不多，那时候已经喝不下去了，只是我们在聊着天，在有一搭没一搭地扯着生活的无意义。而令我无比幸福的是，橙橙就靠在我的身边，没想到我们竟是这样开始的。

297

| 归山 |

七十六

一遍一遍地唤你的名字
不是因为我爱你
而是因为唤你名字的时候
孤独总能充满周围的事物
如此而已

把你的照片放在书桌
不是因为我爱你
而是因为有你在
世界就足够美好
如此而已

死亡的时候,不必告别
不是因为我爱你
而是因为身在情常在
身灭情亦在
如此而已

火车"哐当哐当"地前进着,我又一次走在回家的路上。白天，人声嘈杂，我只是觉得自己大脑空空的，像一摊烂肉堆在铺位。当列车穿行于茫茫夜色，整节车厢安静下来，一切都是陌生的，所有的，可看见和不可看见的！这陌生让人绝望，我习惯性地摸出手机，点出夏嫄的名字，差点就摁了下去，如果不是意识到，这个我最爱的女孩，我的缪斯，正在度过她的新婚之夜。

之前空空的头脑，一下子，各种思绪乱码般涌来。成王败寇，历来如此，我一无所有的时候，说什么都是多余的。连我自己都在嘲笑所谓的爱情和梦想，不管曾经多么纠结多么赤诚多么卑微，一切已经被一场婚礼彻底结束了，而梦想，仅仅停留在一场场梦，有时候连睡眠都难以保证，何况梦，何况还要加上一个"想"！人们都说多少爱情败给了现实，但是大言不惭地说爱情的这些人，有没有想过，当它败给现实的时候，还配称为爱情吗？我知道，自己根本就没有爱情，而只是一场单相思，虽然可以和她知己般相处，但那对我的生活来说，过于残酷。或许，我可以选择一个合适的女孩，组建一个被大家认可的家庭，过着不痛不痒的日子，这样就算幸福吗？我已经遇见了她，就不再将爱情寄希望于他人，我一个人过着，觉得有意义，不可以吗？即使我过得痛苦，那也是我的选择，为什么非得顺着大家的意思就是"好人"呢？可叹世俗太可恶，人心太脆弱。每个人都是孤独的，无比孤独，所以才在寻找灵魂的庇护，但是，很多人不配谈灵魂的，他们只是活着并娱乐！我绝不希望任何人最后成为那个他自己讨厌的人。当然，我无法为别人的生活指手画脚，但我知道自己为什么而活着，为爱，为理想，这就是我几年来撞得头破血流却依然知道坚持的意义。或许，穷其一生，我爱而无获，但正因为这一生匍匐在爱

| 归山 |

的路上，这过程也是别样的人生。结果是什么呢？只有死亡！所以，有一顶帐篷的时候，就中意于帐篷的温暖；有一间茅屋的时候，就中意于茅屋的温暖；有一栋别墅的时候，中意于别墅的温暖；这样，生活一直是快乐的，并不是不积极向上，而是人生本就是一个过程。太多人只注重结果，有帐篷的时候羡慕茅屋，有茅屋的时候羡慕别墅，永远不会满足。悲观是一种远见，但建立在知足的基础上。我不希望夏嫄从此成为世俗集体中忠实的一员，生活着，讨厌着。此刻，我对世界的绝望，不仅仅是她对我关上了感情的门，而且我自己，也失去了生活中的美好，在某种意义来说，唯一称的上"美好"的美好，当过程中止，就无所谓结果了！我只能以另外一种形式，不被理解的，甚至可能遭受嘲笑的，而独行于这个尘世。比如出家，比如死亡，比如从此不提爱情，开始漫长的守候，毫无希望的、无结果的守候。

　　那些自以为智者的洞悟，那些宽慰的、励志的话语，不过是成功者欺骗别人的手段，以求获得更大的成就感；或者仅仅是失败者自欺欺人的麻药，一个人真正绝望的时候，是不需要安慰的，他要么绝处逢生，要么自取灭亡。如果我真的选择了死亡，请相信，我的死与任何人无关，只与诗歌有关。那些诗人的悲剧，过早来找我，痛彻心扉的句子，仅仅打动了自己。它们是拙劣的，不足以带来感动，我仅仅沉浸在自己的世界，但又有什么呢？感情与文字并不对等，如果这两者都要一败涂地，我无话可说。我不再承受生命的痛苦，不再奢求缪斯的心，不再拯救人们的平庸。我在尘世的生活，毫无意义。我只想结束一切绝望，像任何一个被生活打败的懦夫，而不是看透生命本质的哲人。我辜负了的父母和亲友啊，请善待一抔黄土或是一束杂草。我们在尘世的相遇是一场错误，我无法拯救任何人，包括自己。在孤独的夜晚，我自掘坟墓。死亡与任何人无关，只有诗歌和他的女神，为文字里的幸福匆匆地一瞥。我那些兄弟姐妹啊，请为渺小的生命，祭奠几杯美酒。然后，痛苦，忘记，为四季的从容留下你的微笑。别相信冥冥之中还有我，别相信来生还能相遇。我早已在岁月的风中化为碎片，请珍惜自己的日子，为终有的一死准备好行装。否则，那曾经挂在我脸上的微笑，为你们流泪的夜晚感到耻辱。我离开，与一切无关！

七十七

我愿意开一间破旧的酒吧
在落满星辰的阳台上饮酒写诗
我愿意听一个不羁的女子弹琴
手指像黄河的浪涛经久不息

我要在一个薄雾的清晨出行
双手举着相机，像秋风的写意
我要俯身在冬天的路程上
豪饮北风，让鸟群在头顶的天空聚集

|归山|

> 然后，焚烧掉所有诗稿
> 我将安静地睡去

待了不久，已经很迷糊了，只记得屺娃说过特别想夏嫄，具体说了些什么都忘记了。反正一说起这个名字，他总能一下子烂醉如泥。后来不知道真正睡着没有，也不知道篝火是什么时候灭的，我们四个人就在这荒草丛里过了一夜。

晨光微亮，蒋鹏首先开了口："啊，冷，你们要回去不？"屺娃居然还在沉睡中，我拍了他一下，他头上沾满了荒草，其实我头上也是，橙橙的稍微少一些。"坐会儿再回吧！我想打个电话。"屺娃轻声说着，蒋鹏一下子从地上翻起来："还是夏嫄吗？听他们说起你的故事，神乎其神啊。""嗯！想打给她，昨晚就想打。"橙橙倒是镇定："打啊！大不了被骂呗。人一辈子，可怜死了。你还没发现么！"

"好！必须打！"其实我看出这句话是他给自己壮胆。我凑到他身旁，电话响了一声就接通了。

"喂，夏……"

"师兄，怎么这么早打电话，是不是出什么事了？"

"夏嫄，我想你！特别想，崩溃地想！"

"你吓到我了！一大早打电话，以为什么事呢！"

"你猜我在哪儿？"

"啊？你不会在扬州吧？"

"在老木的坟头，待了一整夜。"

"哎呀妈呀，师兄，你能正常点不？你怎么总是做些让人担心的事呢？好好的，大半夜，不，一整夜在坟地里，你不害怕吗？"

"我们几个很怀念他，趁聚在一起，陪他喝了一晚上的酒。唉，人生无常啊！想着万一我出了什么事，都来不及给你打个电话，实在控制不了自己啊。"

"你又胡说，你好好的说什么万一。你们白天去纪念一下，大晚上的，听起来瘆得慌。你说哪个姑娘敢跟你这么神经质的一个人！"

"是啊，反正你不跟我，至于其他姑娘，无所谓。"

"胡说，胡说！"能听出来她是真的有些生气了。

"你怎么这么早就起床了？"

"嗬嗬，嗬嗬，"她的笑很特别，"没有呢！我刚醒来，一拿起手机就看到你打电话，不然怎么接这么快呢！"

"嗯。就说这么早，应该还没起床。我昨天刚回老家。"

"啊？也好，你都三年没回家了！是该回去看看了。刚接到电话，以为你来扬州了呢！"

"想去，怕一见你又要发神经啊。不过以后真的就离得远了。"

"离得远？你不会真要回陇西开咖啡厅吧？"

"不然呢？在扬州开啊？天天受你欺负！"

"嗬嗬，嗬嗬，开咖啡厅好，是你想做的事嘛。不过先得养活自己。你就别扯了，家里好好待几天，还得回去上班。"

"嗯，看扬州这两天高温，你注意点，别中暑哈。"

"好的呢！我们办公室有空调。"

"嗯，你起床吧。就是特别想你！"

"师兄，你别这样，总会遇到一个好姑娘的。"

| 归山 |

"你总这样说。都不知道怎么说了,你注意身体哈。"
"好的呢!"
"那我挂了哦,我和朋友回去。"
"你们赶紧回,以后别这么发神经啊。"
"嗯……"
"挂了吧,师兄,拜拜!"
"夏嫄?"
"嗯?"
"就想叫你一声!拜拜!"
"嘀嘀,拜拜!"

"有戏啊!"屺娃挂掉电话,蒋鹏和橙橙就围了上来。屺娃苦笑着说道:"我们是最好的朋友,一生是,只能是!""切,男女之间,朋友?"蒋鹏不屑地嘲笑他。"对了,她不知道你辞职的事吗?"我问他,屺娃摇了摇头:"不知道,我没有向任何人说起。"橙橙好像突然想到了什么,她向屺娃问道:"你之前说你这几年把你们的聊天信息都按日期抄下来了,是真的吗?"屺娃没说话,打开了手机,记事簿里密密麻麻地堆满着文字。他挑了一条给我们看:"这是她看我最近两个月的微信朋友圈后发来的":

　　这个时代,文化不再属于精英小众,但更多的文人能用文化抚慰自己,从而去影响关注他和关注诗歌的人,不也是好事吗?谢谢你众多的记录和分享。
　　你有一颗高尚的灵魂,相比之下,我自己粗俗,庸俗不堪。每当看到你的文字或分享的文字,就想让自己内心更美好一些，可是依旧秉性难移。惭愧。

"有戏啊！"蒋鹏又是这句话。屺娃却说："是啊！人生如戏，我们不都在演戏吗？还是把没烧完的树枝和酒瓶清理一下，我们回去吧。"他边说边将身边的几个酒瓶捡起来，我们也一起行动，打理整齐后，几个人向山下走去。

七十八

> 我总是在起风的夜晚张开双臂
> 感受天地在我体内的秘密交谈
> 万物也打开了她的内心
> 像一个少女轻启的嘴唇
> 我是一个虔诚的浪子
> 在深蓝色的夜空下聆听

回到家，和岗娃喝了一场酒，是的，我破了一次例；这次我又是烂醉如泥，子兰也在身边，我告诉他们别执着于眼前的东西，而是寻找值得坚持一生的事；陪老木的父亲待了整整一天，他也戒了酒，我好几次有冲动跟他探讨死亡，但是看着他的苍老，还是没有说起；更重要的是，和大大、大妈不止一次地进行长谈，

|归山|

　　说起父母子女间的缘分，说起人生的平常和意外。其实，我抱着绝望的心态，准备和所有需要告别的人告一次别，最后一次。

　　秋风渐冷，满地的高粱火红火红，土豆的叶子干枯成暗黄的花朵，一坨一坨，挨挨挤挤地散布在一大块一大块的田地里，仿佛生命最后的挣扎。星河流转，我从来没有认认真真地看过它们的变化，只记得北斗七星有时候挂在院子的中央，有时候，又紧贴着山坡，像完成了一次旅行，或仅仅是意外，一次悬坠。我沿着山上的小路，向那座古堡走去，这周围的一切都是迷人的，那个已是断壁残垣的地方，曾经发生着美好的故事，也孕育着美好的幻想，只是那故事早已结束，那幻想业已破碎，只有这暗淡月色中的山冈，这茫茫的原野，依然不悲不喜地任四季的风吹过。靠在土墩上，能听到几棵榆树的叶子悠然地落下，一些坟地的旱芦苇跳着探戈，似乎有一个神秘的声音从土地深处传来，虚弱无力，又充满力量，将我整个人包围，星空布满着空洞，一颗星和另一颗星之间，形成巨大的空白，充塞其间的，仿佛是密密麻麻的灵魂，或者生命，当然，它们一定已经历过死亡。我要盯着其中的一颗，看它走过怎样的轨迹，看它在茫茫星海之中，如何与其他星球保持着亘古的距离。风持续吹着，仿佛在提醒，它是这世界唯一永恒的东西，吹着过去，吹着未来，吹着悲苦，也吹着欣喜，吹着生，吹着死，吹着我，和这座古堡。

　　起身向广阔原野的中心走去，一大片秋收后的土豆地，满是大大小小的坑坑洼洼。在一处仅能容身的土坑里，我盘腿而坐。记得堂哥活着的时候说过，彻底绝望的时候，找一处僻静的地方，打坐，尝试和自己对话，和自然万物对话，甚至和整个宇宙对话。

我试着让自己放松，调整呼吸，闭上眼睛，感受那风所带来的信息。是的，如果真的选择死亡，或者寻找以后的生活方式，我得想明白，人为什么活着？

很多时候，恋爱只是为了让人在感情中学会如何保护自己。而我却一再让自己受到伤害，在一份算不上恋爱的感情中。她终于嫁人了，终于彻底地将我关在门外，但在我心里，她依然是圣洁的，依然是那个我一想起就美好、就疼痛的女孩。我以为夏嫄的婚姻会是我痛苦的结束，没想到只是一个开始，只能更加绝望地思念。而我还是心存幻想地等待着，但从此以后，肯定不会再跟她提起感情的只言片语。不管偶尔联系，还是选择沉默，唯一不变的，是关怀。其实我深深地知道，沉默是最正确的选择，她应该会心照不宣地感受到我的牵挂，肯定会。我头脑中反复激荡着拜伦的诗句：事隔经年，若你我重逢/我将以何贺你/以眼泪？以沉默？

所谓理想，坚持就是了，谈什么成败；所谓爱情，爱着就是了，管什么得失；也许理想实现之后，是虚无；爱情得到之后，是琐碎。人生中什么是真实，什么是虚幻呢？有时候，我相信神秘、相信命运、相信崇高，但我更相信平庸和琐碎才是人生的主角。死亡迟早是要到来的，就算我要死，也不能死在此刻，一点尊严都没有，一点意义都没有，生命是值得尊重的。

睁开眼，星河西坠，听说每一颗星星代表着一个生命，我没有发现任何一颗突然消失了，我也不知道自己是哪一颗，夏嫄又是哪一颗，但我觉得，我是她的一颗卫星，同时也有自己的轨迹，就像地球绕着太阳转，但地球本身是美丽的，或许，有了地球，

| 归山 |

太阳的光明才有意义,也因为有了阳光,地球才充满着生命。当我再一次睁开眼,天色微明,双腿失去了知觉,但内心无比澄澈,第一次完完整整地看着夜空,星河流转,生生不息……

这一夜,我才彻悟,这世界最幸福的不是去寻找、去获得,而是去接纳、去遗忘。

七十九

我想起来一件事
当你突然出现在我面前
你不会在我面前,你在遥远的城市
而我所有的祖先,只承认北方
即使他们迁徙了多个水域
没有一个人,死于爱情
像家谱一样的记载
都显得严肃、庄重

是的,直到此刻
没有一个人,死于爱情
似乎祖祖辈辈都那么幸福
都约定了我的出生

我遇到了你，多么美好的事
可是我想到了死亡
之前没有任何一个人，想到过

第五屺的日记：

　　转眼就到了七月十二，岗娃和橙橙的婚礼，他们在城里举办。准备七月十一进城的，但他们也不需要帮忙，况且城里他们那小房子也挤不了几个人。所以提前包好了车，由我当天一早带亲友们进城。半夜，噼里啪啦的雨，打在屋顶的瓦片上，也打醒了我的梦，糟了，我浑身一哆嗦，一下子睡意全无，只要下雨，班车肯定是要停运的，有十几公里的土路，将全是泥泞。看了时间，凌晨四点，雨越下越大，我试着打开手机的网络，准备查一下天气预报，但这地方不知道此刻为什么连网都连不了。时间一分一秒地过着，雨也是间或淅淅沥沥间或噼里啪啦地轮番上演，等到五点半，还是如此。

　　我彻底不再抱有希望，即使此刻雨停下来，汽车已经无法上路了！着急之下，赶紧给岗娃打电话，通着，但毫无反应，再拨打橙橙的，却是关机。不到六点，他们肯定还在熟睡之中。我郁闷地起了床，天还没有亮，打开门，借着灯光，可以看到房檐水如注而下。关门，重新躺下来，心想，要对不起这姑娘了，更对不起岗娃，无论任何情况他俩的婚礼一定要参加啊。可是这种天气，无论如何是赶不到城里的。

| 归山 |

辗转不安地硬捱到天亮，雨虽然小多了，依然没有停下来的意思，岗娃打来电话，县城同样下着大雨。这橙橙，真会选日子！我还是盼着雨能停下来，这样步行过那十几公里的土路，到达柏油路，就可以想办法坐车或叫朋友来接了。然而，老天似乎看清了我的想法，雨一直不紧不慢地落着。

吃过早饭，亲友们陆陆续续地聚集，他们难得等一次进城吃席的机会。只好先安排他们下棋的下棋，打牌的打牌，一时家里面热闹得像个小市场。二爷和三爷也过来了，他们一进门就喊："屹娃，你这小鬼还知道回来啊？"我应承着，给他们备了茶具，开始煮罐罐茶，这是老家每天早上必不可少的"早餐"，也是待客的第一道程序，几个老人不打牌，仅仅在聊天，扯着七十年的谷八十年的糜。

二爷看我焦急地出出进进，就说道："天搅国家大事呢！我们等能走了再走嘛！"我只好点点头。大多数村民像二爷一样，他们普通得不能再普通，甚至突然下一场雨，他们都觉得非常精彩，也充满着感恩，因为老天爷终于给庄稼活路了。虽然今天是岗娃和橙橙的婚礼。"天搅国家大事呢！"这句俗语不知道祖祖辈辈地传了多少年了。

中午时分，雨终于停了，我拿起早已备好的雨衣和铁锹，匆匆出发，这段平时步行两个半小时的路程，今天足足用了四个小时。到达县城，晚上七点，仅仅赶上了晚宴，幸好这一车的亲友并不责备我。

八十

即使你从来不曾注视我的眼睛
我依然保持灼热的姿势在世间游走

你像风,像夜半被众树托起的言说
我将在哪里听到你的声音
听到神圣的感召?

　　参加完夏嫄的婚礼,我一直待在老家,帮岗娃家干干农活,也将院子前前后后整修了一遍。这两个月,没有任何外界的消息,包括夏嫄的,实际上,也不可能有,我从来没有开过手机,也没有上过网。之前曾无数次幻想过夏嫄会突然出现在门前,会和她一起走过田垄,会带她去看看那座古堡,会给她介绍这个村庄的一切,但现在知道不可能了,一切只是痴心妄想。和她说起过等两个人都老了,会搬去她的城市,可是那太遥远了,我不知道到时候她身边还有没有人陪着,我更不知道自己能不能活那么久!这两个月,将堂哥木盒里的日记整理成文档,也将我自己多年的文稿整理了出来。更重要的是,我自己也制作了一个木盒,没有堂哥那个漂亮,但足够装下我所有的诗稿。夜晚的日子是在抄写

|归山|

中度过的,像毕业前给夏嫄抄诗稿那样,不同的是,这次我用的钢笔,而抄写的内容,是这几年来和她的通信内容,以及聊天记录。

　　黄土高原已经进入了冬天,干冷干冷的天气,像往常一样,干燥的气候让第一场雪迟迟没有落下。我将自己和夏嫄的事坦承给亲人,他们只是很伤感,很替我不平,当我试着说出对爱情、婚姻的理解时,他们似乎完全懂了我的思想,但是,过后又提醒并催促我,目前唯一重要的事是成家。我突然有些哭笑不得:两年前,我鼓起勇气送给夏嫄诗稿,她特别感动,所以做了别人的女朋友;两年后,我为自己选择单身而心里愧疚,反复向亲人说起对爱情、婚姻的看法,他们特别理解,所以催我成家。或许这才是人生,荒诞、幽默。后来我不再说什么,而是安静地干着农活,偶尔也会帮大大放几天羊,村子里开始有流言蜚语传出来,是的,我成为家族中继堂哥之后第二个过了三十还单身的。年轻人上学的上学,打工的打工,只留下一些老弱病残守在这个村子里,不知道他们是否意识到,他们可能是最后一批要埋在这里的人了。我一杯酒都没有再喝过,至少在村民面前是,也从不去村民家里,他们更加坚信这个曾经爱喝酒、爱东奔西跑的小伙子,成了神经病。

　　给岗娃和子兰发了一条相同内容的短信:"我出去走走,照顾好我们的家人!"然后到了老木家,在他们家门口,犹豫再三,还是没有敲门,伯父应该并不想见到我吧,或者,我并不适合去看望他。外面下起了大雪,兴许,这样的场景,更适合去看看老木和蒋米。我记得和夏嫄讲过,如果一起去一些地方,她将去哪里或者什么场景？夏媛毫不犹豫地回答：富士山或大海。那时候我多么傻啊，所有能想起她或遇到她的地方，都是美好的。而我独独给她说，都不如西藏。现在，我决定要出去走走了，是的，走走，这是我唯一可以去做的事。富士山吗？厦门吗？海南吗？或者类似漂流岛的某个岛屿，只要能靠近大海？我长饮一口酒，望了望大雪中的陇西县城，望了望仁寿山，望了望流经这座城市的渭河。不管去哪里，我知道，从此都是我一个人，或者，无论去哪里，已经没有多少所谓的意义了。

拿出夏媛婚礼时门口的那张照片，她的左手臂上是丈夫的手，对她来说，那是这世界的依靠，而对我来说，却完全是命运之手，他轻轻一拉，就将夏媛完全地抽离我的世界。我想了想，剪下自己的照片，将夏媛的婚纱照塑封，装进衣兜，同时也将那个装有红豆的盒子塞进了背包，向老木和蒋米的坟地走去。"前半年刚看过你们，现在又来了，够义气吧？"他们的坟头已经是薄薄的白纱，鹅毛大雪，适合喝酒。还是"陇花特曲"，只是这次只带了一瓶，分别向他们的坟头倒了一些，便开始自斟自饮。我将从那张照片上剪下来的自己拿出来，重新打量着，然后烧在老木坟头，喃喃地说：这个男人的爱情退役了，他的生命已失去光彩。我边喝酒边自言自语，仿佛是给他们俩说，仿佛是在给积雪说，或者，仅仅是说给自己听：

你们一走，世界变得好陌生。
鼓楼旁的啤酒摊没了！
夏媛也嫁人了！

|归山|

这世界再也没有人叫我屺了!

想起那天她站在教堂门口,穿着婚纱,一脸的幸福,然后是庄重的婚礼。我恍然大悟,我以玄奘取经的心态,准备历经八十一难而获她的芳心,可是直到这一刻,我才意识到,原来她信基督。起身,大雪覆盖的山上,茫茫白色,我坐过的地方却是黑漆漆的一团。伫立在坟地的另一角,那空洞的黑色瞬间就被白雪填补平整,与整座山融为一体。直到天黑,突然之间全黑,雪越下越大,仿佛要覆盖天地之间的一切,也覆盖夜色。背起行囊,在这茫茫大雪之中,我沿干枯的渭河,逆流而上,慢慢地,那雪也覆盖了我,像花开遍我的皮肤,我的骨骼,渗透进我的血肉,我的眼睛,全世界都是沉重的白,虚无的白……

八十一

当文字的炼狱拷打完我所有的秘密
留一口气说出最后的爱恋
我依然会藐视生命的力量
嘲笑这所有的诗稿
都不曾打动你的心

但我依然会渴望你炽热的吻

在来生，以你梦里的方式

毫无瑕疵地，再爱你一次！

或者，只为你将要穿上的睡衣

我也会变成一段柔软的绸子

为你将要温情的抚摸

我愿变成你眺望时轻依的石头

如果这一世一世的相思

都不能得到你一次的柔情

那么，这一世一世的轮回啊

也要追寻着你的足迹

就连上苍闭上的凡心

也该数数我对你的爱

仅仅比生命的轮回

多了一次！

在灰飞烟灭的刹那

依然，喊出了你的名字

　　这一天肯定会来，即使我害怕和逃避去想，我心中早已接受了这个结局，但我从来不会想到是夏嫄通知我的。屺娃出走之后的这几年，断断续续地有他的消息，包括他唯一回家的一次。他没有固定的工作，也没有固定的容身之所。不知道他哪来的钱，那次他骑着一辆摩托车突然出现在村子里的时候，整个村子沸腾了，但大家最关心的还是他有没有成家。他当时的笑容和第五德一模一样，只是多了皱纹和胡子，连头发都长到了肩膀以下。我不羡慕这一切，包括他那辆炫酷的摩托车，我羡慕的是他在周游世界，在一切他想去的地方漫游，只身一人！

直到我接到夏嫄的电话："是第五岗吗？""是的，你是？""岊出事了！在怒江七十二道拐，他的车坠下了悬崖！""人呢？人好着没有？""没了！"接着是她的哭声。虽然我心里无数次预感过会有这个场景，但一下子还是接受不了。"人确定没了？你是夏嫄？"她在哭声中挤出一个词："是的。"在我心中，她是和依诺一样的女人，我竟有些生气地挂了电话。这世界如此不公，我的两位好哥哥啊！连他的死讯也是这个女人最先知道！

我没有见到他的车，也不想见到。躺在我面前的是已经面目全非的人。只需要一把火，我就可以带他回家。我突然想到第五德和老木，没想到这么快又是一场葬礼。又是吹吹打打的礼仪，又是哀怨的祭文和花花绿绿的纸火。不同的是人更加少了，只有一些老弱病残，年轻人都去打工了，也有很多人家业已搬走。身当壮年的我仅仅是作为一名乡村教师而守着这片土地，事实上，人口的大量流失导致学校也快关闭了。我凝视着搭建在废弃打麦场上的第五岊的灵堂，又看着对面已经一片荒芜的第五德家坍塌的院子，知道自己也终将归于一片荒芜。

在漫天黄土中，一辆"绿苍蝇"停在了路口，一个一身灰色长裙的女人走下车，她循声而来，步态稳健又焦急，所有人注视着她，那两个吹唢呐和那个打鼓的人也安静了下来，灵堂前跪着的几个小孩像那些纸人纸马一样毫无表情地盯着她。我迎了上去，小声问道:"夏嫄?"她面色苍白,点了点头。我指了指上香的地方,她缓步走过去,并没有上香,也没有鞠躬,而是在香案前一米的位置呆呆地站着。总理终于反应过来了:"乡党上香磕头致哀着呢!"唢呐声又响了起来。我大步过去将香点燃塞到了夏嫄手里,并打着作揖的手势,她果然慌乱而缓慢地上了香。然后随着我一起磕了头,但是她表情麻木,一滴眼泪都没有留下。她磕完头以后又呆立在原地。我只好扶着她走出了灵堂,她很听话,随着我的脚步走向院子。

进了大门,她声音很小地说话,仿佛感叹,又仿佛在问我:"我就只能这样磕个头吗?"我根本没想到她会来,之前的怨气一下子消了,何况屺娃已经走了,于是便尽量平和地说了一句:"难道还要看一下骨灰么!"她惊惧地看着我,小而温婉的眼神中透出无限的懊悔,继而又转过头去。我将她带到屺娃之前住在我家的那间小屋子,他家早就荒弃了。一把破旧的椅子在漆了黄漆的桌子旁,她什么都没问,斜斜地倒在了椅子上。因为房间狭小,椅子被夹在炕和桌子的中间。"我去找干净的被褥,铺着你休息会儿。"她摇摇头。"我去给你弄碗烩菜去。"她还是摇摇头。"那我去帮你倒杯水吧。"她点了点头。

好不容易找了个一次性杯子,家里没有好茶叶,全是用来熬罐罐茶的。于是我将屺娃曾经带回来的金银叶丢了几片,我知道其他地方的人喝不惯我们这里的水。夏嫄还是眼神呆呆地坐着,但她眼睛里透着一种无法表达的魅力。当我把水送到她的面前,她轻声地说着"谢谢!"眼泪随即唰地流了下来,"我前几天才收到他寄的金银花。"说着哭出了声音,终于伏在炕上大哭起来,我

| 归山 |

看着她抽搐的瘦长的背，竟觉得这女人有几分可怜。同时，屺娃那胡子拉碴的笑脸、第五德那睿智的眼睛一下子涌入我的脑海，不觉自己也哭了起来，我赶紧夺门而出。

等我再一次回到房间，夏嫄已经在翻看桌子上的东西。除了几本书，便是屺娃的遗物，一张她的婚纱照和一张快递单，还有一枚戒指。也因为这张快递单，警方才联系到了夏嫄；而那张婚纱照，我之前就见过，装照片的钱包却不见了；那枚戒指是用藏银制做的，镶嵌的一枚红豆似乎经过特殊处理，看起来血红血红的，并发出透亮的光来，他上次回家就戴在手上。"照片和快递单你拿走吧！这枚戒指不知道怎么处理。"我觉得那本是夏嫄的东西，理应物归原主。夏嫄看着我，"他没有其他东西吗？""没有，衣服这些一起烧了。"我这才想起他的车："车我还没来及去处理，但是他们说已经报废了。""照片和快递单也一起烧了吧！他肯定希望带在身边。"夏嫄很肯定地说。她拿起戒指轻轻地揉捏着，然后以询问的口气问我："戒指我可以拿走吗？""你随意啊！我正不知道怎么处理呢。"她欲言又止，定了定神然后说道："这红豆是我送他的。"我点了点头。她将戒指紧紧地捏在手里，我这才发现她没有带包，全身上下没有口袋，一双银灰色的平底皮鞋沾了很多黄土，胸前一只灰黄相间的橙花胸针，整个人散发出朴素但又不乏高贵的气息。如果不是我知道她与屺娃年龄差不多，怎么也不会相信她已经快四十了。

"你今天要走吗？第五屺下午出殡。"我提醒她，我一直觉得她不适合待在这里。"能带我去他家看看吗？""你知道他父母早就去世了吗？"我反问道。她摇摇头："读研的时候就去世了吗？"

"是的！我以为你知道。他家院子早已荒弃了，屋子也塌了。真没必要去！"她长长地叹了口气："是不是有座古堡？""嗯，他的坟地就在那里。你还是不去的好！我们这里比较忌讳，他没成过家呢。"说出这话的时候，我自己都惊呆了，我居然在为她着想！"是的，我凭啥去呢，不去了。我知道这些就好。我要走了！"她说着已经跨出了门，然后又迅速地回身进来，"我有点乱，你别骂我。我是不是该做些什么？""唉！能做什么呢！"她瞪了我一眼，目光犀利，又迅速地望向门外，这并没有掩饰她短而促的一声叹息。她背对着我站着，一缕阳光斜斜地照着发丝，我这才看到她从两鬓编起来的细小的辫子交织在脑后，用两只灰黄色相间的格桑花瓣装饰的发卡固定，将那些长发整齐地挽在一起。

她又一次转过身来："我真的什么也做不了吗？""我不知道，或许你能来他就心满意足了。""是的，是吧？我该走了。"她头也不回地出了门。我跟了出去，只看到她脚步凌乱的背影，即使在扑向出租车的时候，也没有回头。随着漫天飞扬的黄土，一辆绿色的车疾驰而去。我以为她会去那座古堡，会去古堡旁的新坟地，甚至我还想到过她会将红豆种在坟头，至于发不发芽那是另外一回事。可是，没有，她在唢呐声和众人不解的眼光中，离开了这座村庄。或许，她得回自己的家。是啊，每个人都有自己的人生轨迹，每个人面临的道路都有千万条，她只能择一而从之，但是，回家或许是唯一温暖的旅程吧。或许我们只是以不同的身份，穷尽一生走在回家的路上。而真正的家，不过是那一块葬身之地。

不然呢？第五德"回家"了，老木和蒋米"回家"了，第五屺也"回家"了。